魂殇

叶辛 著

江苏凤凰文艺出版社

图书在版编目（CIP）数据

魂殇 / 叶辛著. —南京：江苏凤凰文艺出版社，2020.7
ISBN 978-7-5594-4791-3

Ⅰ. ①魂… Ⅱ. ①叶… Ⅲ. ①长篇小说-中国-当代 Ⅳ. ①I247.5

中国版本图书馆 CIP 数据核字(2020)第 058317 号

魂殇

叶辛 著

出 版 人	张在健
图书策划	黄孝阳
责任编辑	唐　婧
装帧设计	张景春
责任印制	刘　巍
出版发行	江苏凤凰文艺出版社
	南京市中央路 165 号，邮编：210009
网　　址	http://www.jswenyi.com
印　　刷	苏州市越洋印刷有限公司
开　　本	880 毫米×1230 毫米　1/32
印　　张	9.5
字　　数	167 千字
版　　次	2020 年 7 月第 1 版　2020 年 7 月第 1 次印刷
书　　号	ISBN 978-7-5594-4791-3
定　　价	49.80 元

（江苏文艺版图书凡印刷、装订错误可随时向承印厂调换）

一

玫香花园别墅对童庆来说是个陌生的名称。这些年来,房地产商的广告铺天盖地,无论是在报纸的彩页,杂志的封面、封底,还是在电视和网络、短信和微博上看到此类广告,他都不会感兴趣。

今天盯着玫香花园别墅这六个字足足有几分钟,内心满是吃惊和疑惑,怎么可能?怎么可能?

鼎鼎大名的画家程步涛死了,正像报纸上登的,他才五十六岁啊!

别说五十六岁正值盛年,也别说程步涛功成名就不应该死。童庆上周刚刚在一个版画展的开幕式上见过他,他那谈笑风生、神采飞扬的模样儿,他那明亮得如同没有雾霾的蓝天般的眼睛,像是心脏病突发猝死的人吗?

他还得像城市里安享高龄的四大家一样,活个八九十岁,活到一百岁去啊。

二

可报纸上的白纸黑字是确凿无疑的：画家程步涛在创作过程中突发心脏病猝死。据悉，程步涛的工作室设于玫香花园别墅他的居所附近。家属泣告众位亲友，不设灵堂，不接受花篮、花圈、唁电及一切慰藉之举。

吃惊与疑惑的同时，童庆把这条短得不能再短的消息来来回回读了多遍。继而把目光盯在玫香花园别墅六个字上，费神地在记忆的仓库里搜寻这地方他去没去过。

他不仅没去过这个小区，他还得承认，这是他第一次听到有这么个小区。尽管他认识程步涛多年，他仍得说，他们之间只是泛泛之交，他不晓得程步涛这位全市上下声名远播的大画家住在玫香花园别墅，而且他的工作室也设在这么个小区里。

说起来，他似乎是应该知道的。他比程步涛虚长几岁，出道的时间差不多，他在城市里成为小有名气的纪实和报告文学作家时，程步涛的画作也在美展上崭露头角，开始引起人们的注意。他们几乎是同时被选为全国和市里的青联委员的，年龄稍长，他们又先后成了省政协委员、市政协常委。童庆任省青联委员时，程步涛不过是省会城市的青联委员,比他低一格。童庆任市政协常委时,程步涛当上了省政协委员,很快被增补为省政协常委,比童庆高了一格。

三

政治上的地位相当,但是童庆心里明白,随着岁月的流逝,两人间的距离,还是越拉越大了。大得有些遥不可及。

二十世纪的整整一百年间,在全省上下,美术界公认的有四大家,那就是画山水的罗光琪、擅花鸟的齐小石、人物画高手郭吟歌、独树一帜的油画名家杨恒安。四大家的命运随着时代的风云变幻(历经民国、中华人民共和国、反右、三年困难时期、四清运动、"文化大革命"、改革开放),坎坷跌宕,沉下去浮上来,无论在哪一时期,论起美术界的领军人物,排名可能有先有后,但是总少不了他们四人。这是历史公认了的。后生晚辈,没一个人可以同他们相提并论。

二十世纪九十年代,是年事已高,是命运使然,四大家相继离世,每个人都由省美协、省画院、省文联牵头,举行了隆重的告别仪式,事后还召开了追思会。省城里四大班子的领导,加上省军区领导,都来参加。省、市媒体,每回都做了充分的报道。让全省上下六千万各族老百姓,都晓得我们省里面又失去了一位大画家,大美术家。

当四大家在十年时间里先后辞世时,人们就在纷纷议论,后来者何在呢?

河山代有名人出,长江后浪推前浪。

美术界内外,乃至整个文艺圈子里,说最有希望取代四大家成为公认的领军人物的,就两个人:一个是在全国美展中获奖,为省里争了光的乔辉;另一个就是程步涛。程步涛不屑于获奖,不屑于办展览,甚至不屑于和省城美术界的圈子交往,不搞吹吹拍拍的那一套。他的名声大振,是因为洋人看中了他的画,一幅画卖得上百万美元。当圈子里那些大大小小的名画家以种种方式炒作、拍卖、相互吹嘘卖得一平尺多少万的时候,国拍在省城里高调挂出了明码实价:程步涛的画,一平方尺起拍价为三十五万元人民币。

这把所有人震得瞠目结舌、哑口无言。别说旗鼓相当的乔辉没法比,就连已经先后辞世的罗光琪、齐小石、郭吟歌、杨恒安四大家,也因时代原因,没达到过这么高的价位。

善良的人们说,那是他们生不逢时,他们若是活着,活到现今书画行情大涨的年代,说不定……

没什么说不定的,齐小石的孙子,曾经拿出珍藏的祖父的一幅代表作,追悼会时拍成大照片挂在灵堂里,追悼会后又登在省报上,之后又悄悄地到拍卖行找熟人开价,拍卖行征询了多方意见,给出的价位是:十五万人民币一平方尺。

消息一传十,十传百,成了美术界公开的秘密。还有什么话可说？

程步涛的地位，就是这么凭实力奠定的。据说，两会换届时，有人就是以这样的理由，提名他当选为省政协常委的。

和新闻界有着广泛接触的童庆，不止从一个渠道听到过类似的传闻。别说是他哩，就是单位门房间一位年过六旬的老知青，在童庆去取挂号信时，还搭讪、打听：

"童老师，你认识画家程步涛吗？"

"怎么啦？"

"这个人不得了！"

"你看过他的画？"

"哪里。我上这个班，上个卫生间还得找人代看一会儿，哪儿有时间去欣赏人家的画。我是说，他可发大财啦！"

"他的画又卖出高价位了？"

"岂止是高价位，简直是天价啊！你想想，"老知青双手比画出一平方尺那么个手势，又敲打了一下桌子上的报纸，道，"一平尺三十五万元，啧啧，他这哪里是在画画……"

"你说他是在画啥？"童庆的情绪也被爱摆龙门阵的老知青逗起来了，忍不住笑着问。

老知青往童庆跟前凑凑，压低了嗓门，双眼望着窗外，由衷地道："都在说，他这是在画人民币啊！你想想，唰唰几笔，就是三十五万元，比那印刷机一张张地印，还来得快啊！

童老师,都在说,这年头,书画家可比你们这些爬格子的作家赚钱多啊!"

童庆承认,老知青门房这番话,俗是俗一点,却是大实话。他不对自己说,也会对其他人发议论,发感慨。但令童庆感慨更深的,却是另一层意思。

都说真正的艺术家,是把名字写在老百姓心上的。郑板桥为何有名,为何被一代一代人传播,就因为他的大名,包括他的一些生平轶事,是被老百姓口口相传的。这口耳相传的奇闻,当然比一平尺三十五万元这样的细节更能引起人们关注啰。

现在他死了,突发心脏病猝死,总也算得省美术界的一个损失吧。怎么会仅仅只是发这么一条小消息,小得还不如一块豆腐干大。而且,而且消息里还透出家属不愿接受吊唁的意思,连个灵堂也不设。难道省市领导——说得小一点,是省市的美术界,不知道程步涛在艺坛上的客观影响吗?

童庆猜测着、揣度着,心中暗忖若是遇到圈内的人,把自己的疑惑说一说,看看人家是否同自己一样想。总而言之,根据自己的直觉,童庆感到这事儿有点奇怪,有点儿蹊跷。

四

正这么忖度着,手机响了。

童庆掏出手机一看,不由抿嘴露出会心一笑,可以交流的人不请而来了。

"诸葛法医你好。"

"有空吗?"诸葛法医仍是那样言简意赅,直截了当。

"又有案子了?"童庆习惯地问。

"有空就到我这里来一趟。"

"你在哪里?"

"我在家。"

"我马上就来。"

"打的来,别堵在路上了。"诸葛法医特地关照。

童庆背上采访包,顺手把那张刊载有程步涛猝死消息的早报放进包里,一口喝完杯子里的豆浆泡蛋白粉,出门下楼。

站在人行道旁扬手招出租车的时候,童庆觉得事情有点儿非同一般。如果是像他猜测的,发生了案子,诸葛铮法医会通知他几点几分,在马路边等候,他出现场的车会开过来,接上童庆一起去。即使不顺道,诸葛法医也会安排其他车辆过来接他,赶到现场去。可今天不同,诸葛铮用不容置疑的口吻让他尽快赶到家中去。

法医的家他去过,但那是双休日,诸葛法医的老伴专挑了没案情的时间,请他去赴家宴,同时为感谢他多年来跟踪采访诸葛法医,写作《东方神探诸葛铮传奇》所付出的辛勤劳动。今天这种上班时分的早高峰时段,法医让他上家去,会有什么事儿呢?

这会儿当然不可能邀他去吃饭,也不可能是为书稿的事儿,前几天出版社的总编辑刚和他们分别通过电话,说书稿正在精心地编辑之中,等请人设计的封面大样一出来,就让他们过目。诸葛法医如果突发奇想要对书稿的某个地方作出修改,或是补充啥精彩的细节,那也无须这么急迫。校样出来之后,仍然有的是时间和机会。出书毕竟不是破案,迫在眉睫、急如星火。想必诸葛铮也是懂的。

那么,他何必这么急呢?

五

虽说年岁相仿,诸葛法医却明显比童庆显得年轻健朗。多年的熬夜、思虑似乎没在他的脸庞上留下什么岁月的痕迹。

童庆在进门的那一瞬间,就从诸葛法医的脸上读出话题的严峻。

诸葛法医没有过多的客套,只是指了指茶几上一杯冒着热气的茶,说了一句:"明前的白茶。"

童庆的目光越过袅袅飘悠的热气,看到茶几上摊着一张《都市早报》,正是他边吃早点边读到的那张,而且摊开的那页,恰是刊载着程步涛猝死消息的那一版。看来,童庆已没有必要把报纸从包里取出来了。他的眉梢一展,把疑惑的目光投到诸葛法医的脸上,难道大法医也从这条比豆腐干还小、排在报纸版面最下端的消息上,读出了蹊跷之处?嘴里,童庆问出的却是:"嫂子呢?"

"惯例,菜市场,做松身功,再逛一圈超市才回来。"

童庆连连点头:"有规律的生活。"

诸葛铮把手一摆,仿佛要截住这个话头,脸上的神色,分明在说,我把你急促地喊过来,可不是来谈这些家长里短的琐碎话题的。果然,他右手的食指一下点住了比豆腐干还小的报屁股消息:

"看到了吗?"

"也是从早报上刚读到。"

"有什么想法?"

"有点出乎意料。这么大个画家,版面……"

"是啊、是啊!"诸葛打断了童庆的话,若有所思地重复着,继而又猛感到似乎不礼貌,双眼一亮,手又一指童庆道:"说,你说,说下去呀。"

童庆客气地说:"听你的,听你的。在这种事情上,当然是听你的。"他很想知道,大法医一早匆匆地招了他来,究竟是为个啥?

诸葛铮谦然一笑,说:"我留心了,短信、微博、微信、广播、电视上都没有消息,早报算独家新闻了。一会儿再看看白天正常的新闻报道。"

"会报的吧。"童庆用没把握的语气道。他抬起头来,只见诸葛铮的脸上露出不置可否的神情。童庆记忆中,在和大法医多年的交往中,几乎没见过他脸上有过这种神情。他愣怔地望着诸葛铮,期待他说出一些什么话来。

只摆放着一张三人沙发、一张单人沙发的小客厅里出现了片刻的沉默,三室一厅的这套单元房里,出奇地静。从半开的窗户里,传来小区附近学校操场上的哨子声。

"昨天晚上,我就听说这事了。"诸葛的声音,显得分外清晰。

童庆愕然仰起脸来,重复了一句:"昨晚上,你就……"

"你听我说。"诸葛铮端起自己面前的茶杯,呷了一口茶,遂而重重地盖上杯子,"在我的法医生涯中,在我这一辈子的从警经历中,还没遇到过这么胆大包天来找我的人呢!"

紧接着,童庆听到了一件什么事儿啊!连他都给震骇了。

六

电话是打到家里座机上的。

诸葛法医指了一下茶几上的那架有来电显示的电话机。

"问我听说了吗,首屈一指的名画家程步涛死了。"

"我当时就吃了一惊。"

"吃惊?"童庆问了一句。

"首先,"诸葛铮竖起了食指,"这么大的消息,不是局里给我来电话,也不是刑队来电话,打电话来的是个陌生人。"

"你肯定是陌生人?"

"熟人会通报姓名。"诸葛铮笑了一下,"比如你总要随口说一句我是童庆。"

"你问他是谁了吗?"

诸葛铮点头:"问了。她说你会晓得的,她是女性。"

"女性?"

"是啊,对方不自报家门,但是声音我仍能辨别出来,是个女的。"

"事后你回忆起来了吗？是哪位女士？"

诸葛铮摇头，棱角分明的脸上呈现出严峻的神情。

"完全是陌生口音。但是她说话的语气十分肯定，相当自信，而且显示出她对我的情况是熟悉的。"

"何以见得？"

"她知道我的业余爱好……"

"喜欢收藏油画？"

诸葛铮点头，沉吟道："甚至前不久，我没有收藏到朝鲜一位名画家的那幅画，曾表示过遗憾，她都知道。"

"这和程步涛之死有什么关系？"童庆一时拐不过弯来，干脆把心头疑惑提了出来。

"来者不善啊，"诸葛铮感叹道，"那幅油画最终的成交价是多少？"

"我想想，噢，对了，十八万，我记得你当时显然没有估计到，怎么从九万一下子跳高到十八万，迟疑了一会儿，就被一个不愿透露姓名的神秘买家以高于市场价的十八万得手了。"

"是啊，至今我还以为，这幅画的真正价值，在人民币十万上下。"

"我明白，你说过，朝鲜用于创汇的油画，其历史价值要大于艺术价值。"

"这一幅有多位欧美买家都参与竞拍的油画，画风细腻,绘的不是意识形态题材,纯粹画的是朝鲜湖畔风光,整幅画既有俄罗斯传统油画的风格,又有朝鲜民族的特色,特别是画面上的那十多只丹顶鹤,给偌大的画面平添了灵动之感,况且,作者还是专为金日成、金正日父子绘制肖像的画家,身份不一般,我当时确实是有些遗憾的。"

"问题是,你只向几个人透露过这份遗憾之情,对方怎会知道?"

"这就是事情的症结了。"

"哦?"

"这女子言语之中透露出,只要我顺势而为,这幅画就会以某种方式赠送给我。"

"贿赂!"童庆愕然脱口而出。

诸葛铮缓缓点了点头,"对方是怎么说的?"

"她的原话是,铮先生是一位有着嗜画雅好的法医专家,酷爱名家油画,想必懂得珍惜大画家的声誉。程步涛猝死,实是一个悲剧,更是全省美术界的重大损失。让他安息吧。家属、亲友、美术家都会感谢铮先生。我们知道,铮先生参加过那一幅《湖畔》的竞拍,因未得而遗憾嘛!你做了好事,就不会有遗憾了。"

童庆眨着眼睛:"这是什么意思?"

"你看吧。"

诸葛铮移开茶几上的那张《都市早报》,拿起报纸下面一封启封的信,递给童庆。

信封下面,还有五张购物卡,呈扇形状摆放在茶几上。

诸葛铮的手点了点购物卡说:"这是五千块的卡,有效期可以到二〇二二年十二月底。你说这是什么意思?"诸葛脸上显出揶揄的笑容。

"投石问路?"

童庆试探着道。

"就是这个意思。"

童庆展开了信,信是在宣纸上打印的,简捷明了:

尊敬的大法医铮先生:您好!

我省大画家程步涛不幸辞世,我们和全省热爱美术的同仁万分悲痛。

鉴于步涛先生的身份,他的猝然离世必然会惊动您的大驾。欣闻您恰是一位挚爱油画的收藏家,想必和我们一样,会热爱步涛先生的作品,珍惜他的声誉和羽毛,专此向您表达我们的敬意,此致

敬礼!

步涛先生的生前友好

童庆正读第二遍,诸葛铮的手机响了。

七

童庆的目光从洁白绵柔的宣纸信笺上移到诸葛铮的脸上。只见诸葛铮眉梢一扬,边接电话边应道:"看到报道了……明白,我准备一下,就等局里的车过来,到玫香别墅去……噢,噢,果然不出所料,谢谢刑队的兄弟。"

收了线,诸葛铮边把手机揣进兜里,边仰起脸对童庆道:"来者不善啊!"

"连你都感觉头涨?"在他多年的跟踪采访经历中,出现场如有神助的诸葛铮从来不曾有过此种烦恼。童庆忍不住询问。

诸葛铮耷拉下眼皮,伸出左手巴掌,用右手捏住大拇指,一一道来:"局里已收到通知,要资深法医出现场,认定程步涛突然离世的原因,出具书证,才能进一步让美协和家属操办后事……"

"那就非你莫属了!"童庆道。

诸葛铮仿佛没有听见他的话,又捏住左手的食指,顾自往下说:"昨晚接完那个女人的电话,我当即让局里查询,电话是从哪里打过来的……"

"公用电话。"童庆有把握地说。

诸葛铮点头:"公用投币电话。刑队同时查看了公用投币电话附近街头所有的监控探头,打电话的女人显然很有反侦测能力,除了戴着口罩、帽子之外,打完电话,离开投币电话亭时,她还擦净了可能留下的所有指纹,走出电话亭没多远,就潜入一片浓密的绿化带,以后绿化带周边的监控探头中,再没出现她的身影……"

"怎么可能?"童庆不解。

"很简单,她在监控探头看不到的绿化丛中,改换了装束,再走出来,就是另外一个人了。"

"可以分析、比较、判断呀!"童庆以他多年追踪采访的经验说,"人可以换衣裳,但走路的姿势、身影、步伐是有特征的。"

"你说得没错。"诸葛铮淡淡一笑:"可你也该相信,我们整天坐在监测屏幕前的警察,都懂这一切。如果他们都遍寻不见,足以说明对方不是等闲之辈。"

"这么说,"童庆随之道,"程步涛的猝死,大有文章啊!"

诸葛铮道:"水深得很哪!"

说话间,手机响,诸葛铮掏出瞅了一眼,征询地问:"车来了,有兴趣一同去吗?"

在书稿定下来之前,童庆随诸葛铮出现场,已成了惯例,公安局政治部都同意了的。如今书已发稿,童庆的跟踪采访已告一段落,诸葛法医仍邀他同往,自然是对他的信任,但他又怕人说三道四,故而有点迟疑:"同去行吗?"

诸葛铮一眼看透了他的心思,食指一点道:"关键是你。书是定稿了,不等于你的写作停止了,有案子,你仍可以写嘛!"

"我当然愿意去啰!"童庆巴不得地说道,"涉及大画家程步涛的猝死,写出来谁不感兴趣。"

诸葛铮做了个"不必啰唆"的手势,抬脚就向门外走。

八

怪不得见多识广的童庆不晓得玫香别墅,车开出省城有一段距离了,才在高速公路的一个弯出去的匝道口,看见玫香别墅的路标。童庆看了一下表,从省城诸葛铮所住的小区,开到这儿已有四十多分钟。

这玫香别墅,地处省城远郊。

不过童庆立即察觉,玫香别墅选址在这个区域,是极有眼光的。虽说离省城有四十多分钟车程,但从这里去往繁华可同省城媲美的地级市梅城,只有五十多分钟的车程。

下了高速,驶上一条洁净平整的柏油马路,车窗外是一片原野风光。远处起伏的丘陵浓绿生翠,近处的水稻田、小树林、鱼塘、灌木丛呈现出一派春末夏初的勃勃生机。童庆按下车窗,一股省城里没有的清新空气扑面而来。

昨夜下过一场雨,虽是不见阳光的多云天,但原野上的景色还是令人赏心悦目。和整天人流、车流、喇叭声嘈杂的省城形成鲜明的对比。

法医室主任华山坐在副驾驶的位置上,接上诸葛铮和童庆不久,就以公事公办的语气给诸葛铮介绍情况道:

"是例行公事,家属报说程步涛在连夜创作过程中,因劳累过度,心脏病突发猝死;美协和美院都有电话来,说事情太过突然,得给美术界和社会一个说法。是因为程步涛的身份,才劳动您大驾。"

童庆没有插话,他不知道华山对程步涛究竟了解多少,为何一开口就说这是例行公事。见诸葛铮仅仅只是"嗯"了一声,没说什么,他更不便说出心中的疑惑。

坡势不大,警车时而上坡时而下坡,给坐在车上的童庆感觉像是待在微微摇晃的船上。拐过几个弯,车子驶进了玫香别墅,童庆更觉眼前一亮。

如果说一路上的景观都让人耳目一新的话,玫香别墅的景致更令人一见就有种惊喜与赞叹之情。

只见一幢幢现代形式的别墅错落有致地置于平地、半坡、山巅、甚至陡壁之间,形成与丘陵高低景观的共鸣,每一幢别墅都置身于绿色的植被之中,别墅旁有流水、小溪、曲径、泉水,一条条步行小道和环绕的车道,掩映在绿树浓荫之下。没有出太阳,童庆从车上望过去,觉得小径上有些幽暗,倍添了几分私密的感觉。更难能可贵和让别墅主人欢喜雀跃的是,每幢别墅都面向着前方的一泓碧水,那是玫香湖,可以想象,入住别墅的每一位主人都会产生一种尽享湖光山色的安然喜悦之情。

童庆心中正在称奇,车速慢下来了,他透过车窗朝前望去,环形车道两侧,停满了车子,多数是警车,还有黑色的轿车。有两个警察迎着他们的车子走来,走在稍前面的那个,还举起手来示意他们停车。

车子停下来,个儿一米八一的华山下了车,神情庄重地向两个警察走去。

两个警察显然认识华山那个大高个儿,当即被他的气势镇住,停下了脚步。

华山这才转过身子,让在一边。

诸葛铮开了车门,走向前去,两个警察脸上露出笑容,分别向前迎了一步,一个说:

"铮法医到了!"

另一个道:"正等着您呢,大法医。"

诸葛铮的身材和华山形成鲜明的对比,他五短身材,显得壮实、精干,敏捷而又机灵,只见他步履矫健地向别墅走去。一个警察在前头引路:

"铮法医,88号别墅的门在这儿。"

童庆跟在后面,背着采访包,既像是铮法医的助手,又似是跟班,唯独不像个纪实文学作家。不过警界的人都认识他,他追踪采访铮法医,整整十几年了。写过多篇关于铮法医的报道。

88号别墅的门在小径的侧边,童庆在走进大门之前,无意间一抬头,只见远处一幢别墅的露台上,站着一个女子,脸上显出既惊异又好奇的神情,朝着88号这边张望。

童庆不由停下了脚步,向那露台上的女子凝神望了一眼。顿时遭了电击般怔住。

没错,就是她!

他认识她,兰梅萍。

没想到,万万没想到,梦里寻她千百度,乍一抬头,她竟然出现在这里!出现在之前他听也没听说过的玫香别墅。

九

童庆走进室内,一眼便看出这是间宽敞的画室,这地方除了贴墙有一张又长又宽大的金丝楠木画桌,两侧都是可以随时开启的落地窗,虽是多云天气,画室里的光线仍显得十分充足。一侧的窗户外,显然是一条连廊,连廊里置放着品茗小坐的时尚红木椅子和茶几。另一侧窗外,映入童庆眼帘的是庭院，庭院里栽着兰天花竹和槐树、梅枝。庭院中央的砖地上，还置有实木的凳子。

童庆收回目光时，诸葛铮已把掀开的白布给地毯上的程步涛盖上，面色凝重地站起身来，画室里所有人询问的目光都投射到他的脸上。

华山手里拿着一张死亡证明书，站在诸葛铮的一侧，只消诸葛铮一抬手，他就会把笔递上去，让自己的老师签字。童庆知道，华山是诸葛铮多年的助手和下级，诸葛铮年龄到限，华山出任法医室主任，也是诸葛铮力荐的。

只是诸葛铮既没脱手套，也没抬手，他瞅了童庆一眼，顾自往画室外的庭院走。

童庆和诸葛铮交往多年，瞅他那眼神，连忙跟着他走去。

一个站在落地窗前的警察，打开了通往前庭院的门。

诸葛铮走进中央铺设砖地的庭院，皱着眉头，昂首四顾。

童庆随之走进庭院，庭院里空气清新湿润，有小鸟的啁啾之声。华山也跟着走进庭院，诸葛铮望了望他身后，一边脱下胶布手套，一边朝着画室里招呼："冷局，你来一下。"

冷局是省城郊区分局的局长，玫香别墅的这一区域，显然仍属于郊区分局管。出了大画家猝死的意外，分局长亲自到了现场。童庆进画室时，和他点头招呼了一下。

21

冷局几步走进了庭院,画室内其他的警察都识趣地留在里面,没走出来。但是所有在现场的人都感觉到了,大法医诸葛铮并不认可报纸上的说法:程步涛是在创作过程中因心脏病突发猝死的。要真是这样,诸葛铮会当场签字确认这一事实。

华山抖开一只塑料袋,让诸葛铮把脱下的胶布手套放进去。诸葛铮压低了嗓门,问冷局:

"报纸上的消息,是你们同意发的吗?"

中年发胖的冷局连连摇头:"我们也是接到美协的电话赶过来的。报纸是怎么在第一时间抢到画家之死的新闻的,他们说不便透露。只是报纸答复得很肯定,他们跑美术的记者与程步涛家属核实过,他确实已辞世,报纸才发的消息。"

诸葛铮竖起一根食指,又朝华山瞅了一眼,悄声道:

"核实一下,报纸的消息是怎么得到的。报社和家属通话,家属是哪一位接到的电话,怎么回答报社的。"

冷局点头:"这应该不难。那么,铮法医鉴定下来,程步涛是怎么死的?"

冷局这句话问得很轻。

"自杀。"诸葛铮低低地十分肯定地说。

"什么?"童庆几乎要叫出声来,听到这两个字,他吃惊得要跳起来,不敢相信地望着自己那么信赖的诸葛铮。

他走神了。在走进画室之前，撞见了那个露台上的女人兰梅萍，他的魂灵不在自己身上了，他承认自己完全走神了。既没有俯身跟着诸葛法医细细察看程步涛的身子，又没有聆听比他们早到的警察的汇报。他只是带着一脸茫然地瞅了瞅画室内外的动静，脑子里却是一片空白。诸葛铮的一句"自杀"，像一颗炸弹，把他轰回到眼前的事实面前。顿时，自清晨看到早报报道后有过的疑惑，全部回到了他的记忆之中。他不由汇聚起精神，盯着一脸严峻凝重的诸葛铮，他尊敬的大法医。他知道，铮法医如此深谋远虑，是因为昨晚就有人给他打来匿名电话作敲打似的提醒了。

十

童庆是信赖铮法医的。但是铮法医如此肯定的鉴定结论，下在大名鼎鼎的画家程步涛身上，又使他不敢相信。

凡是人自杀，总是有原因的。或因抑郁，或因不可治愈的疾病，或因穷困潦倒，或因灾祸临头想不开……

所有的原因归到程步涛身上，都没有可能。他功成名就，他声名远播，他在省城里有不止一处的住房和画室，就是在如此高档的玫香别墅，除了88号专辟为画室，他还有一幢39号别墅和风韵犹存的妻子于倩虹同住。他活得潇洒而又自在,他要什么有什么,他凭什么会自杀?他为什么要自杀?

讲不通的。

别人不认识他,童庆和他相识几十年了,虽然不能说熟悉到知根知底,但是程步涛性格开朗,生性大方,无论私下里会晤,还是在公开场合露面,他总是笑眯眯、乐呵呵的。到文联开会,有时候见到童庆,老远地就会大声招呼他,伸出手来和童庆热情地握手,常说,什么时候去我的画廊看看,什么时候我们一起喝个茶,让童庆这个年轻时的老相识感觉分外温暖,感到他名声大了,金钱多了,没有一点儿架子,够朋友。

就是这样性格的一个人,他怎会自寻短见呢?

童庆不相信。

他的这么一种不相信肯定显示在脸上了,他的不相信似乎也代表了在场其他人的心理,让诸葛铮看出来了。

华山俯身以请示的语气问:"铮老师,画家的遗体要拉去鉴定吗?"

诸葛铮沉吟着道:"和家属商量一下,要对程步涛作进一步的鉴定。如果像报社说的那样家属也认定他是猝死,我们更有必要把他自杀的事件背景查清楚。"

"那么,"冷局征询道:"我们该从哪儿着手协助铮法医?"

诸葛铮双手做了一个挨得近些的手势,华山、冷局、童庆都往他身前靠了靠,诸葛铮道:"日本有个上了年纪的资深法医,名叫上野正彦,日本人尊称他为法医之神,他说过一句惊人之语:九成以上的自杀者是他杀。"

说着,诸葛铮的目光从身旁三个人脸上一一扫过。童庆分明感觉到了铮法医目光中的分量,这些年来,他对铮法医的习惯手势、语言方式,可谓逐渐熟悉了。但他仍然觉得,铮法医只要面对疑难案件,全身心地投入到案子中去,总会闪现出一些吸引他的东西。他敬重铮法医、佩服铮法医的,也是这一点。

诸葛铮停顿片刻,接着道:"越是觉得不能相信,不可理喻,我们越有责任查清事实真相,把程步涛这么一个大画家突然离世的真正原因告白于天下。"

"那我的任务,"华山主动道:"是去接触画家的家属?"

"没错。"诸葛铮右手举得高高的,食指屈起来,朝着华山高高的个子连续点了好几下,这才道:"多留一个心眼。"

"明白了,老师。"法医室主任颔首道。

诸葛铮的手在胸前画了一个圈,对冷局道:"去和玫香花园别墅的保安、保洁工、园丁、物业方方面面都接触一下,区局的任务,是会同这儿的派出所,对了,管理玫香花园的派出所,是不是土冷镇派出所?"

"大法医很熟悉我们这里嘛!"冷局忍不住赞道,"玫香花园别墅就属于土岭镇管,土岭镇还管着山那边的土岭村呢!"

"那好。"诸葛铮点头,"你们得把程步涛近期接触过的人,无论是谁,都排查一遍,拉一张名单出来。给我们提供一份。"

冷局甚有把握地道:"那没问题。"

说完拍了一下华山的手臂,两人一前一后走回画室。

诸葛铮转过脸来,对童庆道:"有一点看法吧。"

"我特别佩服你的预见,"童庆抬头环顾着四周说,"从昨晚你接到那个打招呼的电话,到今早收到那封谈程步涛的信联系起来看,程步涛的突然死亡,似乎只是一台大戏的序幕啊!"

"是啊!"诸葛铮背着双手,在庭院砖地上来回踱了两步,边走边说,"有人是想以他在创作中突发心脏病猝死为由,掩盖他自杀身亡的真相。"

"如果用我的话来说,"童庆补充道,"是费尽心机极力掩盖他自杀身亡的真相。他那么大个画家自杀而死,多难听啊!"

"那是你作为善良人的判断,掩盖真相仅仅是为了名声的好听、难听吗?"诸葛铮说着,断然地摇摇头说,"非也。我们要弄清楚的,是什么原因促使这样一个大画家采取了自杀手段来了结生命。如果承认上野正彦的话有道理,那么还可以说,我们要查明白的,是谁逼他自杀的? 走。"

童庆跟着诸葛铮刚刚走进程步涛的画室,诸葛铮的手机响了。诸葛铮站停下来接手机的当儿,童庆的目光扫向画室墙上的一幅小品,程步涛这家伙,真是一个奇才,就这么随随便便挂在画室里的小品,都画得有韵有味,瞅了一眼,目光就不想移开。他画的是玫香花园别墅外一个卖蔬菜的农妇吧?无论是她持秤的姿势,她手上准备加点分量拿的一小把葱,还是她身前竹篮里的一堆菜蔬,都画得活灵活现,跃然画面之上,寥寥数笔,就把农妇的热情、勤勉、喜悦,形神毕肖地画了出来。童庆一看,就喜欢上了这幅作品。瞧这家伙,也不好好装裱一下,就那么拿几根柴棍样的木棒钉了个框,歪歪斜斜地挂在墙上。

"走吧,"诸葛铮的声气在他耳边响起,"到39号去。冷局说让我们见见程步涛妻子。"

"于倩虹?"

"你认识?"

"看画展时见过。"童庆说着,眼前闪过于倩虹性感的形象和风韵逼人的气度,他记得有几回在省城的画展上,遇见过她随程步涛在一起观展,程步涛介绍过。不过,说实话,一晃童庆也有几年没见过她了。

"冷局说39号别墅很近,谁是当地派出所的?给我们带一下路。"诸葛铮仰脸朗声问。

有个年轻警察应了一声,带头走出画室。

童庆跟在铮法医身后,又瞥了一眼那幅小品,走出偌大的画室。

十一

玫香花园别墅的楼栋号是按顺序排的。从39号别墅到88号别墅,顺着每幢别墅门前的大路走,得绕很大一个圈,约莫要十几分钟。熟悉玫香花园别墅小路的人,只需要沿着林荫下的曲径,拐两个小弯就到了。土岭村派出所的社区小民警在前头带路,两三分钟就来到了39号大门前。

嗬,好气派的一幢别墅。比号牌吉利的88号宽敞、大气、宏伟得多。

童庆第一眼看到,浑身就起了一种强烈的为程步涛惋惜的情绪。住在这么漂亮的别墅里,条件好得不用说了,名声又那么大,普通百姓会认为他过的是神仙般的日子。他为什么要自寻短见?

随着诸葛铮走进39号别墅的客厅,早他们一步到达的华山和冷局正不安和惶惑地分别坐在两张铺设着软垫的红木沙发上,这沙发宽阔的扶手上都雕着图案,既显得庄重,又不失时尚,是流行的中西合璧式的新款。童庆一眼看得出,这么一组沙发,没有上百万是买不下来的。

　　令他愕然的是,面对华山和冷局坐着的于倩虹双手掩面,耸动着双肩在不住地啜泣。她左手腕上那一款宝格丽极光表,尤为令人瞩目。经常翻阅时尚杂志的童庆知道,这是目前最为流行的女表,因为其极简约化的风格,而深受时髦女性的喜爱。

　　客厅里又进来两个人,这显然更刺激了她的情绪,她的指尖局促地抹拭了一下眼角,垂下双手,面对走在前头的诸葛铮,抽泣着道:

　　"人都死了!你们为什么还不让他安静?"

　　责问的同时,她的目光扫到童庆脸上。认出是童庆,她愣怔了一瞬间,不知是招呼好,还是装作视而不见。

　　童庆在端详她的小黑上衣和白皙得发亮的脸庞时,沉着地点了点头。他相信自己的表情和目光透出的,都是关注和惋惜的神情,并无丝毫恶意。在把眼光落到客厅里其他人身上时,童庆几乎叫出声来。

　　红木沙发的角上,坐着的竟然是他多年前的熟人李宏超,此人是标准的南方型美男子,活跃在仅次于省城的第二大城市梅城商场上,近些年里也可算是一个相当活跃的人物,媒体上的曝光度甚高。童庆的目光落到他脸上时,他的两道浓眉一展,一双大眼睛露出点笑意,竖起左手的巴掌,朝童庆晃了晃。童庆的嘴角一翘,也向他微微一笑。心里却在忖度,他为啥在这敏感时刻出现？莫非……

童庆在自己的记忆深处费神地搜索并猜测。

诸葛铮在面对于倩虹的长沙发上坐下,不卑不亢地道：

"我们的初步鉴定,和报纸上登的猝死不一致。为了对程步涛先生负责,也对家属负责,必须对步涛先生做进一步的检测鉴定,希望家属配合。"

"诸葛铮警官是我们首屈一指的大法医,"冷局紧随着给于倩虹介绍,"他是我们分局特地请来的……"

"要折腾到什么时候？"于倩虹不悦地打断了冷局的话,仰起的脸上泪珠仍在垂落。

即使在这种情绪激烈的时候,她的脸上仍呈现出一股既天真又性感的表情,让人心生怜悯的同时,不由得会被她的情绪感染。

童庆心里说,她也许就是凭着这种神情,挤走了程步涛的前妻后取而代之的吧。

男人最易被女人的这种哀怜神情诱惑了。

"很快。"诸葛铮冷冷地道,"为了尽快得到程步涛先生准确的死因,我们还需要你回答几个问题。"

偏偏铮法医不为于倩虹的情绪所动,直截了当地切入主题。

"我……"于倩虹脸上顿显一种无辜的神情,微显茫然。"问我吗？"

"是的,你。"铮法医咬字清晰地重复着:"请问,你是什么时候发现程步涛先生辞世的?"

"半,半夜……"

"半夜什么时间?几点钟?"

"十二点过了,准确地说,是下半夜了。对,是下半夜。"于倩虹求助似的转过脸去望着李宏超,李宏超鼓励似的回望着她,提醒般说:"你慢慢说,仔细回想一下,慢慢地说。"

于倩虹似一个从梦中清醒过来的孩子般,两只手朝后摸了摸红木沙发的底座,连连点了一阵头说:"对了,是下半夜……"

"几点钟?"诸葛铮语气平缓,却有股无形的力量。

"十二点……十二点五十分吧,"于倩虹沉吟一般说着,"我一觉醒来,察觉步涛还没回来,就觉得有点异样……"

"为什么?"这一回华山插话了。诸葛铮的到来,用几句话扭转了客厅里的气氛和尴尬的局面,使得华山也恢复了镇定,他不失时机地插了进来。

"以往,"于倩虹把脸转向了华山,"步涛也是常常在夜里进画室创作的,他习惯了。他说夜里清静,无人打扰,精力充沛,思绪也活跃,很多神来之笔就是在这种时候涌来的。不过通常,他在十一点半就会收工,十二点之前必定回到39号,盥洗一下就休息了。故而……故而我也习惯成自然,头一觉睡醒过来,他已躺在床上了。昨晚我揉眼睛时,没见他在床上,再一细听,屋里没一点儿动静,我以为自己醒早了,瞅了一眼卧室的钟,十二点五十……"

"没记错?"华山插嘴问。

"没……没有,我还拿起床头柜上的这只表,"于倩虹指着左手腕上的宝格丽极光表,童庆的两眼盯在她的腕表上。于倩虹接着道:"看清是十二点五十,我完全清醒过来,这个人又疯了,不要命了,你们知道,像他这样的画家,一旦画进去了,会有一种走火入魔的状态,把一切都忘个干净。我趿上鞋子,披了一件衣裳,下楼开了门,就往88号跑。"

说到这儿,于倩虹剧烈地喘息着,胸脯波动起来。

华山放缓语气:"夜深人静,你一个人?"

"一个人。"于倩虹点头。

"你不怕?"

"不怕。从39号到88号,时常走动。只拐了两个小弯,我看见画室里灯火通明,悬着的一颗心就放下了。哪晓得,哪晓得,推开门,就看见了那一幕……"于倩虹的食指朝前一点,惨白的脸抽搐了一下,扭转脸去,放声哭了起来:"怎么……怎么让我撞见了呀!"

她又双手掩脸,悲恸地哭泣起来。双肩耸动得比童庆刚进屋时还剧烈。

客厅里除了于倩虹的悲泣之声,一片沉寂。

华山和诸葛铮交换了一下目光,冷局也把脸转过来,征询地望着铮法医。

童庆注视着李宏超,只见他深怀同情地望着于倩虹,丝毫也不掩饰对她的关切和同情。

于倩虹的悲泣低弱一些,诸葛铮就干咳了一声,问:"你撞见步涛先生怎么了?"

于倩虹双手捂着脸道:"他……他倒在画桌旁的地上……"

"后来呢?"

"我慌慌张张扑进去,连声喊他:步涛,步涛,步涛你醒醒啊!连叫了八九声,我拉他,推搡他,想抱他起来,扯他,拽他的手,他一点反应都没有,一动不动,嘴巴张着,眼皮耷拉着,我像现在这样急哭了,用手在他嘴巴前探探,一点气息也没有。天塌了,天塌了呀!这是怎么回事?究竟是怎么回事啊?吃晚饭时人还好好的,到画室来才几个小时,人就这样了?别是人们常说的,突发心脏病猝、猝然、猝然……我跳起来,在画桌上找着了步涛的手机,一按就是画院的号,一按就是美协的号,我就给美协说了,给画院说了……"

"是先给画院说的,还是先给美协说的?"诸葛铮问。

"我的脑子里一片混乱,都说了,都说了,记不清是给哪个先说的,反正手机上都有。你们可以查的。"

"给报社说了吗?"铮法医又问。

"没……我给报社说什么？啊,对了,下半夜,天快亮了吧,报社来过一个电话,向我核实,步涛是不是没了,我哭叫着说是的是的是的,他妈的你们是怎么知道的？对方听我骂了人,把电话挂了。"

说完这些话,于倩虹精疲力竭地歪在沙发上,蜷缩成一团,双肩下垂,两手无力地抓着沙发扶手,像被人狠狠地揍了一顿似的,满脸都是泪花,伤心欲绝地闭上了眼睛。

39号别墅客厅里,一片沉寂。从敞开的门窗外,传来路人的对话声：

"今天玫香花园的太阳从西边出来了,怎么有这么多人？"

"你不知道吗,出大事了！看看,好几辆警车呢！"

"真是的,有案子？"

"哪里,是一个啥有身份的人死了。"

"玫香花园的住户,哪一位不是有头有脸的人物？"

"这一个不同,听说是赫赫有名的大画家！一幅作品,够买一幢这里的别墅了。"

"哇……"

……

对话声渐去渐远,渐远渐轻。客厅里很静,屋里人把每句话都听得清清楚楚。

于倩虹垂下了头,垂下了眼睑,白皙泛光的脸上显出疲怠厌倦的神情,让人觉得可怜巴巴的。

童庆却一点也不同情她。如果真像她说的,是半夜一点钟才察觉程步涛死了的话,那为什么昨晚上就有人给诸葛铮打电话暗示和诱导呢?今天一大早,又有人给铮法医家信箱里送进那么一封贿赂意味明显的信和五张购物卡呢?

这就是说,有人早在半夜之前就知晓了程步涛的死,并且要了一系列的手段。

这一切更像是阴谋。

看来,程步涛的"猝死"后面,大有文章哩。铮法医判定他是自杀,那么,是一股什么样的巨大压力,逼迫程步涛走上这么一条不归之路呢?

童庆相信,自己都想到了的这一切,铮法医肯定是了然于胸、心知肚明的。他把目光转向了铮法医。

"夫人节哀顺变,"诸葛铮离座站起身来,环视了同来的几位一眼道,"我们告辞了。"

宽大豪华的红木软垫沙发上,于倩虹的身子颤动了一下,眼皮抖了抖,没其他动静。

倒是梅城来的李宏超,跟着几位警察,走出客厅来。

35

十二

李宏超握住童庆的手,摇晃着告辞时,童庆才意识到,他是代女主人于倩虹出来送他们的。

为了证实自己的猜测,童庆问道:"你还要待一会儿吗?"

"是的,我们是老朋友了。"

"老朋友?"童庆没想到,和李宏超相识几十年,他都没称呼自己为老朋友呢。

"是啊!"李宏超的男子汉浓眉一展,"你不知道吗,于倩虹和我是同一知青点的。她和我俩一样,同属最后一批的小知青。"

"噢,"童庆这才恍然大悟,所谓小知青,就是"文革"年代最后一批下乡的知青了。自他们之后,"文革"结束了,上山下乡停止了,在成千上万知识青年群体中,他们是最小的一代人。自称"小知青",其实也都年过半百了。只是,童庆只认识当年名声很大的李宏超,不认识默默无闻的于倩虹。"那你再待一会儿,安慰安慰她。"

"你呢,几年没见,能不能留个联系方式?"李宏超摸出一张名片递给他,同时掏出了自己的手机。

童庆把手机号报给了这个当年在同一个县里插队的知青伙伴,解释道:"2004年,我就职的《警苑》杂志变成了政法口的内刊,再没印过名片。"

"行、行,有个手机号就成。"见诸葛铮、华山、冷局他们在路边等着,李宏超摆了下手,回39号别墅的客厅中去了。

童庆凝神瞅了一眼他的名片:恒诺生态集团董事长。

童庆心里道,集团董事长和名画家夫人仍保持着联系,倒也可以理解。

他快步走到铮法医身旁,只听铮法医正在给冷局建议:

"从现在起往前推三天,凡是进出88号画室、39号别墅的监控探头,你们统统都要细细查看一遍,特别要查看的是昨天晚饭后进出88号画室的人员。一定要弄清楚,为什么在半夜之前,程步涛的死讯已经传出去了?"

童庆不住地点头忖度:这是最为要紧的呀!太有悬念了!

坐上铮法医的车子驶出玫香别墅时,童庆打开了车窗,装作对玫香花园的景观颇有兴趣地不住张望,内心深处,他是期待在开出去的路上,还能看见兰梅萍。

但是他失望了,直到车子开出玫香花园别墅的大门,他也没见着几个人。林水环抱的玫香花园,又恢复了她那世外桃源般的宁静和幽雅。真正想不到,时而浮现在记忆屏幕上的兰梅萍,会出现在这么个地方。

十三

兰梅萍是童庆的初恋。

苦涩的难以言表的初恋。

初恋的果实始终如一颗辛辣、酸涩的怪味橄榄一般,横梗在他的嘴里。一辈子也挥之不去。

一切开始于那封信。在插队落户岁月中,男女知青最盼望的,就是省城家庭里的来信了,天天下午的三四点钟,是乡邮员送报纸和信件到达童庆插队的安澜村的时间,无论是男知青先拿到邮递员手中的信报,还是女知青先拿到,回到知青点的第一件事,就是欢叫着收信人的名字,把来自父母、亲属、同学的来信交给对方。星期天去赶集市,知青们也都会拐进邮电所,顺路把信和属于知青点的报纸主动取回。

邮电所的所长和邮递员是同一个人,大名叫许文光,上海男女知青们都习惯地叫他老许。也有人为讨好他,尊称他为老许所长,他总是摆着手笑道:

"不敢,邮电所老许,就是个邮递员,乡村邮递员。"

乡邮员老许是在不知不觉间成为童庆和兰梅萍之间的情书传递员的。连他自个儿都不承认,他担任了两人之间的这么一个角色。

同在一个公社插队落户,怎么会写起信来的呢?

就是因为两人间不知不觉地萌生了那么股情愫。

那是个赶场天的雨夜,天刚刚擦黑,童庆蒸了一个鸡蛋,用上海带到山乡来的咸菜,炒了一个洋芋丝,正准备对付简单的晚饭,这时兰梅萍淋得透湿,踢踢踏踏小跑着推开了知青点虚掩着的门。门板撞在门框上,震得屋里的灯泡都微晃起来。

童庆愕然转过身去,一眼认出这是隔壁泗溪大队里的上海女知青,他吃惊地瞥了她一眼:

"你⋯⋯"

"赶场路过这里,撞上了这场突如其来的雨,倒霉透了,你看,从寨子外头冲进你这里,差不多全淋湿了!"兰梅萍注意到了童庆手里正往小桌上端的饭菜,不好意思地笑了笑,说:"没关系,你吃你的晚饭。她们呢?"

她说的"她们",指的是和童庆同一知青点的几个女知青。

童庆把蛋和炒洋芋丝的两只碗放在小桌上,无目的地转了半边身子,对兰梅萍道:"她们到马场66厂礼堂看电影去了,看完电影就在马场知青点过夜。没关系,我找几件干净衣裳,你尽管在这躲雨,把湿衣服换下来烘烘干,等雨停了,衣服干了,带上雨具再回泗溪去。没啥吃的,你就和我一起对付这顿晚饭。"

兰梅萍眼里露出感激的目光,忙着赶路,想抢在大雨之前赶回泗溪,一路疾走,她确实也饿了。泗溪离这里还有好几里路呢!

几天以后,借着老许来送信的机会,兰梅萍请老许带来了一封给童庆的信。她在信里感谢童庆在雨夜里让她待下来,找出崭新的毛巾让她洗脸、抹拭干身子,拿出他的干净衣服让她临时换上,还招待她吃了晚饭。炖蛋和咸菜炒洋芋丝,让她尝到了上海味。特别令她感激的是,雨下了整整一夜没有停,童庆腾出自己的床,让她过了一夜,而童庆自己,却跑到村寨上的老乡家里,和农村小伙子在床上挤了一夜。在她洗脸抹干身子的时候,童庆又主动走到门外屋檐下等着,直到她收拾完喊他,他才回到屋里来。这一系列的待人接物的方式,让兰梅萍心底里感到,童庆是个老实人,好人。

你知道吗?

在信的最后,兰梅萍还提醒似的告诉他,那个雨夜她幸好在他们知青点留宿,雨下得太大了,泗溪河涨大水,平时能踩着鹅卵石河床蹚过溪去的路,那晚根本过不去。要是她借了雨具回泗溪去,还真不晓得会发生什么事儿……

由此,兰梅萍写上这一封信,特意向童庆表达感激之情。也没啥报答的,欢迎童庆在农闲时,到她那儿玩罢了。

童庆把这封信翻来覆去地看了几遍,都快能背得出来了。这封信没贴邮票,只是粘了糨糊,信封上仅仅写了缠溪中寨安澜村,童庆收,信的字里行间,虽然没说一丁点儿透露出情感的话,童庆却从兰梅萍的话语中,读出了女孩儿的感激之情和愿意同他继续交往下去的心愿。不是吗,一个漂漂亮亮、娴静端庄的姑娘,主动给他来了信,还表达了欢迎他去玩耍的意愿,这本身就不一般,是一件意味深长的事儿。

这也是童庆珍视兰梅萍的原因,这也是他把信读了一遍又一遍的原因。

以后,在农闲时节不出工的日子,在农忙节气里的赶场天,童庆就会去泗溪找兰梅萍相会。

起先是装着走路恰巧拐进来看看,讨一口水喝,兰梅萍出乎童庆意料地表现得落落大方,她声气张扬地告诉同一知青点的姑娘们,这就是雨夜招待她吃晚饭,还留她夜宿的童庆,他自个儿跑老乡家中,连跳蚤、虱子都不怕,和老乡去挤着睡了一夜。为了还他的情,兰梅萍热情洋溢地留他吃饭,还拿出了她放在箱子里的凤尾鱼罐头、午餐肉罐头招待他。逗得和兰梅萍同一知青点的男女生们不时开他俩的玩笑。

童庆吃了一顿丰盛的午饭不算,告别时兰梅萍还客气地把他送到村寨门口,一路走出去的时候,他俩有意无意地约定了下一个赶场天同去街上的日子。再以后,只要童庆插队的缠溪中寨知青们去赶场,或者兰梅萍的泗溪生产队里没人,他们总能找到单独相会的时机。

这段日子里,送信的邮递员老许,善意地充当了他俩之间传递书信的使者。天朗气清的日子,老许喜欢骑着他那辆年头久远的自行车下乡。老许的车技了得,在窄窄的田埂上,他能把笨重的自行车骑得飞快,从未有过闪失。只要是童庆有信传递给兰梅萍,或是兰梅萍有信件传递给童庆,他总会心照不宣地把信交到对方的手中。即便有时他来的时候,童庆或是兰梅萍没在知青点上,他也会负责任地把信件放到他俩的床上,并嘱咐其他知青给他们提醒一声。

这对他俩来说是颇为重要的。尤其是童庆和兰梅萍偷偷地躲在秋收以后的草垛子里亲吻过之后,他们信上亲密的话语就写得有些露骨了。兰梅萍写给童庆的每一封来信,童庆都视为珍宝。他每次都把兰梅萍的信读了一遍又一遍,直到几乎可以背诵下来为止。兰梅萍信上的字写得很小、很端正,字迹清晰,每一个字都圆润秀雅,看得出读书的时候她练过字。读她的来信,无论长与短,童庆都感觉到是一种享受,仿佛是面对面和她坐着谈心,聊天。插队的生活多乏味、枯燥啊,无非是出工、歇气、收工,干家务活儿。但他俩之间,却总有话儿说。

在收到她的下一封信之前,童庆总把兰梅萍的这一封来信藏在衣兜里,只要空闲下来,就掏出来读一遍,咀嚼着信上的每一句话,想象着她说这句话时的神情。尤其是读到她每封信的末尾总要写上的:亲亲你、吻你,你的小兰、你的梅萍,这些亲昵的话时。童庆总会神往地想象着他们躲在暗处亲近时的情形。他甚至每回都能从兰梅萍写来的信笺上,嗅出她身上青春的芬芳来。

直到他收到兰梅萍的下一封信,童庆这才把兰梅萍的前一封信揣进信封,锁进他带到乡下的箱子里去。

男女知青都没啥财富,大多数知青带到村寨上的知青点的箱子并不上锁。只有记日记的知青,藏了一小点路费回省城的知青,才郑重地把自己的箱子锁好。童庆自从和兰梅萍有了频繁的书信往来,就把不多的以备不时之需的几十块钱、二三十斤粮票,连同兰梅萍的每一封信,都锁在自己带下乡的那只红色的皮箱里。

读书的时候,童庆的作文就是班上名列前茅的。自从和兰梅萍开始了初恋,他给兰梅萍的信,每一次都写得比她的长。他觉得,总有说不完的话要向她倾诉,读书的心得,几个知青之间的关系,村寨上干的农活,上海家里来信说了啥消息……总之,他总能找到话题对亲爱的兰梅萍叙说。他相信兰梅萍也会像自己一样,把他写的信,读了又读,然后珍藏起来。只因兰梅萍对他说过不止一次,喜欢读他写的信,从他写的字里行间,她总能学到一些东西。

哦,这是他得到的最大的激励了。

什么预兆也没有,那天童庆赶集回来,放在床头边的那只结结实实的红色皮箱,被撬开了,七八个荷枪实弹的武装民兵,站满了知青点的茅草屋内外。

大惊失色的童庆嘶声叫道:"怎么回事?不经我的同意,是哪个撬开了我的箱子。"

没人答复他的话。

童庆望着和他同一知青点的几个男女知青,他们都低着头、沉着脸站在那里,有的翻起眼皮瞥了他一眼,目光移开了。

童庆凝神一看,不是他一个人的红色皮箱被撬开,和他同一知青点的男女伙伴,一只只大大小小的箱子都掀开了盖子,敞在众人的面前,连女知青箱子里放着的内衣都抖开了。童庆的心"嘭嘭"地跳得剧烈起来。空气里飘来牛粪的味道,有围观的老乡在抽叶子烟,浓辣的烟味同时飘进了知青点集体户,是阴天,光线从镶嵌在泥墙上那扇满是积垢的玻璃窗射进来,一只箱衬为粉色的盖子上,女知青的胸罩没有折叠整齐,扎眼地呈现在所有人面前。

童庆叫起来:"这怎么……"

但是他没敢把话说完,就已经察觉了,所有被粗暴地命令敞开箱子里一切的男女知青,都噤若寒蝉地待在那儿,有的木呆呆面无表情地站着,有的垂着脑壳坐在床沿上,那只漂亮箱子刺眼地把内衣胸罩都暴露在众人面前的女知青,捂着一块手绢在啜泣,极力地压抑着自己伤心的声气。只有她的双肩随着抽搐一颤一抖。

不等童庆再次发问和表示抗议,公社里的武装部长,罗炳雄黑着他那张皮肤粗糙的脸对童庆,也是对所有人宣布事态的严重性:

"供销社下伸店小卖部失窃,丢的不是小东西,是现金,还有数量吓人的粮票!"

他的话引起站在知青点院坝里看热闹的男女乡亲一阵惊呼和议论。

"你们所有的知识青年全都是怀疑对象!"罗部长斩钉截铁地一挥手,不容置疑地继续道:"我奉公社党委和革委会的直接命令,同时受县公安局的委托,搜查你们每个知青的箱子。其他人都查了,童庆!你回来得晚,又是重点嫌疑对象,我们当着你们大家,已经把你的箱子撬开查看了,你信封里装着的三十元钱、二十三斤全国粮票,我们不搜走,当众做了登记。所有笔记本、来往信件,我们一律搜走,带回去寻找破案线索。"

罗部长声嘶力竭、铿锵有力地讲出的每一句话,透露出了事情的原委和目前还没有破案的实际情形。

45

没有人敢于询问，没有人申辩和抗议，知青们都有一种大难临头的不祥之感。感到上面要揪住知青的这根小辫子，好好地整治一番了。

童庆心里是清楚的，所谓下伸店，是供销社为服务贫下中农，下伸派到缠溪、泗溪、长溪几个大队开设的小店，也叫小卖部。小卖部里除了供应日常生活用品，同时还出售烟、酒和糕、团、饼子，糕饼团子是粮食制品，购买的时候还要收粮票。只有钱，没有粮票，是不会卖给你的。

下伸店小卖部里失窃是常有的事情，晚上盘点下来，不是少了一块肥皂，就是缺了几盒香烟、火柴，有时还会少煤油、针头线脑、罐头，都是平时放在货架上，被人顺手牵羊拿走的。春耕大忙的打田栽秧季节，秋收时节，上头配给每户人家一斤酒，供应下来，竟然也会少个七八斤。

"都说捉贼要抓赃，"罗部长像突然想起来似的陡然提高了嗓门，"平时少点东西，小卖部一次都没抓住过小偷，自认倒霉。可我们认定，每一次都是你们知青偷的，为啥呢？别以为没人看见，没当场抓住过，就自以为高明。今天我来把底细告诉你们，在你们知青来山乡之前，下伸店里从来没有少过东西，哪怕售货员临时走开一会儿，都没人私自拿过东西。自从你们来了之后，不要说下伸店，公社供销社、百货店、食品公司，连卖馒头、包子的，都报案说有人偷东西，不是你们干的？难道小偷会从平地里长出来？这是一；其二,别人不晓得,据我当武装部长所掌握的情况,你们这些人,名义上是知青,都从学校里出来,可是上山下乡时,你们上海的头儿张春桥,把工读学校解散了,把那些惯偷、打架斗殴的惯犯,都夹杂在你们中间当作知青一起送来了。一颗耗子屎坏了一锅汤啊!明白告诉你们,这回出了大案子,县公安局首先盘查的,就是这些人。你们等着吧,他们马上也要到了。走,我们明人不做暗事,走,带走了的东西,我们会如数还给你们。"

罗部长训斥般讲完,大手一挥,似指挥千军万马的将军,大摇大摆地走出了知青点集体户的屋头。

七八个手中拿着钢枪的武装民兵,威胁般晃了晃枪头,一个一个走出屋去。

一个男知青长长地吁了口气,蹲下身去整理自己被翻乱的箱子。

那个始终压抑着啜泣的女知青,"哇"的一声哭出声来。

其余的伙伴,有的盖箱子,有的清点枕头下的皮夹子。

唯独童庆,像被一大桶冷水从头浇到脚似的,泥塑般站在那里,一动不动。

他感觉到从未有过的寒凛凛的一股滋味,正从他心里往上冒。

比突如其来的大祸临头还要恐怖。

兰梅萍写给他的那些情意绵绵的信,他珍视地把每一

47

封读了又读,带给他年轻的心灵无数美妙感觉和回味的信,被当作破案线索当着他的面搜走了!

他情愿把放在厚实的牛皮纸信封里的现金和粮票被抄走,他也不愿意兰梅萍的这些信被这些人搜走啊!

他预感到这不会有啥好结果,他想去公社索要这些信件,他想专程到泗溪大队去找一趟兰梅萍,尽自己所能解释一下这件事情的来龙去脉,求得兰梅萍的谅解。

后果比童庆想象的还要迅疾地显现出来。这成为他一辈子的痛,一辈子追悔莫及的一件事。

由于县公安局刑侦警察的加入,供销下伸店小卖部二百多块钱、几百斤粮票的失窃大案,很快破获了。原来是一个家中老人病重、要送省城抢救、屋头既无现金又无粮票的青年农民偷的,他家所住的村庄离小卖部最近,平时有事无事,都来小卖部玩耍、歇气、聊天,售货员卖出东西,收了钱和粮票,放在哪个地方他经常看得一清二楚。老人遭了灾,急着往省城里送,人命关天,老实巴交的青年农民情急之下,就趁售货员在小卖部旁园子里薅草的时候,偷了钱粮溜之大吉。好在他家是三代贫农,作下如此大案,家人赶紧下跪求情,表示哪怕是卖猪,也要退赔用去的钱,公安局只把那农民上了铐子带去了县城,并没说要严判、要关几年班房那些骇人听闻的话,只留下一句"视退赔情况作出判决"

的话。

在这一片山乡插队落户的男女知青们,心里感觉冤得慌,却也无处发泄,只是相互发一通牢骚而已。

被罗炳雄部长搜去的笔记本、日记,和家人、同学的通信,包括兰梅萍写给童庆的那些书信,都被分门别类装在一只一只牛皮纸信封里,还给了各人。

童庆认真清点了一下,兰梅萍写给他的十几封信,他都在信封右上角编了号,一封不少,便稍稍安下了心。

这些信是不是像罗部长所说,一封一封被作为破案线索读过,没人给他们讲。把日记、笔记本、书信还给知青们的,是公社里分管知青工作的民政干事,他背了一只大书包,专程走了泗溪、缠溪、长溪三个大队方圆十多里范围内的知青点,逐件把厚厚薄薄的本子和信件还给男女知青们时,只说他没看过,公社里什么人看过,看过后有无线索,说了一些啥,他一概不知。他的任务就是把这些原本属于知青的东西,逐件还给每一个人。

就此,知青们相互间也有过议论,说书信里幸好没啥隐私,不怕人家看。家里来信,父母总是叮嘱注意身体,还引用毛主席语录,要子女好好接受再教育,还怕人家看嘛!

唯独童庆,觉得总有什么东西横梗在心头。兰梅萍写给他的书信,是只让他一个人读的情书,字里行间透出的情愫,那些亲昵的话,外人一看就能读出味儿来的。看到这些信的人,像罗部长这样的公社干部,心里会怎么想?泗溪大队同样属于公社管,这些人读过信,会怎么看待兰梅萍?

童庆心里总是忐忑不安的。这天逢星期日赶集,他决定到泗溪大队兰梅萍所在的村里去,把这件事给她解释一下,让她的心里好有个准备。

正是雨后的早晨,山路上有些潮,路边的草叶上都挂着没干透的雨水、雨珠,童庆走得小心翼翼,但还是把两条裤管的下摆打湿了。空气清凉,也带着山乡里特有的湿润滋味。曲曲弯弯的小路上寂无一人,连坡上放牛的娃娃都不见。一股莫名的空虚浮上心头,童庆自问,去对兰梅萍解释了,她应该对此表示理解,他们这一对苦命的情侣,还是会像以往那样好下去,偷偷摸摸地写一些信,抒发心中的情怀,请心照不宣的老许当传信人,又能怎么样?他们相互的前途在哪里?未来又去向何方?

这是一无所有的插队落户知青时常想到的念头,出工劳动干农活时不想,聚在一起聊天时不想,唯独一个人孤单待着时,这样的念头就会冒出来。

童庆在自己的胸前赶苍蝇般挥了一下手,似要把这念头赶走。这会儿的当务之急,是要见到兰梅萍,和她讲讲信件被搜走检查的事,问问她们知青点的情况。

山路拐弯了,转到一个山垭口,走不多远就是一个三岔口。迎面走来一帮男女知青,足有七八人,童庆定睛望去,七八个知青中没有兰梅萍。

"童庆,这不是童庆嘛!"对方也已认出他来,都是一个公社的知青,相互叫得出名字,童庆记得叫出他名字来的姑娘是陈小菊,和兰梅萍住一间寝室。陈小菊说话像放机关枪,快而利索,又像叽叽喳喳的麻雀样琐碎,什么事儿都会大惊小怪,绰号叫"小麻雀"。

走得近了,相互打了招呼,陈小菊开口盘问:"你不到集市上去,到泗溪来干啥?"

"找兰梅萍。"童庆照实说。

泗溪大队的男女知青相互望了一眼,睁大了眼睛从不同的角度望着童庆,神情都有些异样。童庆甚至觉得他们有些古怪,至于吗,都是经常见面的知青呀!

"你不知道吗,童庆?"对方一位男知青咕噜了一句,似乎不信。

"知道什么呀?"童庆感觉有些莫名其妙。

"兰梅萍回城里去了。"另一个知青语速极快地道出一句,像在回避什么。

童庆大吃一惊:"真的?"

他的脸色一定变了,马上一位男知青接嘴说:

"我们骗你干啥? 她真走了,不会再回来了。"

童庆接受不了这一事实,招呼也不打,说走就走,这不是兰梅萍对待他的态度呀! 也许……他抬头诚恳地望着泗溪的知青男女：

"她家有急事吗……"

话音未落，小麻雀劈头盖脸数落着他："童庆，你别装了！梅萍给你信上写的那些话，都在我们村里传遍了，听说都是公社里传下来的。那些狗嘴里能吐出象牙来吗？说的肮脏极了，还有人指桑骂槐地讲梅萍是骚货，想男人了，这样的话都能写在纸上，哎呀呀，比这还难听十倍，我都学不来。你，你怎么可以……"

"小麻雀"对他的不满是显而易见的。

童庆呆痴痴地站在这帮伙伴们面前，脸膛火辣辣的，目光都不敢朝他们望一眼。

一个大高个子男知青摆手阻止了"小麻雀"，留下了一句：

"反正就是那么回事，以后你都会听说的，会听到详细情况的。"

待童庆稍稍回过神来，七八个泗溪知青已经在三岔路的另一条道上走远了，他们在议论些什么，他都听不见了。

还需要童庆去打听吗，没过多久，和童庆同一村庄的知青，这个讲给他听一句，那个私底下单独透露给他一点，去赶集时遇到其他大队的知青，有意无意告诉他一些，他已经摸到了大致的情况。话当然是负责审看从知青中搜抄来信件、日记、笔记的人嘴里传出来的,先是以汇报的形式在公社党委、革委会的正式会议上讲的。会议以后,兰梅萍信上给童庆写的那些亲昵的话,就一传十、十传百风一般的传开了。没几天就传遍了全公社,传到了所有老乡的耳朵里,最后才传到了在公社插队的省城以及上海知青们中间。

其实不用传,童庆都能想象得出来,那些天天干农活的汉子们,背着妇女们,私底下讲粗话时是股什么劲头。就是已婚的女子们,在农田干活歇气时,开起玩笑来,不也是啥放肆的话儿和举动都做得出来嘛。如今逮着了兰梅萍信上的话这件具体的事儿,他们不知会发挥到一种什么程度哩!

童庆失落的是兰梅萍的不辞而别。是他珍视的初恋,以这么一种永远说不清道不明的形式粗暴而蛮横地结束了。

十四

和兰梅萍在乡间延续时间不长的初恋,对童庆的婚恋、家庭,及他对妻子丁丽娟的感情,都是有影响的。

和兰梅萍相恋以后,虽然只是夜间躲在草垛子后面偷吻,只是赶集天趁着四周无人钻进林荫浓密的大树丛中搂搂抱抱,只是趁知青点里没有旁人说些知心话儿,除了两人的手握在一起,头挨头地表示一点亲热外,就没有更进一步的发展了。有几次,童庆的手无意间触碰到了兰梅萍隆起的胸部,故意想多停留一会儿,可梅萍总是紧紧地抓着他的手,阻拦着。在他俩的心目中,这情窦初开的恋情是圣洁的、纯净的,不像外面传的那样是乱搞。

虽然在书信上写到了吻,写到了一些表示思念和亲切的话,但也仅此而已。

可是这初恋是童庆精神上的慰藉,只要相隔时间长一些,没收到兰梅萍写给他的信,他就会焦虑和空虚。

而童庆回归了都市,经人介绍认识丁丽娟以后,就纯粹是为结婚而结婚,像和兰梅萍那种牵肠挂肚的思念和渴望的感觉,是没有的。

上海滩弄堂里流传着一句老话,传统的婚姻是牢靠长久的,自说自话所谓自由恋爱结的婚,到头来听见的都是鸡飞蛋打一场空的结局。

这老话并非自古流传下来的,只不过是按人们习惯看到的那样,照着做就是了。

他和丁丽娟的婚姻就是这样。双方的介绍人看着合适,经双方父母同意,谈妥了双方的经济条件、住房情况,家庭、父母、兄妹的简况,都没啥可挑剔的,就正式见面。童庆见丁丽娟不漂亮也不难看,带出去不坍台;丁丽娟听说他会写文章,本职工作编稿之外,能写作赚点稿费,听说还有点才气，就羞羞答答同意了。

他们的见面就是为了结婚成家，双方稍熟悉之后，就谈婚论嫁，照规矩操办婚姻大事。

婚后的生活无波无澜，相安无事。生下的女儿学习成绩在班上总是拔尖的。大学毕业去了美国，硕士读出来之后也嫁了一个硕士生，女婿是武汉出去的。小两口在美国都有一份收入讲得过去的薪资，婚后生下了一个小外孙，挺可爱的，童庆见了颇为喜欢，丁丽娟更是喜欢得不得了，女儿表示外孙需要老人照顾，丁丽娟感觉义不容辞就去了美国，一心一意照顾小外孙。童庆跟过去住了三个月，闷得待不下去了，先回到中国。和妻子说好了，等女儿婆家老两口去了美国，丁丽娟就回来和他做伴。

少年夫妻老来伴嘛，天经地义。

不料说定的事情半途有变，亲家公突发心梗，装了三个支架。武汉大医院的医生说，他这种情况，不宜来回美国长途飞行。亲家母照顾老伴要紧，自然也不能去了。

丁丽娟于是就继续留在美国照顾可爱的小外孙，女儿女婿也希望家中有个健健康康的老人照料一切。

童庆还有什么话说，好在家附近有所大学，他曾给大学里的一个名教授写过一篇不长不短四千余字的纪实文学，名教授很满意，听说了他的情况，给学校打了一声招呼，让童庆在学校食堂里搭伙吃饭，为童庆解决了后顾之忧。他也就这样把日子对付过去。

　　原来他以为是女儿女婿的三口之家确实离不开妻子,心里也便表示理解。哪晓得有一回和小外孙视频对话,小外孙说漏了嘴,讲他已经进入了美国的幼稚园,外婆到医院去上班了!

　　童庆这才如梦初醒,原来他极不适应的美国生活,妻子却过得如鱼得水。本来她就在省城的大医院里当过倒班的护士,在美国医院里找到了工作,她一上手美国人就认为找对人了,开出的工资比她的退休金还高。

　　丁丽娟不但通过女儿女婿拿到了绿卡,还想永久地待下去,最终和女儿女婿一家子那样,成为永久的美国人,加入美国籍。

　　打开窗户说亮话,丁丽娟和他视频时说,让他也到美国去,趁现在移民政策宽松,赶快签证到美国去,像她一样,先争取拿到绿卡,再做进一步打算。

　　在美国女儿女婿家闲居三个月时,报纸读不懂,电视只能看画面,每天就是在小区里早、中、晚三个时辰散步半小时,童庆当着女儿面说过一句:这样活着,形同行尸走肉。

　　不是发牢骚,是他的真心话。

　　他试过给美国的华文报纸写稿,发挥自己的特长。女婿通过关系把稿纸送进了华人报社,稿子很快登了出来,回话也随即来了:文笔精彩,欢迎来稿! 不过我们华人报纸,办报经费是筹来的,不奉稿酬。

那还有什么意思。童庆不是看重那几文稿费,而是觉得自己的笔墨没有价值了。

这种国家他怎能久待。

现在丁丽娟已经在视频中把话说到这个份上了,她在美国医院里当护士,收入不比自己有硕士学位的女儿低了,他们俩在中国有一份退休工资,现在她又有一份收入,在美国伴着女儿一家养老,是最理想的结局了。所以才催着童庆快点下决心到美国去。

言外之意,你要再不来,只配一个人在中国孤苦伶仃地老去。

十五

童庆明白,他和丁丽娟不咸不淡、感情不深不浅的婚姻,已经走到了一个十字路口。

他只是以"需要考虑考虑"为理由,把这悬而未决的问题拖着。

但不可能永远拖下去呀!

多年采访神探法医诸葛铮,铮法医看他长年一个人生活在都市里,问过他怎么回事。

听了他的倾诉,铮法医以他一个警察的视角,明确对童庆道:

"去美国养老,确是不少中国老人梦寐以求的愿望,据说那里的养老设施确实不错。但你那么厌恶无所事事的生活,去了懊恼终身,不如快刀斩乱麻,速战速决。现在离婚,又不是我们这一代人年轻时那样,被视为洪水猛兽,没有人会来说三道四的。"

铮法医是个兢兢业业的人民警察,一辈子光明磊落,公安局的勋章都得过,他都这么说,意思已经很明白了。

只是童庆的性格优柔寡断,下不了这么大的决心,一刀把与妻子、与女儿、与小外孙的关系斩断。

更主要的还是,他的生活环境里,始终没出现过令他心动的女子。

今天不同了,随铮法医出现场的过程中,久未谋面的兰梅萍又在他的生活中出现了。在和兰梅萍远远地四目相对的那一瞬间,他不但确信那个女人就是兰梅萍,他还坚信,站在玫香别墅露台上看热闹的兰梅萍,也认出了他。尽管这些年他总是不修边幅,养成了老成持重的形象。但他坚信,自己的精、气、神,和年轻时代差不多。他不是还出版过纪实文学作品集的嘛。作品集的扉页上登过他的照片。不知是啥原因,也许是冥冥中确有啥神灵作怪吧,尽管他的纪实文学作品集仅仅只印了八千册,但他断定兰梅萍一定看过。他是有这点儿自信的,既然他忘不了乡村里的初恋,兰梅萍一定也不会忘记。

今天撞见了她,童庆心头顿时萌动要采取行动的欲望了。

这欲望的强烈程度,连他自个儿都暗自吃惊。他意识到,自己内心深处仍萌动着爱的欲望。

十六

童庆采取的第一个措施,是主动约请铮法医喝茶。他找了个理由,说他搭伙吃饭的大学校园里有个供师生谈事儿的茶室,供应的普洱茶不仅好喝,还便宜。务请铮法医出马,和他一起鉴定一下,看看他的品茗水平是不是有点儿长进。

经常处于忙碌之中的铮法医竟然"偷得半日闲",兴致勃勃地来了。

瞅着茶几上呈琥珀色的茶汤,铮法医一口断定,这确是上等的普洱陈年老茶。

"你瞧,"他指着那茶清澈澄明的汤色,赞许道,"这茶水没有渣子,更不浑浊,既非绿色,又不是做假的淡黄色,"说着他还端起杯子呷了一口,眉梢一展接着道,"确是好茶。

只是……"

铮法医疑惑地望了一眼正跟他俩斟茶续水的姑娘,悄声说：

"这么好的茶,为啥价格如此便宜呢？"

续茶的姑娘耳朵灵,"扑哧"一声笑道："我们学校和云南勐海那边,有合作项目呀！"

童庆望着铮法医,心里说,铮法医天生是个当法医的,喝个茶,他竟观察得如此细致,于是道："你觉得茶好,就多喝点。"

童庆一边给铮法医续茶,一边说出了自己的打算,既然玫香别墅的案子这么有挖头,他想以下生活采访为名,住到玫香别墅附近的土岭村里去,往细处摸一摸,如果素材丰富,他想以此为基础,写一部厚重的小说,长篇小说。

铮法医细听着,眼波一闪："不是都说你是以写纪实文学为主的作家吗？你在省城上下那点名声,都是采写报告文学得来的,怎么突然想起写小说来？而且一上手就是长篇小说？"

"我有野心啊！创作上的野心。"童庆抿了抿嘴,"你也不是外人,给你讲讲我的心里话吧！"

童庆一边喝茶,一边把埋在心底深处的苦恼,一股脑儿给铮法医道了出来。

他这写报告文学的作家,连自己的老婆丁丽娟都瞧不起,视频时和丁丽娟争执,是在国内安度晚年,还是到美国去养老时,童庆说起自己在中国,在省城里,在这江南地方,大小也是个作家……哪晓得没等他讲完,就被丁丽娟打断了,说你还自以为得计呢,你算啥作家啊,就是东奔西颠辛辛苦苦捞点材料,写点过几年就让人忘记的东西罢了。连你们文人自家,都瞧不起,你又不是没来过美国,在美国,谁认识你是个作家了?童庆咽不下这口气,说:

"我非要写本小说出来,在文学界,至少挣到个和程步涛在美术界同样的地位出来,要不,连自己老婆都瞧不上眼。"

铮法医瞪着一对眼睛,边小口小口品着普洱,边凝神听着童庆的话。茶室里又有几位客人进来了,服务员在热情地引座,询问对方喝什么茶。

童庆说完了,抿一口茶,有所期待地望着铮法医。

铮法医放低了声气,手指点住了茶几桌面,一口赞成童庆的想法:

"不愧是作家,正如你感觉到的,这个案子有挖头,有写头。你去吧,我赞成,我会和冷局说一下,让土岭村派出所协助你下去体验生活,这样,你的食宿问题解决起来就顺当一些。"

"谢谢!"童庆没想到铮法医会答应得这么爽快。

"怎么跟你说呢……"铮法医欲言又止地瞧了瞧童庆,

斟酌着该说到什么程度,总是采访他的童庆看出来了,铮法医有话要跟自己说。

"程步涛是个才子,大名人啊！正像你已经感觉到的,有人想要对他的死,作冷处理。"铮法医笑了一下,"低调的处理,息事宁人的处理,不要往深处去探究,让他的死随着时间的流逝慢慢地让人淡忘。你懂吗？"

童庆点头,感觉到了铮法医语调的沉重:"这里面有文章？"

"有大文章,"铮法医加重了语气,把端到半空的茶杯重重地搁在茶几上,"告诉你也无妨,已经有人向我示意了,做好我的法医鉴定,结果上报就行了。"

"也就是说,不要往下深究？"童庆猜测地问。

"就是这个意思吧。"铮法医身子往椅背上一靠,耷拉下眼皮,沉吟地点了点头道。

童庆明白了,他在这个时候提出到紧挨着玫香别墅的土岭村去体验生活,正中铮法医的下怀。铮法医不想轻易放弃。

十七

为了使自己去土岭村深入采访、体验生活更像那么回事,童庆专程去了一趟省作家协会,开了一个下生活的证明。

省作协对作家到基层去深入采访,当然是大力提倡和支持的,尤其是对童庆这样省内知名的报告文学作家,前不久又写完了有神探法医之称的诸葛铮的传记,更是极力推崇,不但二话没说为童庆开出了证明,还主动说,你带着证明去,我们马上也给你往下面的有关部门打个电话,告诉他们你是名作家,要他们在方方面面提供方便。

有铮法医通过郊区公安局的冷局长往土岭村派出所打招呼,其实童庆并不需要省作协再打电话了。但是为了让土岭村那里都晓得他要去体验生活、采写稿子,作协再给那边打打招呼并非坏事。童庆一迭连声向省作协创联室的工作人员表示感谢。

这样,至少可以淡化一些他是奔着了解程步涛猝死这么个敏感事件而去的话题。

没想到的是,在省作家协会院子里,童庆碰上了同样是名画家的乔辉。

乔辉一眼见到他就热情地招呼:"童庆,又有新的创作任务了?听说你写神探的那本书快出版了,出来了一定第一时间送我一本啊!我要先睹为快。"

仿佛他是个文学迷。

他这人就那样,人缘好,和什么人都处得来。

"一定一定,那是一定的。"童庆同样表现出偶遇的意外和高兴,他过去采写过乔辉,又都是差不多时间段出道并在省内出名的,他对乔辉取得的成绩由衷地佩服和高兴。现在程步涛猝然而亡,乔辉更显出在省内美术界的珍贵了。毕竟,四大家之后,他和程步涛是公认的新秀和出类拔萃的人物。省美术家协会主席空缺两年多了,程步涛在世时,纷纷传言说乔辉和程步涛二位,是最有竞争力的两个候选人。有关领导部门,甚至省里的主要领导之间,在由谁出任下一届美协主席的人选上,都有不同看法,为此美协的换届都拖下来了。这一次,程步涛离世,乔辉就是当然不二的人选了。不过,这都是人们心里的想法,美术界内外私底下议论议论而已,程步涛刚辞世,没人公开说道的。

不过,熟悉情况的童庆和乔辉之间,就心照不宣了。难得相遇,童庆又肩负了去往土岭村、玫香别墅深入采访了解内情的任务,他很想同乔辉就此交谈一下,毕竟,乔辉和程步涛都是不驻会的现任副主席啊!对于程步涛之死,乔辉总该比外人,多听到些内情吧。

童庆扯了扯乔辉的袖子,放低了声音,显得很不了解情况地提起话题:

"嗳,太出人意料了呀!这个步涛兄,我刚见过他不久啊,怎么会……"

"唉,我深感痛心啊!我们俩,还在一个团里出访过呢!

他老兄,说走就走了!"乔辉脸庞上一对皂白分明的大眼睛诚挚地眨了眨,双手轻轻在掌心里一拍,惋惜地摊开巴掌道:"赚了那么多钱,他都没享受到。"

乔辉这么说,说明他是非常在乎程步涛画作的价格的。童庆瞅了一眼乔辉那张清秀的美男子的脸,摇了摇头道:

"我想不通的是,他的身体那么强壮,怎么会说走就走了呢?你没听说美术界内外对此议论纷纷吗?你们美协内部,有没有啥说法?"

"怎么会没有说法呢?"乔辉昂了昂头,顺势朝院子里外打量了一眼,省作协、省文联的不少机构、编辑部,都在一个院里,进进出出随时都会碰到熟人的,乔辉一边举起手和走过的人打招呼,一边低声道:"说法多了。"

"你老兄得给我透露一二啊!"

"你真没听说?"乔辉的目光从远处收回来了,双眼盯住了童庆问。

"就因为捕风捉影,听到了一些,我才想了解实情啊!"童庆坦然道,"对外人,我也算个局内人吧。可人家说起这事,我还真是两眼一抹黑,啥也不知。"

"以后你会听到详情的。"乔辉的眼睛眯缝起来,显得有点迟疑地说,"我只给你透一句,我们这位步涛兄啊,有个弱点,人家就在传,是他这弱点害的。"

童庆仍然听得云里雾里,不知所以,他随即问:

"他的弱点是啥啊？"

"你真不知？没听说？"

"真没听说过。"

乔辉嘴角露出一缕笑纹，看不出他是讥诮，还是不信童庆的话："好（号）女人。步涛好年轻貌美的女性，尤其是性感的。"他把"好"读成了"号"音。

"噢，原来是这样。"童庆拖长声气应道，他真的没听说，也想不到。

又有人走进院子来了，主动跟乔辉打招呼："乔主席，你来啦！你们美协不是搬出去办公了嘛！"

"文联办公室找我有点事儿。"乔辉和来人打着招呼，对童庆做了个抱歉及道别的手势，迎着来人走过去。

童庆的眼前晃过玫香别墅39号豪宅里于倩虹的脸。作为程步涛的第二任夫人，她的相貌算得上年轻和姣好的了。难道程步涛的猝死，是与此有关？作为名义上的夫人，她咬定了铮法医认准的自杀是猝死，是为了维护死者的声誉，还是……毕竟，一个名画家作品的价格，是同他的名誉联系在一起的。在当今更是如此。

童庆望着乔辉的背影，缓缓地转过身子，朝院外走去。

十八

派出所没出面,童庆的食宿,是由土岭镇政府一位分管宣传的姑娘傅天月联系的。傅天月陪着童庆走进土岭村整洁干净的小街时,童庆听到有村民招呼时称她傅科长,还有人叫她傅部长。心里说,没想到,她年纪轻轻的就当上部长了,于是半开玩笑地问她,是称呼她傅部长,还是傅科长?

"就叫小傅,我姓傅。村民们都爱把镇上的干部当作官,使劲往高处称呼。其实在土岭镇,我就是个宣传委员。"

童庆见她健谈,忍不住问:"那他们为什么部长、科长地叫呢?"

傅天月笑了:"大概带上官称人家都爱听吧。其实,啥部长、科长啊。土岭镇的书记、镇长,才是科级干部。我当个宣传委员,最多只能算是副科,村民们就哇哇叫得凶。"

童庆随之笑了:"那他们没叫错,副科级也是个科级干部。不像我,混这一辈子,啥级别都没有。"

"你才了不起呢!童作家。"傅天月一双丹凤眼睁得大大地说,"我们书记说了,你可是省里面的名人,一篇文章可以把人捧上天。我给你找的这民宿,是精心挑选的。快到了,你去看看能不能合你的意。"

傅天月给童庆找的民宿,出乎童庆意料地好,除了整洁、干净、素朴之外,还颇有品位,无论是宽宽的单人床,还是床边的柜子,窗户边的藤椅,虽不显奢华,却十分舒适雅致,天花板略微显矮一些,可那草绿色的顶棚,让人觉得温馨。尤其是推出窗去,整个土岭村的面貌,一览无余。一色的粉墙黛瓦,村里的一条条小道,都浇了混凝土,看上去赏心悦目,在这里读读书、写点笔记,望出去远远近近,都是蛮有味道的。童庆心里忖度,可能是不远处豪华的玫香花园别墅的关系,土岭村的一切明显地是在政府的引导、支持下,精心打造的。

傅天月留下一句话,镇政府有食堂,童庆的一日三餐,都可以按开饭时间去吃,早点晚点没关系,反正是自助餐。伙食谈不上多么好,但上面下来调研、采访、包括路过的干部,吃过以后都反映,无论是各式蔬菜还是鸡、鸭、鱼、肉,都比在城里吃到的同样食品味道好,是生态环保型的。到时只要刷一下卡就行了,卡都放在信封里了。有事的话,随时可以和她对接。

童庆还有什么话说? 打过招呼下来,和他平时闯到什么基层单位去采访,就是不一样。特别是伙食,他刚才已在镇上干部们的招呼下,吃过一顿了。他觉得比在自己家附近的大学食堂搭伙吃的饭,好多了。

童庆居高临下地眺望着窗外土岭村的景致,眼睛盯着农民家院子里一只雄赳赳的大公鸡,心里说他现在要考虑的,是以什么样的面目进入玫香别墅,才能比较深入地洞悉和了解程步涛生前接触的人;他不是刑侦人员,身上不负有破案任务,公安局和铮法医也没委托他出面去查清案情。他只是对程步涛的猝死这一案情有兴趣,他还能以此为契机,逐渐接近内心深处非常渴望重续情缘的兰梅萍。当然这一点他是不会向任何人透露的。

他凭着一个作家敏锐的直觉,感觉到玫香别墅里有故事,有他深感兴趣的故事。而为了挖到这些故事,查清案情的核,他必须谨慎小心,慎重又慎重地出现在玫香别墅。幸好他第一步走对了,走进了紧挨着豪华别墅区的土岭村,刚才吃自助餐时,土岭镇的干部无意中透露,由于玫香别墅区里住的全是有钱人、暴发户,几年里土岭镇的居民也好,土岭村的村民也好,无形中已经形成了为玫香别墅服务的一个群体,他们几乎承担了所有玫香别墅有需求的劳务。玫香别墅的保安人员,玫香别墅小区里的绿化植被,玫香别墅主人们家中的钟点工、家政保洁人员,雇佣的全都是土岭镇、土岭村的打工人员。他们觉得这些人要比外来打工的各式人等可靠,知根知底。

他们的老家都在这里啊!

童庆现在走进土岭村体验生活,采访土岭村和土岭镇的劳务人员,不是自然而然进入了玫香别墅了嘛!

有句话不是说，"农村包围城市"嘛，童庆和土岭人这一群体搞熟了，要想不去打听玫香别墅的故事，都不可能。

对，他就以这样的面貌在土岭村出现。

十九

事实证明童庆的策略行之有效。

刚同土岭人开始打交道，村上悠闲地打发着光阴的老人，有几个满足地和他搭讪的村民，不约而同地给童庆讲了这么个段子：

你看看玫香别墅里那些成功人士，有大老板、银行家、投资客、大企业主、董事长、总经理、名人、画家、制片人、演员、矿老板、石油商人……我们都说不过来，反正他们赚足了钱，听说有的在海外还有别墅、庄园、实业，他们住的那些别墅，最小最不值价的，都不少于一千多万，你们看看这些成功人士的标志是啥？听他们洋洋得意地吹嘘吧。他们的共同点是：名牌衣服上没一道皱子，穿来飘逸舒适；自己不开车；住的是独家进出的小院和装修精美奢华的别墅；不给别人发名片；每天有时间午睡，天天一觉睡到自然醒；包包里几乎不揣任何现金，一张卡刷遍全世界；可以经常到任何景色美丽的地方活动和旅游；想生几个孩子就生几个……

哈哈哈,土岭村说段子的农民扳着手指头一一数过来,用嘲笑的口吻道:这种所谓成功人士的标准,我们村里几乎个个都是。说这话的老汉不无自得地拍着自己的胸膛说:你看看我,童作家,这些标志我身上哪一条不符了?我这才是真正的活得潇洒哩!你看我穿的衣裳,纯布料的,哪里有一条皱子了?嗯!那些老总、老板、名人穿的所谓高档服装,你到土岭镇边上织造厂展示厅看看,全是化纤做出来的呀!哪里有真正的毛料,只不过让你的手摸上去感觉到毛料足罢了,哈哈!

第一遍听人闲扯,童庆没在意;第二遍听人讲的时候,他越听越觉得有道理,连忙拿出手机叫道:

"慢点,你慢慢说,我得记下来,你刚才说的第一点是啥?不给人发名片是不是……"

老汉见他不但认真地倾听,竟然还要记下来,就又给他说一遍。事后在土岭村里到处传播,这个叫童庆的,听说还是个作家,啥作家呀,我看他就是个书呆子,给他随便说点皮毛,他就煞有介事地拿出手机来,一条一条往上记。他要是听说了玫香别墅里那些个主人血淋淋的发家史,不知道会大惊小怪成个什么样子呢!

这些话一传二、二传四,没几天传遍了土岭村,还由土岭村里的人,传到土岭镇去了。连宣传委员傅天月都听说了。吃饭时,傅天月碰到童庆,笑哈哈地对他说:"童作家,听说你在土岭村,和老乡的关系好,他们啥话都愿对你说。"

"是啊是啊,"童庆同样笑答,"住下来嘛,就是想听听老乡的真话。"

他要的就是这效果,不要让人以为,他是对案子感兴趣,他只是来感受土岭村、土岭镇的现实生活的。

他已经在和村民们的随意交流中,知道了土岭镇老街上有家茶馆,颇有江南水乡风味。在今天的杭州、扬州、苏州、常州、无锡包括南京、上海郊区的茶馆中,都已寻觅不到这样道道地地老茶馆的味道了。每天天蒙蒙亮时分,老茶馆里已经坐满了客人,谈天说地热闹非凡。童庆想去坐一坐,感受一下浓郁的生活气息。村民对他说,喝着滚烫的开水泡的茶,坐在茶桌边,从大上海到中南海,上至天文地理,下至鸡毛蒜皮,国际国内,秘闻内幕,股市涨跌,明星轶事,花边新闻,婚变敲诈,古今中外,官场民间,生活情趣,真话谎言,制毒贩毒,当代"仙人跳"……什么话题都能听说,有些人上了瘾,碰到气候突变,雪天或者雷暴雨,一天没去,就像失了魂一般,觉得生活顿时没了色彩。现在这是信息社会,手机上的信息铺天盖地,但是人还是愿意围坐在一起,相互说说话,要的是那种氛围,那股亲近的劲儿。童庆要的,也是在这种环境里,才能由外及里,触摸到玫香别墅里头的脉搏。

他天天到土岭镇政府食堂打发一日三餐,饭后在小镇的老街和商业街逛逛,土岭镇的生活气息扑面而来。

如果说土岭村是安宁、静谧,宜于养老的乡村氛围,那么土岭镇则是充满了传统和现代交织着的热闹喧嚣的气息。四乡八庄上的村民,包括玫香别墅里神秘的住户,天花板渗水,水管破裂,苗圃花苑翻种,整理花园,家里需要浇水、花肥、螺丝钉、新鲜生态的绿叶蔬菜、快递、保洁、维修……所有生活中需要的服务,几乎全是土岭镇提供的。钟点工、维修工、保洁员、陪护老人的青年男女,其中不乏在读的大学生、研究生。他们可以随意进出玫香别墅里的主人家中,这一不为人关注的服务群体,和玫香别墅里几乎家家都雇有的保姆,形成了一个不大不小的信息源。

几乎全部关于神秘的玫香别墅里的一切话题,都是由这一信息源传出来的。某号别墅的主人,第一桶金是倒卖批条赚来的,别看他现在衣冠楚楚,人模狗样的;某号别墅的主人,很低调的,别看他衣着朴素,待人彬彬有礼,人家可是圈内有名的钻石商人,一粒黄豆大的钻石,嗨,几十万哩!某号别墅的主人,谁都没见过,只晓得他的生意大到天边去了,听说在国外哪个国家有他控股的矿山……说什么的都有,听上去像是天方夜谭,却又不像是这一拨为别墅区服务的人员编出来的。往细处问呢,就说都在传,不知是真是假。可有一个地方是确实存在的。

那就是玫香别墅里有个高级会所。

童庆去过两次土岭镇的茶馆,他在茶馆里遇到过土岭中学的高中语文老师,退休的区文联主席和区作协的地方志作家。他们一见童庆走进去,就热情地迎上来和童庆打招呼,说在省、市举办的文学活动中听过他讲如何创作纪实文学,很受启发。童庆和他们成了自然熟。玫香别墅里有一处高雅的会所,就是他们告诉童庆的。这些郊区的文化人都说,他们进去参观过,童庆只要有意,也可替他联系一下,进那里感受一下豪华会所的氛围,对写作有帮助呢!

这些人热心地介绍。

童庆不想把动静搞得很大,只是微笑,没说去,也没说不去。他只是到土岭村下生活的作家,不是玫香别墅的主人,贸然进入,他怕引起别墅小区里住户的关注。心里说,从会所接近玫香别墅,无论是了解39号和88号别墅的主人程步涛之死,还是邂逅住在别墅这里的兰梅萍,都是一件顺理成章的事。但他不急,他想就此和铮法医商量一下。

品着浓浓的炒青茶,味道苦涩中带点刺激,样样事儿都喜欢盘根问底的地方志作家,把脸往童庆跟前凑凑,在茶馆一片"嘈嘈切切"的闲聊声中问童庆:

"你到土岭村来下生活,前不久离这里很近的玫香别墅里,省美协的大名人程步涛猝死,你听说了吗?"

"是离这里很近的别墅区吗?"童庆尽力装得像一点,"只在下来之前,听说他死了。隔行如隔山,我虽认识他,但是他在美协，我属于文学界，接触不多。"

区文联主席接着说："只因他是省里的大名人，说他的画可值钱呢！死在我们这个地方，区里面的文化人，有一阵子议论得热闹极了。这两天好一点了，平息了一点。"

"你是主席，人家不来和你多说。"地方志作家不以为然地道，"我这里，只要遇上个人，讲不上二三句，就会说到程步涛。"

"为啥呢？"童庆兴味浓郁地问了一句。"今天这时代，生活节奏快，人的压力大，猝死的事儿时常听说。"

"看来你真不知道，"地方志作家得出了结论般说，"程步涛的猝死，有疑问。"

童庆往椅背上一靠："哦？"

区文联主席点了点头，环视着整个茶馆里一张张八仙桌四周谈兴正浓的茶客们，若有所思地收回了目光。

地方志作家接着说："有人说他不是猝死，是自杀。"

"可报纸上……"童庆要引他把话说下去。

地方志作家笑起来了："报纸？报纸是登给不熟悉、不了解情况的读者看的。童大作家，你们是一年到头待在省城里的文化人，看来是真得到我们基层来多下下生活了，听听民间的真实情况。"

童庆端起茶杯，扬了扬问："你说的真实情况是……"

"说大画家是自杀。"地方志作家脱口而出，手一指童庆的脸说:"你别大惊小怪,这一大屋子的茶客,个个都晓得,在土岭镇,包括你住的土岭村里,这已不是新闻了。"

地方志作家环指了一下茶馆里的所有客人,以肯定的口吻道。

童庆的目光从地方志作家脸上,移到区文联主席的身上,区文联主席淡淡一笑,同样肯定地点头。童庆懊恼着想不起这二位的姓名了。

"凭啥……"童庆讷讷地问,"说得这么肯定呢?"

他没想到,经验丰富的铮法医鉴定的结论,在这样一个社会场所已经传了个遍。

"明摆着的吧!"地方志作家谈兴上来了,他呷了一口茶,一只手伸到童庆跟前。巴掌上的指尖一翘一翘地说:"程步涛遇到意外之前,几乎每个晚上都在88号画室里作画……"

"你怎么知道?"童庆插话,多年跟踪采访铮法医,童庆都变得对案情有一套询问的思路了。

地方志作家说:"天天晚上巡逻的保安,检修路灯的维修工,下班离开别墅区回去的钟点工,不住夜的保姆,路过88号别墅时,都看到里面灯火通明,有时还能透过程步涛没拉上的窗帘,看到他在里面作画的身影……"

童庆皱起了眉头:"这正说明他在勤奋创作忙碌啊……"

"可你知道吗？童大作家,程步涛去世之后,他的妻子于倩虹告诉人家,画室里没见他有一张完成的作品。"地方志作家道,"话一传开,就有人说,要么于倩虹在撒谎,要么程步涛的画,被其他人拿走了。"

区文联主席接着道:"后一种可能性大。"

"为什么?"童庆的脸转向区文联主席。

"于倩虹是程步涛的妻子,程步涛离世,他作品的所有权,理所应当属于于倩虹,程步涛作了画,于倩虹没有必要掖着、藏着。是她见丈夫天天去作画,有的画走过路过的人都从窗外看到,接近完成了,结果人一死,画却不翼而飞,于倩虹能不说吗?"区文联主席说话平心静气,分析得头头是道。

地方志作家的口吻却是倾向明显:"明摆着有人把画拿走了。而且可以肯定的是,程步涛完成的作品不是一张两张,想想,那可不是小品,是一般在家里挂挂的作品,不止一个从88号路过的人都说,他在画的,可以说是巨作,有的几乎同一面墙一样高、一样宽,路过的人为画面上的色彩和构思所吸引,忍不住会把脚步放慢下来,多看几眼。唉,童大作家,那些打工的,你可以说他们不懂画,可是画幅大还是小,好看不好看,他们一眼还是看得出的。对吧?"

"联想到程步涛每一幅作品的价值,"区文联主席沉吟着说,"我们区美协的人都说,看样子,老程一面在没日没夜勤奋地创作,一面承受着巨大的精神压力。"

"精神压力?"这是童庆没想到的,他喃喃地重复着区文联主席的话,心中暗忖,不仅他没想到,恐怕铮法医也没想到。

像程步涛这样的名画家,画作拍出了天价,既有名,又有利,什么人见了他都尊崇三分,他会有啥压力呢?童庆的目光从区文联主席脸庞上,移到地方志作家两眼直愣愣盯住他的脸上,实在对不起,和这二位说了半天的话,他连两人的姓名都没记住。走进茶馆时,他俩满脸堆笑地上来主动和他握手,主动报了姓名,区文联主席介绍地方志作家时,强调他是地方上的掌故专家,写了不少介绍本地风土人情的文章;地方志作家介绍这是我们区文联的主席,讲名字时都太快,对童庆来说事儿又来得突然,没听清楚。这会儿,他只得笑道:

"你们带名片来了吗?一人给我一张,你们都是地方上的名人,以后我要向你俩多多请教的。"

两人一人掏出一张名片递过来,童庆一张一张细看。区文联主席叫苏正,地方志作家名片上赫然印着粗体字:国家二级作家高建丰。显然,他是要在名片上突出副高职称。

童庆掏出自己的名片给了他们一人一张,说在这里体验生活,以后少不了要麻烦他们。

两人都表示,童庆有什么需要,尽管开口。省城里的名作家到郊区文联来,我们欢迎还来不及呢！高建丰还补充,你下来的事省作协来过电话。童庆这会儿急着要给铮法医通个电话,他觉得苏正和高建丰聊天时说到的情况,可能会对铮法医他们分析程步涛之死,有点儿参考价值。而他本人呢,虽然还没走进攻香别墅,连邂逅兰梅萍的可能性有没有,都不晓得。但他主观上,已经觉得对这个原先一无所知的豪富小区,有了进一步的了解。

他对铮法医表示的,希望写一部真正配得上作家身份的小说,是他的真实愿望。忝列在作家代表团里访问日本时,日本文坛把写纪实作品的作家统统归为通俗小说家,给他的印象和刺激太深了。尽管他始终认为,自己的报告文学和纪实小说,选择的题材都是像《东方神探诸葛铮传奇》一样,是极严肃和体现正能量的作品,把他归到通俗小说家里去,他是不赞成的。故而,他暗自下定了决心,要以省城里美术家四巨头和第二代的程步涛与乔辉的素材,构思一部大部头的作品。要么不出手,要写就写出一部让读书界奔走相告的作品,甚至还能轰动省内外,产生全国影响。

但他毕竟是报告文学作家,如何把握真实素材和虚构之间的关系,心里没多大的底。想着想着,就想到生活中曾经发生过的真实事件和场景上去了。

二十

铮法医在电话上向童庆表示感谢,还跟他开玩笑,你采访了我多年,思维都同法医差不多了,可以当业余侦探了。铮法医说这些情况都十分有价值,建议他有空时可以去玫香别墅的会所坐坐,去时只要找"高高"就行了,他会做出安排。

跟踪铮法医采访时,童庆已经养成了习惯,该问的问,不该问的一句也不问。但他今天忍不住了,不由问了一句:

"什么高高?他姓高吗?还是叫他小高?"

"你就说找高高,这名字好记,一问便知。"高低的高。他是我在收藏圈子里的朋友,不仅对绘画有鉴赏眼光,还是个赏石家,收藏有不少稀奇古怪的石头。他不像国内那些迷醉于象形石的藏家,喜欢收藏那些像鸟啊、像人形、像鲜猪肉啊,像羊、像牛、像马之类的石头。他收藏的石头不以像什么东西见长,但他收藏的石头,都很好看,有的似水晶般发亮,有的如墨玉样诱人,有的则光润得让人忍不住想伸手去摸,而一摸这石头愈加滑爽发亮。他在哪里就职,就会在那里的柜子里展示他的鉴赏石,你只要一去玫香别墅的会所,就能在那里见到他的石头。

"你介绍的高高,是会所里的……"

"玫香别墅董事会,聘他当会所的总经理,里里外外都是他在经管。"

童庆似有点迟疑:"说是你的朋友,他会不会联想到案子?"

"噢,不会,"铮法医说得十分肯定,"我和他提起过你,说你是我多年的作家朋友。他表示过想认识你,还说过,你写我的那本书,一旦出版,一定要给他一本。你放心吧,他能在那么个地方任职,嘴严。你去的时候,只要表示是个业余赏石迷,他会热情接待你的。"

"那我心里就踏实了。"童庆吁了口气。多年采访铮法医养成了习惯:要同他多讲几句话,就在晚上,给他打家里的座机。即使是这样,童庆同样遵循着规矩,不轻易在电话里询问法医正在参与侦破的案件。

今天晚上挂断电话前,铮法医却破天荒地主动给他讲起了敏感的程步涛猝死一案:

"阿童啊,凭我一辈子从警的经历,我感觉,你从写作的角度想深入了解的程步涛一案,其背后的水,犹如有时候我们在山区旅游时看到的水潭,表面上清风雅静,波澜不惊,像躺在那里的一面镜子,伸一根长竹竿下去,探不到底啊!"

相交多年,凡是铮法医称呼他阿童时,就是他要给童庆讲知心话了。

童庆不由问:"你的意思是……"

"你要是得到了啥令人兴奋的创作素材,或者是出人意料的情况,晚上,就和我通个气儿。"

"明白。"童庆知道,这是铮法医在提醒他谨慎,也表明,他仍对程步涛之死,有深入探究的愿望。童庆记得,同样的意思,那天在于倩虹家出现场之后,铮法医已经表示过了。

二十一

高高的手伸给童庆的时候,童庆惊异于一个年轻小伙子怎么会有如此柔弱无骨、细腻滑爽的巴掌。童庆怀着兴趣打量着这位比自己的女儿大不了几岁的男子。他脸色白皙得让人妒忌,瘦削,个头儿高,说话声气是低低的、柔柔的。童庆直怀疑,浑身阳刚之气,敏捷而又目光锐利的铮法医,怎么会和这么一位年龄悬殊的会所经理成为朋友的?

高高递给童庆的名片上,写的也是高高两个字,没有透露他的真实姓名。

初次交往,童庆不便问。他把自己的名片也递给高高。

高高垂脸看了一眼,礼貌地说了一声:

"久仰,童先生你请。"

他伸出长长的手臂,引导童庆来到会所大堂西侧的一组红木沙发椅区入座。这里隔着一根根直条的栅栏,大堂里的一切都能看得清清楚楚。反之,只要站在大堂任何一个位置,也能看到他和高高在这里交谈。

这里既是大堂的一个组成部分,又具有相对的私密性。

童庆随着高高走过来,环顾整个大堂,发现东、南、北另外三侧,还有三处和这西侧相近的小小区域。就连整个大堂里,布置的座位,无论是双人座、三人座、单人座,都具有相对的私密性,只不过大堂中间,没有采用固定的条形红木分隔,而是采用了屏风、条桌、花架、发财树等把每一个大小区域分隔开来。一点也不给人以零乱感。

正如铮法医所说,条桌、花架、茶几上,这里那里,都能见到色彩各异、形状独特的石头,不由自主会像苗圃里的花儿般,吸引在这里入座客人的目光。

而大堂四壁的墙上,都悬挂着仿得非常逼真的古代名画。童庆有点鉴赏的目光,一眼扫过,无论是大幅作品,还是条屏、斗方、横幅,都是仿唐、宋、明、清大家之作。

在童庆端详会所布置时,高高并不和童庆搭话,只是凝神望着服务员小姐给他俩斟茶。直到童庆收回目光,小姐离去,高高才微笑着道:"童先生是名作家,请多指教。"

"不敢。"童庆端起茶杯喝的时候,知道这是茶中上品,茶水还未进嘴,一股沁人肺腑的幽香已袭了来。

童庆浅呷一口赞道:"好茶。"

高高给他介绍,玫香别墅会所的一切,都必须是上档次的。别说茶、咖啡、饮料这些食品了,就是这里的陈设,一桌一椅一茶几,花儿、瓷瓶和屏风,墙上悬挂的、架子上陈列的、地上铺的,都该是入得客户法眼的。这一点,就连土岭镇那些经营超市和小商品的,都意识到了。起先,他们开出店来,其装修和经销的商品,都和远远近近的镇子差不多,大量批发进来的,全是面向普通百姓的东西,后来他们发现,玫香别墅里开出来的豪车,包括奉命出来采买的保姆所要的商品,哪怕是牙膏、热水袋、小姑娘头上随便别别的发卡,都要高级的、贵的、名牌的。脑子灵活的小商人,赶紧把自己的商店学着上海、南京、杭州那些奢华风格装修一新,并大量地批进各种各样日常使用的小商品,从化妆品,到一次性的洗脸巾、擦手纸,乃至领带上的别针,全是市面上最时尚、最高级、价格最让人瞠目结舌的。商店开出来,因为装修得富丽堂皇,到了晚上灯光通明,霓虹灯闪烁,土岭镇的居民,周围村庄的百姓,都会涌进来一睹其让人眼花缭乱的小商品。

百姓们潮水般涌进去,又摇着头讪笑着走出来,讥诮说:

"啧啧,这么贵的东西,小小一瓶润肤霜,卖上千块,在我们这种地方,什么人会来买啊!神经搭错了。"

"要不了两个月,这个店就要关门的。"

嗨,两个月以后,这么一家精致的小店,非但没像人们不屑地所说的关门大吉,却越经营越得法了。

玫香别墅里的豪车一辆一辆停靠在这里,不但别墅里的保姆、保洁工奉命来买日用品了,别墅里的女主人,生下孩子的少妇,老年人,甚至主人本身,也都在商店里出现了。他们来过之后,总要留下一两句话,店主听取了他们的建议和点子,这土岭镇的第一家品牌店,盈利远远超过了周边那些经销普通商品的超市和小店。

于是就有人学着这家店,同样改变了思路,装修了别具风格的豪华小店,错位经营。

土岭镇政府的领导,因势利导,鼓励、支持、协助商铺向最先经营高档商品的两家店铺学习,还在政策和资金上给予一定的倾斜。特色奢侈品小店在装修、扩张过程中和镇上居民发生了矛盾,或是需要取得工商、消防、水电、税务方方面面的同意,政府还出面协调。

土岭镇远近闻名的风情步行街,就是这么打造出来的。

现在,不但寂寞的玫香别墅主人们多了一个出来散散步、谈谈心、购点物的环境,就连土岭镇的居民、土岭村和附近水乡的农家,有事没事儿都愿来街上走走、看看、玩玩。逢年过节,周边县城里,包括江南那些中型城市里的人们也会从湖州、常州、嘉兴、苏州、无锡开着自驾车前来逛逛。甚至杭州、宁波、合肥、徐州、南京、上海这些大城市的人也来玩。这些人到处转,不少还到玫香别墅我这会所里坐坐呢!他们玩得兴起,对这一片幽静、安宁、舒适的典型江南水乡感觉好,还会打听,玫香别墅有住处吗?问得多了,我把游客们的这种需求告诉了玫香别墅花园的开发商,开发商正准备把留在手里没出售的几幢别墅,先按照客户需求装修出来,赚点小钱……"

童庆听高高介绍得有条不紊,如数家珍,插嘴问道:

"赚点小钱吗?"

"对客户来说,其实不便宜。"高高说明式地道:"准备挂牌一间房一千一晚。但对老板来说,真是小钱。你想想,他留在手里的五六套别墅,都在丘陵地儿的半坡上,面积最大,位置最好,现在要卖差不多一亿一幢哩!收一晚上一千块不是小钱嘛!"

"这倒真是。"童庆点头,听着高高的介绍,初次认识时的疑惑消失了,他能感觉到,铮法医和高高交朋友,是有道理的。和他深谈,能感到他话语中的真诚、正派,办事儿牢靠。话题已经自然而然谈到了玫香别墅,童庆不动声色地道:"你这老板,就是雇你管理这家会所的?"

"没错。"

"你们之间……"

"没任何亲戚、朋友关系。"

"那怎么认识的?"

"我在上海浦东一幢大厦里管理咖啡吧时,老板来喝过几次咖啡,有时是同朋友谈事儿,有时就是休闲,我想他是坐在那儿观察吧。遂而他就找我谈了。"

"那你们现在一定很熟了。"

"未必。我们之间就是订好了合同,照着合同办。只能说他对我的管理表示满意,我呢,尽心尽能把事儿办好。对了,童先生,你要不要来一杯咖啡?我们这里的咖啡不错的。"

高高话音一落,童庆听到吧台那儿的咖啡机在轻响。刚才送茶上来的那位脸貌有点像广西姑娘的小姐,正在斟咖啡。

童庆环顾了一下整个空落落的会所大堂,并没啥客人,估计高高也有时间,他说了声:

"谢谢!行,来一杯。"

高高举起他长长的手臂,对吧台上的小姐伸出食指和中指,左右扬了一扬,从吧台那儿传来小姐脆脆的应答:

"来了,两杯咖啡。"

在等待咖啡送上来的时候,高高接着道:"在玫香别墅,在这会所里,不要说难得来的老板,别墅小区里的每位业主,都自视甚高。哪怕是天天来这儿坐的,脸熟得像老朋友一般,他们身上都有一股拒人于千里之外的那股孤傲感,仿佛以他们的神情在提醒你他们的身价。哪怕是表面上和颜悦色、彬彬有礼、笑容可掬的女士,骨子里都一样。"

脸貌形同广西女子的小姐端上了咖啡,童庆还没端起来,一眼看到了鼓起来的杯面上有两个爱心的形状。浓烈的咖啡香味顿时弥漫开来。

小姐一屈膝转身离去,高高望着她的后背,轻声说:

"所以我要求在这里的每位小姐,提供服务时,一定要全神贯注,礼仪周到,脸带真挚的微笑。"

童庆眼前掠过兰梅萍的脸貌,仿佛随意地又一次环视会所大堂,不经意地问:

"女士来得多嘛!"

"不少于男士呗!"高高道,"这会儿,玫香别墅的业主们,有的在吃早餐,有的在化妆,每天总要在十点半前后,男男女女的,就会来这儿坐坐。没事的,童先生,你头一次来做客,有人来也没关系,你尽管坐。茶和咖啡,随时可以加。"

童庆喝了一小口咖啡,味道香浓醇厚,令人回味。他斟酌着道:

"看样子,这里的业主们,都是功成名就的人士,在世外桃源般的这地方,充分地享受着生活的闲静安宁。"

高高嘴角不经意地露出一缕不以为然的笑纹,嗓音放得更低柔地说:

"那是表面上的,童先生,你是作家,千万别被这貌似奢华舒适的环境迷惑了。玫香别墅花园小区,这平静休闲的外衣之下,同样是当前时代和社会的一个缩影。"

"哦,"童庆皱起眉头,语气顿时变得兴趣大浓,"当真如此?"

高高淡淡一笑,正要说话,大堂里一位身材矮胖,双颊鼓鼓,戴一副眼镜的中年男士径直向临湖露台的座位走去,高高低沉地对童庆道声对不起,离座朝着那人迎去:

"贝先生,你好!"

二十二

看高高陪着贝先生在临湖的露台上坐下来,童庆估计高高也要同常来的贝先生寒暄几句。于是便趁着这空档,信步踏上比大堂高两级台阶的露台。

刚才一进大堂,就被高高招呼到西侧小区域入座,没顾上参观一番。这会儿步上露台的木地板,童庆顿觉眼前一亮。

露台借着半坡地势,建在一泓波平如镜的碧水之上。青山环抱中的碧水之上,有个少妇正带着孩子在泛舟。童庆的目光随着那小舟微荡微摇地驶向湖水中央,心里忖度,这少妇必然是玫香别墅哪个豪富家里的女人吧,过的是多么悠闲自在的日子!

贝先生的嗓音浑厚洪亮,笑声都清晰地传到童庆耳里来了。显得他心情甚好。

环湖一片都是江南的低丘,这些年来强调绿水青山,即使是低矮的丘陵,都显得郁郁葱葱,放目让人感到心旷神怡。

怪不得这既离省城不远,又离梅城也不远的别墅小区,卖得这么贵呢!

看见高高给贝先生撑起了紫红色的遮阳伞,就回到大堂去了,童庆也从露台上退回大堂,走到西侧他原先坐的红木沙发椅那里。

这种沙发椅是二十世纪二三十年代民国时期的样式,材质是酸枝红木,样式却是中西合璧的。西洋花雕饰,做成沙发模样,但又不失中式座椅的庄重典雅,为了坐得舒适,增加了柔软的坐垫。二十世纪八九十年代改革开放以后,其式样在原先过于古朴的基础上,又做了更实惠的改进,童庆在省城和上海的家具店看到过,一对红木沙发,普遍在十几万以上。扶手上配了考究的手工雕饰,像西式沙发扶手那样宽的,四五十万都不止。

显然,高高觉得意犹未尽,而童庆呢,也觉得没听够。他俩都由铮法医介绍认识,可能是出于对铮法医的信任,童庆觉得和高高这个年轻人一见如故,很聊得来。看来高高也是如此。"看到那位贝先生了吗?"高高呷了一口杯中咖啡,抿了抿嘴,主动拾起了话题。

童庆留神到了贝先生那套浅灰色西装,虽没系领带,还是一副意得志满的富态样儿。

"他是经营啥的?"童庆随口问,对这种人并不感兴趣。

"投资客。别看他这么副悠然自得的模样,最近这一段日子,他天天住在玫香别墅,是在避风头。"

"哦?"童庆的语气表明他又想往下听了。

"你是作家,铮法医告诉我你在构思一部长篇小说,我给你增加点素材。"高高笑了一下道,"你不会感觉多余吧?"

"这样好这样好,"童庆要的就是这种感觉,"我要的就是来自生活的真实素材。"

"贝先生卷入了一个不大不小的案子,他贿赂过贪官,想必也有相当数目吧。"高高接着道,"现在贪官被查,公布的贪污数量是惊人的,谣传要判了,可始终没判。"

"啥原因呢?"

"有消息说要核实行贿人。"

"这位贝先生是行贿人?"

"之一。他给贪官送了多少,他心中是有数的。而现在传出来的数字,比贝先生实际送出的大得多。所以啊,"高高停顿了一下,双眼瞪得大大的,两只眼珠发亮,童庆从他的目光中,感觉到了高高的敏感、锐利。"贝先生是明白人啊,他对我讲,他不主动找上去,人家要来找他了,他躲不过,就照实说。他对我摊开一双肉鼓鼓的手,做生意,哪有不出点血的,可出了血,又去告人家,也是不作兴的。也有可能,人家不找他对证了,他就在这里把风头躲过去了。"

"躲不过去呢,"童庆说,"他犯行贿罪,那也要判的。"

"所以他躲在这地方啊!"高高道,用的完全是知心的语气,"风声真紧了,南京、杭州、上海都有机场,他就飞出去。"

童庆缓缓地点头:"原来是这样啊!"

"要不,"高高的语气一下提高了,"有人说这玫香别墅,是避风港啊。"

童庆双眼望着高高白净瘦削的脸庞,由于话说多了,他的脸颊上微微泛红。童庆说:"听你的意思,类似贝先生这样的人物,玫香别墅不止一个两个?"

"童先生不愧是写小说的,一听就明白啊!"高高嗓音清脆地笑出声来,"你想想,这种人,天天待在这貌似天堂般的环境里,能快活吗?"

"哈哈哈!"童庆也放声大笑起来,"高高,和你谈这一席话,胜我读多年的书啊!你真大大开拓了我观察现实生活的视野。"

高高听到童庆这声夸,同样笑得十分舒畅。

"其实,"笑毕,高高接着道,"这地方岂止是避风港,还是个中转站、二奶窝……"

童庆更惊讶了:"这话怎么理解?"

"中转站吗,好理解。我讲到贝先生的情况时已经介绍了。"高高转脸朝着贝先生坐的露台方向望去,童庆的目光也跟着移过去,这位见到高高时春风满面、不失儒雅风度的贝先生,这会儿双手扶着藤椅,泥塑木雕般坐着,脸上显出一副苦恼相。高高收回了目光说:"你看他这会儿那神情,有时我问问他,他呵呵笑着对我道,这是在'发呆',从养生的角度,'发呆'也是静养的一种方式。见他的大头鬼!他以为我不识人间烟火,双耳不闻窗外事呢!贝先生现在这种状态,就是处于'中转站'里。只要他卷入的案子水落石出,把贪官判了,结案了,他马上就会迫不及待地离开玫香别墅,一天都不会多待。而只要外界一有啥风吹草动,他就会即刻调车,溜之大吉,远走高飞。私底下,知情人就把这僻静的、无人注意的小区,称之为'中转站'。"

"明白了,"童庆喝了一小口咖啡,又道,"你说的'二奶窝',不会是二十世纪八九十年代时,深圳出现过的那种情形吧?"

"形式是一样的,"高高道,"有的是年轻貌美的女子独身住在一幢别墅里,整日无所事事,等着情郎有规律和无规律地到来,这类少妇常来会所露台和大堂里坐,要一杯咖啡和饮料,看看书,翻翻画册,观观湖上风景,不怎么和人搭讪。也有带着小孩住着的,母与子、母与女,外人看着以为其乐融融,其实同样是一对关在笼中的金丝鸟。大胆的内心不安分的女人,确认了不会让主子撞见,也会约来她钟情的男子,排泄苦闷。"

童庆眼前浮现出刚才在湖面上泛舟的那一对母女,心里暗忖,她们又是什么情况呢?

高高用总结般的口吻道:"这些女人没有未来。"

童庆一面点头赞同,一面又往深处打听:"你的意思是……"

"无论是以什么状态住在这里,别墅主人永远是买下这房子的男人。他是绝不会和这女人共同享有房产的。"高高见多不怪地撇了撇嘴说,"除非他们男女之间是真正的夫妻。一旦男人生意出现了风险,或是突然进去了、失踪了,女人不久也会离去。有的是悄没声息地消失,有的是住到对方停交物业费为止,最惨的是被扫地出门,一样东西都不准带走,说是房子已经易主。我来这里近十年了,各种女人的命运见得多了。"

童庆垂下了眼睑,沉思着道:"也就是说,玫香别墅这里,并不是世外桃源。"

高高又笑起来:"简直是大社会一个精致的缩影。你在这里体验生活,除了去了解土岭镇、土岭村的下层民众,多来这儿坐坐,你就会发现,在玫香别墅,在我会所这小小的舞台,中介,捐客,神通广大的知情人士,对内幕了如指掌的不起眼的客人,乃至策划于密室的布局,什么样的男女都有啊!"

"能否举一两个例子?"童庆越往下听,觉得越有素材了。他的脑海不由浮现出个念头,兰梅萍居住在别墅里,是个啥身份呢?

高高的手往别墅群落方向一指:"你比如,在你来之前,有一段时间,会所里,包括每幢别墅人家,碰到的每个人,都会说起兰茵茵的保释案……"

"兰茵茵?"童庆疑惑这个名字和兰梅萍的关系。

"听说过这名字吗?"

"好像……"童庆没把握地搜索着自己的记忆,"媒体上报道过?"

"对了,涉及的案值太大了,二三十个亿的地产,听说这些地产占了梅城步行街核心地段半边的三四百米。"

"我想起来了,"童庆轻轻一拍自己的额颅,那时他正采写铮法医的传奇故事,还和法医聊起,"听说产权引发争议,一度判了她死刑。"

"是啊!判死刑和死缓的消息一传来,就是在这个会所里,各不相关的人坐在一起,几乎是公开地讨论起来。"高高的脸色似乎还回忆得起那时的详细情况,"只因兰茵茵是38号别墅的业主,是众人的邻居啊!有过那次讨论,原来进进出出,只是淡漠地点点头的业主们,事后还主动打起招呼、交上朋友了。在玫香别墅,这是很少有的情形。"

童庆后来没怎么关注这一案情,现在,他觉得这个兰茵茵肯定和兰梅萍是亲属,不由得打听起来:

"高高,我没看报道。后来这个兰茵茵,又怎么被保释了呢?"

"变成了惊动社会上下的大新闻了呀!"高高好像对这案子挺了解,"听说和兰茵茵打官司的,来头很大,非要把兰茵茵置之死地,将她的几十个亿鲸吞。死刑消息传出,没等到宣判。兰茵茵又几次上诉,案子闹到省一级高院,判了她一个保释,但我是知道的,自从兰茵茵保释出狱,住进38号,始终处于被监视居住的状态。童作家,你时常到会所来坐坐,可能会见到她的。她有时也来会所坐坐的。哦,对了,自从她住回玫香别墅,她有个单身的姐姐,陪她住在38号里。"

这真是得来全不费功夫。

跟着铮法医走进程步涛、于倩虹家出现场,无意中一抬头的当儿,见到了兰梅萍,童庆无暇留心兰梅萍住的是几号,这会儿,高高讲清那是38号别墅,而且无意中透露,38号是被监视居住的,势必也会把39号的动静连带着在监控中留下的吧。

铮法医不是想进一步查清程步涛自杀身死前与外界的交往吗?

监视38号的录像中也可能会有些线索的呀!

童庆吁了口气,晚上得把这一点告诉铮法医。

服务员小姐端来了两小碟瓜子、开心果和山楂片、盐津提子,俯下身来的时候,她凑近高高身旁耳语了一声,高高当即起身,指了指广西脸型的姑娘端上的小零食,道一声"童作家你稍坐",匆匆往吧台方向走去。

二十三

童庆咀嚼着开心果,从座位上往露台望去,那位贝先生仍坐在藤椅上,只是他的脑袋歪向一侧,双眼微翕地打着瞌睡。看样子,他闲得无聊睡着了。

只同铮法医介绍的高高交谈了不过一个时辰,童庆觉得,玫香别墅的幕布已经在他的眼前徐徐地拉开了。这看去那么静谧安宁的水乡豪华小区里,蕴藏着多少不为人知的故事啊。像高高跟他说的,多到这儿来几趟,说不定还真能逮到创作大部头小说的丰富素材哩。

童庆决定坐下去,干脆和高高多聊聊,等到中午再去土岭镇政府食堂,吃过饭后回土岭村去。

高高没离开多久,又回到童庆身边,边入座边抱歉地说:

"对不起,我们钟总过一个小时要过来,我去给他安排一下午餐。"

"你若忙,我就以后抽时间过来聊。"童庆自觉地表示,"不要影响你的工作。"

"没关系,已经安排妥当了。"高高连连摆着手挽留童庆再坐一会儿,显然,他也正聊得兴起。童庆看得出,高高在会所里所处的位置,平时难有让他充分倾诉的对象。"我们还可以谈一阵的。你是贵客,难得来啊!我这里,画家、书法家、摄影家时常光顾,真正的作家,你是第一个。"

童庆心里忖度着,郊区当地的苏正、高建未来这里时,也许没暴露身份。他接着刚才的话题问:"兰茵茵的案子,发展到今天,仍悬在那里吗?"

"等着下文吧,"高高说,"不过在玫香别墅,自从大画家程步涛意外离世,兰茵茵的案情,已经不大有人提了。人们现在聊得最多的,是程步涛。"

"为啥呢?"

"他知名度高啊!平时,公开的,私底下的,还有可以称之为隐私的,就有种种猜测和热议。这一次意外猝死,大家就说得更多了。"

"公开的怎么说?"童庆喝尽了杯中的咖啡,把咖啡杯子一推,把原先喝的茶杯往身前移了移。

高高当即注意到了这一细节,连忙关切地询问:"要不要再来一杯咖啡?"

童庆摆手:"不用了,就喝茶。午后我还想眯一会儿。你接着聊。"

"公开的就是连小民百姓都十分关注的,说程步涛是货真价实的大画家,专家认可,官方认可,市场也认可啊!他的一平尺画,起拍价三十五万,连商报和美术专业报刊上都登了嘛!"高高轻描淡写地说道,目光移动了一下,朝临湖的露台瞥了一眼,"这是居住在小区里的各式人等最感兴趣的话题,骨子里,他们的心目中只有钱。一幅作品拿到他们面前,也许他们根本不懂,但也会装模作样瞧上几眼,然后打听值多少钱。而程步涛不同啊,没见到他的画之前,就听说他的一幅小品,三笔两笔,值个几十万、上百万,怎不会引得这里的各种各样人物肃然起敬呢!"

高高自嘲地笑了起来,笑得露出了两排洁白整齐的牙齿。童庆看得出,他笑得很开心,也许,终于也可以对居住在玫香别墅的业主们表示点他的不屑,令他感到满足吧。

童庆想起了什么似的说:"听铮法医介绍,你懂鉴赏美术作品?"

高高点头:"懂一点,感兴趣而已。铮法医才是高手。"

"你谦虚了,"童庆随意地指点了一下墙上挂的画和架子上玻璃罩下的奇石,"从这安排和布置,看得出你品位不俗。"

"过奖,童作家。"他嘴上这么说,脸上欣悦的表情,表明听到恭维他还是高兴的。

"那你认识程步涛吗,他在这里有两套别墅呢!"

"认识啊!"高高的两条眉毛一扬,"他常来这儿品茗、喝咖啡,而且对咖啡、茶的要求都很高。他那样子死法,实在令我想不通,可惜了呀!一个天才型的画家,大才子!"

高高的惋惜之情溢于言表。

童庆听出了他的话中有话:"听你语气,似乎也不认为他是猝然离世?"

"明摆着的嘛!"高高的语气放低了,声音却带着明显的倾向,"那天下午,他还带着个粉丝,在这里喝咖啡呢!坐的就是你这个位置。"

高高指了指童庆坐的黄花梨沙发椅。

童庆觉得自己屁股底下烘热起来。

"噢,"童庆唤然失笑,"是你招待他的?"

"是啊!他还给自己的粉丝点了一块蛋糕。"

"蛋糕?"

高高说漏了嘴,赶紧补说:"是个年轻的女粉丝,绝对是个崇拜者,经常出现在这里。叫什么诗佳,还是个大美女!不是随口赞赞的美女,见到的人都说她美得晃人,倒不像个学画的,有人说她极像模特。"

童庆脑际掠过乔辉说程步涛"好女人"的话,忖度着,这

情况铮法医是否了解和听说。他两眼望着高高,淡淡地问了一句:

"程步涛在这儿接待过那位叫诗佳的?"

"最啊!两个人有说有笑的,有半个多小时哪。"高高肯定地说,"见过这情形的人,不止我一个,值班、服务小姐,好几位呢!第二天听说程步涛猝死,都不敢相信。说情绪这么轻松自在的人,怎么会……"

童庆端详着高高的神情,讷讷地:"这么说,你对步涛的意外离世,同样存疑?"

"现在是对他怎么死的议论纷纷啊!童作家,你认识他吗?"

"几十年的朋友了。"

"你听说了吗?有人讲他不是猝死,是自寻短见……"

"你信吗?"

"我也不信。可争论的不是相信不相信,信也好,不信也好,他已经走了。"高高的语速快起来,他双手一摊,"现在要说的是,他是怎么死的?"

"这关系大吗?"

"怎么不大呢,猝死,是在创作中猝然离去,是意外,是没有办法的事,不影响人品。"高高振振有词,"而自杀身死呢,就大大不同了。如果认定,就要追问,为什么?为什么要选择走上绝路?文章就大了!"

"玫香花园的业主们,是怎么说的呢?"

"说啥的都有啊!当然,家属……我说的是他妻子于倩虹,一口咬定了他是猝死,那涉及程步涛的声誉啊!她是死也不愿承认程步涛是自杀的。"高高昂了昂头,顺手捋了一把自己乌黑的头发,"作为朋友,我也不愿程步涛死后还被人说三道四。可是,事情有诡异之处啊!童作家。"

"诡异在什么地方?"

"程步涛这么大的画家,有人说,像他这么有名、画的价格达到这么高位的,古往今来,在我们省里还是第一人。结果他离世了,媒体上只发豆腐干那么小一条消息,才几句话,这正常吗?"高高的一双眼睛炯炯发亮,锐利地往大堂扫了两眼,"在他之前离世的省内四大家,哪一位不是风风光光走的?追悼仪式搞得隆重热烈。不说他的追悼仪式一定要超过那四大家,总不见得比他们差吧。公开不让人说,私底下,人们总要讲的呀!你说是不是?"

童庆点头。他以为,只有他作为圈内人,注意到了这一点,没想到,帮着老板经管会所的高高,一个圈外人,把这点也看得一清二楚。他斟酌着道:

"说起来,确实是这么回事。作为步涛远近邻居们的玫香花园业主,是怎样议及这个现象的呢?"

"那多了!说啥的都有。不过,不追究程步涛是如何走的,为的是维护他的声誉和人品,是众人的共识。"高高说,

"最终,还是为了活人的利益。"

"为啥?"

"在外国,西方国家,画家的名声大,放浪不羁,肆意妄为,浪漫艳史不断,甚至出点丑闻,并不影响他画作的价位,人们只欣赏他的绘画是不是真正有价值,不会理会画家的私德。"高高扳着自己的食指,诗兴正浓,"在中国则不同了,书画家的价位直接和他的人品相关。从古到今,奸臣贼子、汉奸走狗、卖国贼,他的书法绘画成就再高,亦无人问津。有人收藏到这种人的东西,还会被人嘲笑,连同收藏家的名誉也受到影响。童作家,你想想,程步涛创作勤奋,留下那么多的画,如果他的声誉因为猝然离世受到损害,那些画的价格就会应声而跌啊!况且,况且……"

"况且什么?"

"况且我们这位大画家,除了自己留下了不少出色的作品,"高高用只有童庆才听得见的声音道,"他还收藏有不少相当有价值的古画。"

"你见过?"

"那还用说。"高高不无得意地一笑,"他在我这儿鉴赏咖啡,品茗赏石,点些果盘点心,像你一样,我从不收费;他和我聊得兴起,高兴了,邀我去画室里欣赏过。那真是快事啊。"

童庆双手扶着黄花梨的座椅,缓缓颔首道:

103

"分析得有道理,怪不得铮法医夸你呢!"

童庆暗忖,程步涛还是个藏家这一点,铮法医知道吗?

脸型极像广西女子的小姐快步走近过来,以催促的语气道:

"钟总到了,门房间对讲机报来了。"

高高离座起身,对童庆道:"你可能还不认识我们钟总钟亚达,我给你们介绍一下。"

童庆急忙摆手阻止:"不用了,你直接去招呼他。我体验生活,主要是在土岭村,了解民间的现实。"

高高也不勉强:"那你可随意逛逛,里外看看。"

显然,高高也不想让他的上司见到他在会所接待自己的私人朋友。

高高和童庆握了手,欢迎他空闲时来聊天,就走到大门前去了。

握过手,童庆也坐不住了,离座朝临湖的露台上信步踱去。

二十四

凭栏眺望湖光水色,一首唐诗浮上童庆的脑海:君到姑苏见,人家尽枕河。古宫闲地少,水港小桥多。

玫香别墅这建在江南水乡的有山有水的地方,尽采了这一审美理念,营造了如此空明澄净、色彩淡雅的环境,也算是煞费苦心了。

程步涛一下子在此购下两幢别墅,并欣然在这恬静幽雅的地方生活、创作,不会想到自己的命运戛然而止在此地的吧。

身后传来轿车的喇叭声、高高热情的招呼声和一阵脚步声,遂而传来男女的说笑,童庆不经意地一回首,只见前面广西脸型的小姐手臂伸得长长地引着路,一旁高高伴着钟总和他夫人正在转弯,童庆听到珠光宝气的夫人说话音调似有些相熟,定睛望去,那夫人的目光恰也投向露台,童庆暗吃一惊:

宋小阳。

四目相对,虽然隔着不远不近的距离,童庆确信自己认出的是宋小阳。

宋小阳明澄的眼睛里透出一丝惊慌之色,童庆意识到了——亲昵地挽着钟亚达臂弯的宋小阳,也认出了他。

她,她怎么成了钟亚达的夫人?

她不是苏涛钟爱的妻子吗?他俩可是一对深情相爱的情侣啊!

几年没见,老母鸡变鸭子,难道婚姻形态也发生了陡变?

苏涛曾经可是风度翩翩、仪表堂堂的美男子啊。

弯转得太快,童庆没看见钟亚达的容貌,只瞥了一眼侧面。

和宋小阳裁剪合身、体型毕现的服饰决然相反,钟总随意地穿了一身休闲的服装,乍眼望去,好像他刚从什么地方结束锻炼。看来,宋小阳这回钓到的是只大金龟了。

二十五

离开大堂会所,沿着一条曲径通幽的弯弯小道,往玫香别墅出口处慢悠悠散步般走去时,童庆眺望远近景观,感受着曲径两旁竹林里随风送来的清新空气。真可以说是装满了一脑子的崭新印象:步涛兄竟然还收藏古画,自己曾经采访并用赞赏的语言写过其报告文学的苏涛、宋小阳夫妇,从前的苏涛夫人如今已成了玫香别墅老板的夫人!眼前的一座座庭院,院里陈放的石椅、鼓形凳,还有令人一见不由肃然起敬的窗格,透过树枝花丛洒下的光影,似乎都让人感觉到了灵性,被赋予了诗意和深邃的思想。哦,移竹当窗,槐荫当庭,梅梨绕屋,松寮隐壁,一幢一幢疏密有致的别墅都仿佛在告知世人,这里是养身、养心、怡养性情的好地方。掩映在秀竹绿树丛中的一切,似乎都在呼唤社会上腰包鼓鼓的人士前来置业和享受。

可在这一切一切的光鲜亮丽的背后,又是啥呢?

光怪陆离的事件,大画家程步涛明明是自寻短见,却被宣布为猝死,而且总有一股隐隐约约让人感觉到的力量在试图掩盖他自杀的真相。至于他为什么会自杀,就更不想提及了。曾经被奉为"爱心天使"的宋小阳,连童庆都曾为她对爱情的忠贞不渝而感动,并去采写他们夫妇爱情的传奇事迹,这会儿却成了玫香别墅大老板的夫人。而童庆知青时代的恋人兰梅萍,也和她卷入官司的妹妹兰茵茵一起,悄没声息地隐居在这个静悄悄的优雅的小区里。今天走进会所来见高高的时候,童庆怀着侥幸心理,期待也许会在这休憩的公众场合,碰见兰梅萍。结果,不但没遇到兰梅萍,连她的妹子兰茵茵的影子都没见着。还有,出现场那天,在于倩虹的39号别墅里出现的李宏超,梅城恒诺生态集团的董事长,曾经的"小知青",现在可也是梅城大名鼎鼎的企业家啊……

这么多的社会各界名流,在童庆的眼前一一掠过,在他心底激起一阵一阵的涟漪和波澜。这些年里,专门采写报告文学,写一些纪实小说,童庆见过的世面,遇见过的各界人士,不算少了,科学家、名医、民间人士、企业家、投资客、教育家,文学艺术界的各种名人,导演、演员、明星、球星、体育冠军、主持人、作家……大多是在场面上见的,尤其是他面对面去采访的,像铕法医那样的,总是以正能量的为主。而且,童庆写到的对象,往往一定下稿子来,很快就会见诸报纸杂志,然后在网络上传播。这些人的事迹,隔上几年,电脑、手机上还能查得到。

在玫香别墅里撞见的这些人,似乎同他目的性明确采访的那些人物有所不同。说起来,他们也可说是各界名人,可他们的背景复杂,他们的故事一言难尽。就像童庆和兰梅萍之间的关系,说得清楚吗?可这关系是几十年来萦绕在童庆心头挥之不去的,是一种说不清道不明的关系。

童庆由此联想到在于倩虹家邂逅的李宏超。表面上看起来,于倩虹是大画家的夫人,李宏超是远在梅城的企业家,完全是跨界别的两种人,李宏超不披露他们曾经是一个知青点的战友,人家会知道吗?童庆与兰梅萍只是同一公社两个村庄的知青,都有心照不宣的一层关系呢,他们在同一知青点,难道就没有故事吗?

从这一意义上讲,谁能想象,宋小阳和钟亚达之间,又是一种什么关系呢?

童庆第一次意识到,带着写一部长篇小说的良好愿望,深入到原先并不熟悉的环境里来采访,远比写纪实作品、报告文学还要复杂得多、微妙得多。

采访生活中的人物和事件,写纪实作品,具体人物、人物和事件是怎么样的,照着写下来就行。

在日本，也许正是因为这一点，才把纪实文学归类到通俗文学一类中去的吧。

看来写小说就不同了，童庆到土岭村、土岭镇、玫香别墅才几天啊，见到的人，听到的事，不管是原先认识还是不认识的，面貌决然不同了。

刚才在会所里，听到高高所言，童庆总觉得他的话中有话，故事里还套着故事。就是极偶然地和宋小阳打一个照面，也彻底地颠覆了他对宋小阳的认识，把过去多少年里留在记忆中的对他们夫妇的美好印象，砸了个粉碎，激溅起他内心的一阵一阵困惑、狐疑和思考。

这究竟是怎么回事啊？这是今天的时代故事吗？

二十六

宋小阳和她丈夫苏涛，曾经是一对光彩夺目的模范夫妇。

苏涛是童庆的同行，是省内在改革开放初期的文艺春天里最早出名的作家之一。他比童庆年长，资格也老。他引起社会关注的是一部当时被广泛宣传的中篇小说，写一个青年才子，被打成"右派"之后遭受城里女子爱情的背叛，在下放到偏远乡村的日子里，他不甘沉沦，用学到的医学知识为贫下中农服务,在艰难困苦的生活中不顾生命安危抢救病人,不但得到广大乡亲的认可,还收获了爱情。虽然这爱情同样遭到了非议和阻拦,可一对年轻人没有因为种种压力而退缩,相反,他们迎着冰雪,踏着泥泞,在难以想象的感情折磨面前挺过来了……

出名以后,苏涛只写以"爱"的名义展开的故事。那些年里,文学刊物雨后春笋般地创刊,约稿也多,短篇小说、中篇小说,苏涛出手也快,各种刊物上都有他写的作品,尤其是他描绘爱情恐惧的长篇小说,出版以后就成为畅销书,首印就是十万册,紧接着又加印五万册。正当苏涛名动省内外,四处接受大学、文学讲座邀请去讲课、作报告,在省、市广播电台做节目,在电视台做嘉宾,成了社会上人们议论的"报纸上有名、广播里有声、电视上有影"的人物时,一场车祸造成了他这么个美男子的瘫痪。当时听说他截肢以后,童庆曾去病房探望过这位同行大哥。也是在那时,童庆认识了陪护在丈夫身边悉心照料的宋小阳。

乍一见宋小阳,童庆内心深处惊叹,没出车祸之前,苏涛和宋小阳,简直是一对人人见了都会羡慕的俊男靓女。宋小阳脸庞明朗清丽,一双灵动的大眼睛不用说话就让人感觉亲切,忍不住要多瞅她一眼。那一次探望,就给童庆留下了很深的印象。他还了解到,宋小阳竟然也是位成功女性,她是省里面最早创办"红娘热线"婚姻中介的心理咨询师,还是首批创办人之一。

几年之后,《婚恋与家庭》杂志在省、市妇联的支持下,联合社会上多家单位,开展评选模范夫妇、五好家庭、幸福之家活动。苏涛和宋小阳夫妇当之无愧地成为获奖者,领奖大会搞得轰轰烈烈,影响很大,童庆看到电视上的直播,衷心地为他俩高兴。

事后,杂志社要为他们夫妇刊登专访,报道他们的爱情故事。约请童庆专程采访他们,完成这一写作。

采访中童庆深深地被宋小阳感动了:她掏尽心血为瘫痪后苏涛的坚持创作而放弃了自己的事业。他除了共同采访了夫妇二人之外,还单独采访了苏涛和宋小阳,写出了一篇感人至深的报告文学。

他自己觉得,这是一辈子写下的几篇得意之作之一。不是他自我感觉良好,而是作品在杂志上刊出以后,杂志社的读者反馈好,杂志社还挤出篇幅连续登了多篇读者自发写来的读后感。作品还被二十多家交友、恋爱、婚姻家庭类社会杂志转载。

有同事跟童庆开玩笑说,看来我们法治类的悬疑作品,比不上恋爱、婚姻一类的故事啊!童庆,你改行吧。

虽然是十几年以前的事了,但童庆作为当事人、亲历者,对一切还是历历在目,记得清清楚楚的呀!

今天在奢华的会所里撞见的那一幕,有着怎样的内情呢？其中的演变过程，该也有着丰富多彩素材的吧。

　　光是和宋小阳不远不近地四目相对，童庆已然瞠目结舌了。他心里说，幸好高高要把他当面介绍给钟亚达时，他婉辞了。

　　要不，直接和宋小阳面对面，该如何应付呢？

二十七

　　尽管疑虑重重，脑海里呈现一个又一个问号，不过童庆的好奇心已经不像年轻时那么重了。在镇政府食堂吃过午饭，回到土岭村那间处在半坡最高处的民宿里，童庆闭上眼睛养了好一阵神。

　　装了一脑袋的崭新信息和印象，要午睡是难了。

　　怎么睡得着呢？

　　宋小阳和钟亚达，两位身份差距如此之大的人物，怎么会走在一起的？

　　双腿瘫痪了的苏涛，离开了妻子的照顾，日常生活怎么办？

　　兰梅萍有这么一个卷入大案的妹妹兰茵茵，按童庆原来想象的，去主动接触她，合适吗？涉案数额如此大的兰茵茵，虽然回到家中来住了，38号别墅的监控，只会比一般的别墅更加严厉,那是显而易见的。

程步涛的死因,没个明确的说法,显然是有原因的。这原因是像高高揣测的那样,仅仅是家属出于爱护步涛兄的声誉,有利于保护他作品的价值,还是有更深层次的原因?

回土岭村的路上,童庆翻看了多年前曾经留过的苏涛的手机号,发现自己删过不少联系人。不常联络的苏涛和宋小阳的信息,手机上都没有。

当然,要打听苏涛的联系方式,也是方便的。写作报告文学和纪实作品,童庆和省作协创联室时有联络,只要打电话问一下,他们很快就会把苏涛的座机和手机号码发过来。

童庆不急于了解苏涛当前的家庭生活和个人感情,他在床上闭目休息了半小时,坐起来把一上午得到的种种印象和思绪都在笔记本上写下来。这是他多年来养成的创作习惯了。有个写小说的告诉他,从来不往本子上记什么,小说是虚构的,只要从生活的海洋里淘洗到灵感,就有东西可写了。童庆觉得自己正由写作报告文学向创作小说过渡,他还得记。不记,他怕忘了。

写完之后,沏了一杯茶,他从窗户望出去,村口的文化墙旁停了一辆国内组装的"奔驰",近年来,这种车多起来,即便停在土岭村口,也没人围观了。童庆心里说,可能是村里哪户农家来客人了。

他坐在椅子上,整理着脑海中时而浮现、时而消失的创作思路。如果从省内的美术四大家写起，写到今天活跃的美术界中青年画家，童庆觉得活脱是当今社会的一个缩影。他积累多年，有太多的人物和故事啊！有的画家专为拍卖行创作。有的画家呢，专攻洋人喜欢、欣赏的油画，什么金色系列，银色系列，欧美卖得好的作品，东南亚不见得看好。还有的画家，专门忽悠那些暴发户，把价格炒上去了之后，又在市场上自吹自擂，抬高身价。还有一个画家公然宣称，他是内靠官僚，外靠洋人，捞够了钱躲进高楼里当寓公。有位号称美术大家的，市场特别旺，作品供不应求，干脆找来美貌的模特儿，让她们穿上各式各样凸显身材的旗袍，把她们一一拍下来，然后利用幻灯，把这些摆出或时尚、或古典、或青春、或庄重、或沉思、或发呆姿势的形象，一一打在绷直了的画布上，让雇来的画工，照着幻灯打出的形象、色彩如实地描摹下来。定稿时，他再拿着画笔，画龙点睛似的点缀几笔，同时拍下照片，以证明这是他的作品。他也确有才气，有时只是点缀寥寥几笔，一幅所谓真正的作品就问世了！市场上标出的价格，有数十万的，也有数百万的，甚至还有数千万的。名头大，收藏有价值啊！对于那些豪富、权贵、运作资金的投资客，区区这点钱，算得了什么呢。关键是，他们认定了，这些名家之作，必然会保值、升值。再不济，一旦发现资金紧张、周转不灵时，凭购买时的发票、拍卖行的凭证，还能抵押给银行啊……

有人在轻轻地叩门。

在土岭村的民宿中,会有什么人来找他呢?童庆犯疑了,正当他观念纷涌、思绪泛滥地考虑着他即将构思的长篇小说时,怎么会有村民来找他呢?

童庆应了一声,离座去打开了民宿的门。

童庆疑讶地呆住了。

门口笑哈哈地站着宋小阳,只是,她已经换了装束。不再是童庆早上瞥见的浑身上下珠光宝气,一派贵妇人模样。

童庆不由脱口而出:"宋小阳,是你!"

"是啊!"宋小阳弯弯的长眉往上一扬,"允许我进屋吗?"

"行、行啊!"童庆朝屋里避让着,"请进,请进。只是屋子小了些。"

从没想过要在民宿的客房里招待客人,童庆在原地转了个圈,寻找着杯子。

宋小阳已经在椅子前站定,对他摆摆手道:"咖啡、茶,我在会所里都喝了,你不用倒水。我就坐一小会儿,不打扰你多久。你们作家的时间宝贵。坐吧,你也来坐。"

"恭敬不如从命。"童庆手直直地指向座椅,"请坐。"遂而自己坐了下来,转脸望着宋小阳。

宋小阳和他坐得近了,童庆看得清楚,她精心地化了淡妆,容貌虽没大变,但和他当年采访他们夫妇时比,她的脸

庞丰满了,更凸显出中年女子的风韵。怪不得,钟亚达这么大的房产商会看上她呢。童庆主动道:

"多年不见,你的生活变化很大吗?和苏涛分手了?"

宋小阳两眼波光一闪,直视着童庆说:"不是你想象的那么回事,童庆,我仍和苏涛生活在一起。"

童庆暗自愕然:"那么……"

"今天和你不期而遇,太突然了!我想你一定会产生很多猜测和误解,"宋小阳语速快疾,"所以这么快来找你。你给苏涛打过电话了吗?我们家电话没变。"

她的目光中掠过一丝不安,透露出她的忧心。童庆摆了一下手,有轻风从窗户里吹进来,拂进来土岭村农家饭锅巴的焦香。童庆说:

"没有,我以为你们分手了,不好开口问。毕竟,好多年了。"

"是啊!时间太长了。"宋小阳唉叹了一声,"我们没分手。但是,你看到的情形,也是真的。"

"真的?"童庆没想到宋小阳如此坦率,"那你们……"

"情侣关系。"宋小阳的嗓音低了,微微低下了头,双眼不再直直地望着童庆,而是有些不好启齿地说,"作为女人,我也需要。到了这一步,我只能这么说。我想,我想你是作家,也会理解的。"她说这些话像在背课文。

童庆的心"别剥别剥"跳得剧烈起来,他能理解,但他真不知怎么说:"呃,这个,主要是没再保持联系,我一点没思想准备。也怪我当年的采访不深入吧。"

"不,不!"宋小阳疾忙说:"当年你采访时,我们确实是像你写的那样,蛮相爱的。"

童庆想起了自己写下的那些对他们夫妇溢美有加的文字,还有配发的宋小阳和苏涛亲热地偎依在一起的照片。那时候……

童庆不无遗憾地吁出一口气:"后来,又怎么变了呢?"

"你知道,人是会变的啊!"宋小阳低垂着头,双手无目的地拨弄着随身小包上镀金的搭扣,讷讷地说:"一个人病得久了,脾气会变得很暴烈,苏涛又是那种下半身不遂的瘫痪。风光八面的时光一过去,他就常常会无端地发火,有时候仅仅是为了一点点小事情……"

"我能理解。"

"谢谢!再说,夫妻之间没有了性,总是有欠缺的。"宋小阳停顿了片刻,眼角瞥了童庆一下,童庆满怀同情地瞅着她。

初夏的轻风拂来宋小阳身上名贵幽雅香水的味道。宋小阳咽了一口口水,接着不无委屈地说:

"起先,我用拼命工作压抑着自己,克制着自己时而也会冒出来的欲望。直到有一回,红娘热线连同婚庆公司,搞了一场年终大活动,玫香花园别墅的钟亚达出资赞助了这场活动,我作为活动的现场主持人,和他认识了。没想到……"

"他会看上你。"

"没那么快。起先,他是邀请婚庆公司与红娘热线的人来玫香别墅参加揭牌仪式,说实话,所有被邀的人,无论是商界、政界、文化界、新闻界的人,都被玫香别墅的雅致、奢华、注重方方面面的细节和温馨震惊了,大家都对那一天的主角钟亚达刮目相看。"宋小阳说着话,语速逐渐恢复了平静,脸也仰了起来,面向着窗户外农家的屋脊,"玫香别墅和钟亚达在圈内很快有了口碑。那场揭幕仪式举办不久,钟亚达又以答谢为由,小范围地在玫香会所里宴请了我们参加仪式的嘉宾,吃得很好是不用说了,每位嘉宾还收到了他小红包里的礼卡,回家打开一看,竟然有五千块!你知道的,被邀的客人虽然都不明说,但心照不宣,对钟亚达还是心存感激的。"

"这我懂。"童庆点头,"你们就此交往起来了。"

"岂止是交往,做过客的,谁不知道钟亚达是豪富,私底下讲起来,都说他是亿万富翁,充满了崇敬。活动场所遇到多了,简直变成熟人了。"宋小阳说着,语调里亢奋起来,"就在一次稍显放纵的酒后,回到安排给我休息的客房里,带着一点醉意,一切就发生了。"

"噢。"

"在你作家听来,童庆,是不是像通俗小说里的情节?"

"问题不在这里,问题是……"

"你想说什么?"

"想说……"

"没关系,童庆,话都说这个份上了,我都把自己剖开了给你说这些,你尽管说吧。"

"你们之间的感情,往哪儿发展?"

"嘿嘿,逢场作戏,游戏人生呗。"

"是这样?"

"不是这样又能怎么样呢?童庆。"

"我以为……"

"你以为我会同苏涛离婚,一心一意向往着钟亚达,嫁给他?"宋小阳陡地用力把手一挥,"不可能的事嘛!钟亚达有老婆,他身旁有的是容貌各异的美女,不少还是处女。再说,即使我要离婚,苏涛会同意吗?社会能同意吗?你能接受吗?上午在会所远远地认出是我,你脸上惊疑的表情,给我的印象太深了!童庆。"

童庆不知说啥为好,他甚至不敢正眼瞧宋小阳的脸,但他又必须面对她,有所表示才合适。他拿起自己的杯子,还没送到嘴边,旋即想到并没给宋小阳斟水,又疾忙把杯子放到茶几上,干咳了一声道:

"我只是感觉有些意外……"

119

"才不仅仅是意外呢！童庆，"宋小阳把话接过去了，她的坦然和不以为然，同样令童庆吃惊，"跟你坦白说吧，当我从醉意和疯狂中清醒过来以后，我没有后悔，一点儿悔意也没有；我甚至对钟亚达也没有仇恨，认为他诱惑了我；就年龄而言，他还比我小几岁呢！相反，我有一种发泄过后的轻松。是的，他对我，也许只是抱着一种玩弄玩弄的态度，换换口味而已。我呢，从他身上，我也获得了满足啊！再不济，也是宣泄啊！童庆，我是女人，我压抑、克制得太久了，我是人，我的身体同样有欲望啊！"

宋小阳的声气哽咽了，双手在胸前颤抖般晃动着，一双爽洁的眼睛里淌出了两行热泪，啜泣道：

"我守着一个僵尸般的男人太久了呀！"

童庆在座位上不安地扭动了一下自己的身子，他很想做什么动作安慰一下宋小阳，像她刚才说的，她真是把自己的内心情感，袒露无遗地道了出来。童庆的双手在椅子上无目的地拍了一下道：

"你这么一说，我明白了，我全明白了。况且，钟亚达还是个富翁……"

"对啊！作为男人，他出手大方，很有派头。"宋小阳接过话去，"你也看到了，我穿的那一身，价值不菲的呢。和他上床，我图的不是这个，我家不缺钱，这一点你知道的。可女人是在乎这个的，在乎男人在自己身上一掷千金的，没办法,这是女人都有的虚荣心。"

童庆猜出一点宋小阳这么快来找自己的原因了,他坐得端正了些,说:

"你来过土岭村吗?"

"没有,第一次走进来,是边问边找来的。"

"你怎么知道我住这里?"

"高高说的嘛,他对钟亚达说,你在这里体验生活。一进村,村民们都知道,你住在这边民宿客房里,是镇上安排的。"

"都传开了。"童庆自嘲道,"你来找我,钟亚达也知道。"

"没有,我没给他讲。"宋小阳断然地摇头,抽一张餐巾纸轻抹着自己的泪痕,"完事儿以后,他派车送我进城去。车子开出玫香别墅,我对司机说,要来这儿办点事,司机就把我送到了村口。"

童庆脸转向窗口,那辆国内组装的"奔驰"仍停在那里,司机站在车子边抽烟。童庆声音清晰地:

"我明白了,宋小阳,我不会把在这里看到你的情形跟任何人讲的。我一把年纪了,你可以相信我。"

"那太谢谢你了!"宋小阳的语气顿时变得轻松而又自在,她离座起身,伸出一只手来,主动握着童庆的手道,"好在,我也不是玫香别墅的常客,几个月才一次。我想,钟亚达的热度,说不定什么时候就退了。"

121

"嗳,嗳。"童庆只能这样维持着起码的礼貌,送宋小阳走出客房。

二十八

童庆没法坐着,一来是土岭村的民宿小屋不宜于来回散步,天花板也稍显低矮了一些,多年来写作养成的习惯,每当思绪纷涌的时候,他的心就跳得快起来,无法平静地坐着;二来是去玫香别墅会所,看到、听到,包括他边看边听时的想象,对他的冲击太大了。外表看去那么安宁、静谧、幽雅、舒适的别墅小区里,涌动着多少对童庆来说是崭新和陌生的东西啊!这些东西是创作中最鲜活的材料。

高高和他的谈吐,那个广西风情的服务员小姐,突然出现在童庆面前的宋小阳,还有她的来访,都给予童庆重重的心灵撞击。

远不止如此,远不止如此啊!宋小阳搭上的钟亚达,高高无意中透露的已死去的程步涛生前与之谈笑风生的绝色美女诗佳,还有一个"贝先生",无不给童庆带来重大的信息量,想象中的信息量,一眼看不透的人际关系。童庆只往笔记本上写下了几行,就写不下去了。他离座站起来,只在民宿小屋里走了一个来回,就打开门,走了出去。

一辈子写作纪实性的报告文学作品,童庆第一次觉得,笔墨和书写跟不上他脑际一个接一个冒出来的念头。他得梳理一下,好好地梳理一下所有的东西。

在土岭村里沿着整修得悦目的小路信步走着,不知不觉走出了村子,走过小河道上的栈桥,沿着弧形的砖砌道,走进了果园,是的,是果园,土岭村民给他介绍过,果园里栽着杨梅、桃树、枇杷、李子,似乎还有无花果。果园里的空气比村庄里更清新沁人,瞧,果园边上还有供人休息的小亭。

童庆走进小亭,有几只正在亭子座椅上啄食饼屑的小麻雀受惊地飞走了。童庆吁了口气,在椅子上坐下。他的身旁有几滴麻雀屎迹。

小麻雀并不怕他,飞出亭子之后,又叽叽喳喳飞了回来,在亭子的台阶上跳跃着,继续寻食。

童庆的目光追随着身躯肥胖的小麻雀移动,有风吹来,他的心绪平静了一些。

直到这时候,他才意识到刚才那一阵烦躁的根源是什么。这些年来,他时有配合时势的报告文学作品发表,记人、叙事,颇合时宜,遇到熟人,同事和朋友,人们都笑着向他跷大拇指表示祝贺,并说一些拜读之后受益匪浅的话。只有他心里明白,多少年来他始终在同一水平线上徘徊,没有突破。没有振聋发聩的作品引起社会热议。苦恼的是随着年龄的增长,他寻找不到自己的不足在哪里,不知往哪儿去努力和追求,寻找突破口。

这会儿,坐在果园旁的小亭子里,闻着泥土潮润的气息,有风轻拂而来,童庆忽觉豁然开朗。他以往的创作写的都是肤浅的、表面的东西,那些他写过的人,赞颂过的他们身上的事迹,是他们的全部吗?比如宋小阳,他算得上熟悉她了,苏涛是同行兼朋友,宋小阳在童庆心目中,一直留有良家妇女、贤妻良母的光彩形象。他似乎都能触摸到她心灵的脉搏,但却完全不是那么回事儿。她变得多快啊!

到土岭村来下生活,走进玫香别墅才刚刚开始,多少真相在眼前掠过,多少故事的素材在涌出来,多少人的真面貌在一一揭开。这才只是开始啊,若进一步深入下去,他还能洞悉多少引发文思的灵感和传奇啊!是传奇,当代传奇,活生生地从生活土壤里冒出来的传奇,不是寓言和具有神话色彩的古老传奇。

这么想来,童庆如释重负地长长吁出一口气。他给铮法医说的,想写作一部长篇小说类的重量级作品,向妻子丁丽娟证明他是个真正令人信服的作家,这时似乎有了底气。如果说原来只不过是赌着一口气,带有一点盲目性的话,这会儿他觉得自己心明眼亮了,看到自己该往哪儿去努力、去追求了,他觉得自己创作上的跨越和腾飞的时刻快到了,也该到了。他已经等待得太久了呀!

几只小麻雀已经跃动着走到亭子中央,它们仿佛感觉不到童庆的存在似的。

童庆抬起脚来,重重地一跺脚,几只麻雀拍翅飞出亭外。麻雀的翅膀虽小,可它们振翅飞走时,童庆分明听见了它们鼓动翅膀的声音。

童庆不知为啥傻笑起来。

在镇政府机关食堂吃晚饭时,童庆看到餐桌上放着一本翻得页面发了毛的杂志。封面上赫然印着:玫香画报。道地的道林纸印的,比一般文学杂志豪华多了。

翻的人多了,杂志已经很陈旧,封面都软塌了。

吃饭的时候,童庆把旧画报往桌角上推了推,丝毫没有翻阅的欲望。

他习惯了,镇政府食堂的早餐和午饭时分人多,最为热闹。尤其是午饭的饭点,还有不少外来的客人,几乎不可能有一个人占一张餐桌的可能。但每天的晚饭,不仅开得早,食客也寥寥无几。镇里的当地干部,大多回家去吃晚饭。除了留下值班的、来搭伙的大学生村官,就是像他这样的客人了。

其他客人往往只是在土岭镇上住个一晚两晚,像他这样长期搭伙吃饭的客人,是独一无二的。没住几天,食堂里的工作人员全认识他了。可能是镇领导打了招呼,客人少时,他还能意外地吃上大厨专门准备的小灶。

这不,戴一顶白帽子的大厨又端着一只蓝边碗朝他面前走来,笑吟吟地道:

"童作家,今晚上的咸菜洋芋汤都冷了,我替你炖了一碗鸡蛋汤,你尝尝。"

"谢谢、谢谢!"童庆搁下碗筷,向大厨表示感激之情。

大厨挨近餐桌,把蛋碗放下之前,顺手将那本推到桌角的画报翻了过来,封底朝上地推到童庆跟前,这才把炖蛋放在杂志封底上。

一股麻油香味溢来,童庆定睛一瞅,这蛋炖得确实好,透明泛光、亮闪闪的,充满了弹性。蛋面上漂浮着红色的酱油、白色的猪油和棕色的麻油。他忍不住舀起一小勺,尝了一口,味道真是好极了。

再次向大厨道过谢,大厨满意地转身走回去。

童庆津津有味地吃着晚餐,咀嚼的时候,他的目光无意识地扫了蛋碗底下的杂志封底一眼。

封底刊登的是一幅章草书法,写的是:

唯爱诗书画

独钟松竹梅

用笔似骨而柔、似肉而韧,显得秀丽流畅。

说老实话,童庆不怎么喜欢章草,觉得其不能充分显示中国书法的天姿和美。而这一幅,字字独立却气脉通畅,沉稳严谨中能读出飞动的笔势。

童庆忖度这是省里哪一位书法家的作品,定睛望去,放斜了的封底章草下面,清晰地写着作者的姓名:陈小菊。

吗？这不是和他在同一公社插队落户的知青陈小菊吗？她和兰梅萍在泗溪大队的同一知青点,住一个屋。兰梅萍不辞而别离开泗溪的消息,还是在路上碰到当时绰号叫"小麻雀"的她告诉童庆的。

她是全公社出了名的快嘴快舌的姑娘,"小道消息""流言蜚语",那年头传播的许多话儿,问起来,男女知青们都会讲:听小麻雀说的呀！她和什么人都合得来。

陈小菊成了书法家,童庆是有所耳闻的。有一回童庆去图书馆参观美术展览,旁边一个小厅里,正在展出书法,他顺道进去走了一遭,还碰到过陈小菊,惊问:怎么会在这里遇到你！陈小菊脸上略显羞涩地告诉他,展览中有她的一幅作品。她还邀童庆走到自己的作品面前,请童庆"多加指教"。

童庆碍于面子,端详了陈小菊的书法两眼,敷衍地说了两遍:"不错、不错。"

其实心底里没当回事儿。

在陈小菊面前,童庆是省里的名作家。而她呢,不过是区区书协会员罢了。她的作品下面,姓名前注明了:省书协会员。

真没想到,刊登在《玫香画报》封底上的这幅书作,已然颇显功力了。

童庆不写字，但他的鉴赏力还是有的。这个陈小菊，得刮目相看了。下次碰到她，一定得夸她几句。

几乎是与此同时，童庆的脑子里浮出了和兰梅萍相见的念头。陈小菊不是和兰梅萍同一寝室的女知青吗，如若她俩现在还有联系的话，童庆和兰梅萍重新相见，就有可能了，真的。

童庆没有陈小菊的联系方式。尽管现在的联络方式这么多，童庆也曾在书法展厅碰到过这个同在乡下插队当知青的女书法家，但显然两人之间都没有继续见面的愿望。对于童庆来说，偶有一两幅书法作品挂出来展览的陈小菊，还刚刚起笔呢，她要在书法界出名，前面的路长着呢。在童庆心目中，她还是当年那个叽叽喳喳、喜欢说三道四的女性而已，他对她多少是有点成见的。而她呢，显然不可能忘记童庆无意中曾经给同寝室女友兰梅萍带来的伤害。在她热情地邀童庆走进书法展厅去欣赏作品时，童庆都能从她的眼神中看出，别以为你现在出名了，我们之间可是知根知底的那层意思。

总而言之，他们偶遇时并没留下相互的联系方式。

不过，要找到陈小菊的联系方式，对童庆来说不是难事。他在从土岭镇走回土岭村的路上，通过书法界的熟人，打听到了书协工作人员的电话,遂而又麻烦书协的工作人员,报来了陈小菊的手机。在文联内部,对各协会工作人员而言,这是一件举手之劳的分内事儿,况且,童庆还是作协这个口子的名作家。

走进土岭村口的时候,天下起小雨来,打消了童庆散步的念头,他回到民宿小屋,坐下来给陈小菊拨电话。

没想到陈小菊接到他的电话有股意外的惊喜:

"大作家,你有何吩咐?尽管说,我十分愿意效劳。"

相见时她都没如此尊崇他,童庆有点受宠若惊了。他又一次相信,有些人的性格,是一辈子不会变的。你看陈小菊,一开口说话,就是那副年轻时的腔调。

"你现在和当知青时的兰梅萍,还有联系吗?"童庆开门见山地问。走回土岭村的路上,他还想过,和陈小菊通话,应从画报封底看到她的书法作品讲起,一通话,见她仍是那么率直,童庆把寒暄的话都省略了,留着慢慢讲吧。

"联系不多,"陈小菊的声音直通通的,"不过我们泗溪知青聚会时,互相留过手机。怎么,你想见她?"

"嗯。"

"我把她的手机号码给你。"

"我打给她,怕她不接我的电话。"在与陈小菊直截了当的对话氛围里,童庆情不自禁说出了自己的担心。

"怎么会呢……噢,我明白了!"陈小菊说话的语调活脱脱反映出了她的情绪,"那,那……你要我帮什么忙?"

童庆迟疑地、吞吞吐吐地说起了缘由,他如何在土岭村体验生活,意外地了解到兰梅萍同样住在这个小区里,他想麻烦陈小菊到玫香别墅的会所里来坐一坐,同时约请兰梅萍在会所里见个面,正式的约请也可以,装作她俩在见面时,他再进去邂逅也可以。

费劲地把自己心中的想法贸然告知了陈小菊,童庆忐忑不安地期待着她的回答。

电话那头静默了一阵。

窗户外,有雨点扑打的轻响。童庆住的地方地势高,还有风声,"呼呼呼"的。

"真不愧是大作家,想象力丰富。"陈小菊的嗓音大大地传过来了,"两种方式都可以,你想定了就发短信告诉我。你们见见是好事儿,把话讲讲清楚,我知道,你当年也是无辜的!嗳,梅萍的情况你了解吗?"

童庆心里涌起一股宽慰之情,快言快语的陈小菊,至少还是理解当年那种情况的。他如实答道:

"我真不了解啊!"语气里透着无奈。

"她有过一次婚姻,对方那时已是副处级干部,女知青们私底下还说,比你强,童庆你别生气,我只是如实相告……"

"我明白。"童庆把手机紧贴在耳朵上,贪婪地倾听着,他太想了解兰梅萍的情况了。

"这男人相貌堂堂不说,出手还挺大方。"陈小菊继续说着,"婚礼时不少知青都去了。可婚后三个月,他们就吹了。"

"为什么?"

"你真不知道?"

"真不知。"

"现在我们都一把年纪了,说出来也无妨。"陈小菊的声气低弱了一点,"都是私底下个别传的,你了解一下有好处。不知道为什么,夫妻之间做那种事的时候,兰梅萍她总是浑身颤抖、满脸惊恐,不是大汗淋漓,就是浑身发凉。起先只以为她是个圣洁的姑娘,恐惧性,后来,每回都这样,男方就受不了啦!"

"没去医院吗?"

"去过一两次,医生只说他们也极难碰到这种病例,做过心理辅导和治疗。但是梅萍没有任何好转。结果……"

"分手了?"

"是啊!看上去那么郎才女貌,人人称羡的婚姻,就此一拍两散。"

"后来呢?"

"梅萍再没嫁人。据我所知,无论是她本人,还是乍一眼看中她容貌的人,听说她的这种怪病,都害怕地走开了。"

"真没想到。"

"不是身旁这么熟悉的人碰到这种事儿,我们都不会相信。"陈小菊坦然道,"童庆,大作家,该讲的话,有言在先,我都告诉你了。你可想想好,你仍决定要见她,我遵照你的吩咐来安排。"

"谢谢!"童庆心中不无波澜地道出一句,"见吧,还是见。"

"你想好了吗?"

"想好了,就这么定下来。"

"说了半天梅萍的情况,你呢?你的近况怎么样,也给我说说呀!万一梅萍问起来呢。对吧?"

"我现在是一个人……"

"哇,怪不得呢,"陈小菊发起议论来,"那么迫切地想要会见初恋情人。我明白了,明白了。我来促成你们相见这件好事儿。"

挂断手机,童庆坐在单人椅子上发呆。他回答热心的陈小菊的这句话,是在撒谎吗?他有婚姻,妻子丁丽娟还好好地在美国带着外孙,并在美国的医院当着护士,干着她的老本行。她只是不愿意回来,他们之间的法律手续还没解除。从这个意义上来说,他是撒了谎。可他又觉得自己没说谎,现在的他,确确实实是孤家寡人一个,过着年轻一代人说的"单身狗"般的生活。一个人吃饱,全家不饿。况且,况且,他只是提出和兰梅萍见一面,并没有其他任何的表示,有什么不可以的呢?

他如此这般扪心自问,不过只是心虚罢了。

人,就是这样矛盾啊!尤其在听说了兰梅萍在过性生活时出现的那种病状,换了一个人,早退避三舍了,他为啥执意地还想见她呢?

好些年以前了,记得还是丁丽娟初去美国带外孙的时候,同一公社的缠溪、泗溪、长溪几个大队的知青们组织过聚会。鬼使神差地,童庆和兰梅萍坐在了同一张圆桌上,乍一见面时的热烈场面过后,相互三三两两地进入喧声如潮的寒暄阶段,不知是知情的男女知青们有意识地回避,还是故意的安排,说着说着,同一圆桌的男女们不露声色地离开桌子边,披风还搭在椅背上,随身带的小包和塑料袋、手提物品仍留在椅子上,表明他们还要坐回来的,只是暂时离开一小会儿。等到正在焦虑地考虑以一种什么方式和兰梅萍搭讪说话儿、要说些什么话儿的童庆抬起头来时,他觉察到同桌的其他人都有意识地走开了。

这不等于告诉他俩,快抓紧这个机会,说点旁人不便听的话儿嘛。

可愈是机会来了,童庆愈是没找到话题。他抬起头目不转睛地盯着兰梅萍,除了略见中年的丰腴以外,在童庆眼里,兰梅萍仍是那么青春美丽,仍然深深吸引着他。他记得他曾在乡村的月夜,躲在秋收后的草垛子后面,吻过兰梅萍的脸。哦,那是多么销魂和美妙的时刻。他们的呼吸局促,他们的神情紧张,全身上下的每个细胞,似乎都在警惕着周围的动静。原野是黝黑黝黑的,风儿是带一点凉意的,狗吠声是惊心动魄的,农家屋里的推磨声是有时隐隐地、有时隆隆地传过来的。可那也是让人充满回味和幸福的时刻呀!在那个年头里,这样的偷情和亲昵,已经是最为亲热和放肆的不轨之举了。真没想到,人到中年,兰梅萍的脸庞仍像当年那样没一丝儿皱纹,她的眼神还是那样晶莹明澈,她的身材还是保持得那么好。

兰梅萍显然同样觉察到了二人同坐一张圆桌的尴尬,她低垂着脸,脸颊泛红了,身子窘迫紧张地摆着不自然的姿势。她是在期待着他主动开口,还是……

噢,她仰起脸来了,她张大眼朝着童庆瞅了一眼。

眼光是幽怨的,童庆甚至觉得她的眼里泛着泪光,他觉得这会儿该说话了。

童庆俯身向前,胳膊倒在桌沿上,招呼着道:

"梅萍……"

话刚出口,兰梅萍把手中的一张餐巾纸在桌面上搁下,迅疾地离座起身,走开了。

她听见他的呼唤了吗?童庆没把握,话音出口,童庆才意识到自己的嗓音太低了,小心翼翼的,探询一般的,还有点儿畏怯,他这是怎么搞的?

童庆的目光追随着兰梅萍的背影远去,他的眼角还注意到,邻桌有知情的知青同样盯着兰梅萍的身影。

直到看见她走进了大厅一侧的洗手间,童庆这才吁了口气。他侥幸地想,她还是会坐回原位的。椅背上她背来的那只考究的女式"爱玛仕"包,还挂着呢!

事实上兰梅萍没再坐回她的位置,直到其他男女知青陆陆续续坐回来,她也没回来。聚会快结束时,一个童庆不甚熟悉的女知青,淡淡笑着向众人点着头,说明般道:"梅萍让我来取她的包。"

虽然几乎没搭话,甚至只不过是相对望了一眼,这件事对童庆心灵的打击,对已成为作家的童庆自尊心的损伤还是很大的。

这一次,通过陈小菊邀约,她会出现吗?见了他,她又会是一种什么态度?

童庆心中悬悠悠的,一点儿把握都没有。但是他想见她,想把话对她说开,这个念头还是执拗和强烈的。

稍晚,当土岭村的民宿客房完全安静下来,坐在椅子上的童庆只能听见窗外"扑落扑落"的雨声,感觉到开了一小条缝隙的窗户里透进潮湿清凉的空气时,他给铮法医家的座机打去了一个电话。把进入玫香会所以后听到的和自己的判断，全都告诉了法医。唯独没有讲的，是宋小阳的意外出现，及与陈小菊的通话。但他把兰梅萍的妹妹兰茵茵家38号别墅，日夜都有监控的细节，给铮法医说了。

他满指望铮法医会夸几句，可铮法医自始至终耐心地听着，不时地哼一声，或者"嗯嗯"地表示自己在听，语调相当平静，丝毫没显露出他的情绪。只在童庆说完之后，铮法医才"嘿嘿"地笑着，当开玩笑地道出一句：

"我看你，也快成为半个侦察员了。"

他没说童庆观察与了解到的情况对于程步涛猝死一案有没有价值。童庆不由有些失望，况且，铮法医似提醒般安慰地补充了一句：

"行，只要你觉得对自己的创作有益，你尽可以深入采访，去高高那儿多坐坐。"

仿佛在间接地提醒童庆，你的身份是作家，主要任务是采访和深入生活，并不是侦察员。

躺上床的那一瞬间，童庆不由自嘲地笑了，关键是程步涛过去离他的生活太近了，他是以一股异乎寻常的热情，投入到了解其自杀身死的案情中去了。

二十九

和思念甚切的兰梅萍的见面,有点像导演出来的一出戏剧小品。点子虽然是童庆出的,可他由衷地觉得没有陈小菊的积极配合,不会演得如此天衣无缝。

那天也真巧了,陈小菊电话上和童庆约定的时间,恰好高高盛情邀约童庆去会所欣赏他收藏的奇石。

童庆盘算好了,观赏完奇石来到会所喝点茶的时候,兰梅萍和陈小菊已经该在哪个雅座聊天了。

照理,兰梅萍到会所里来,是很容易的事情,从38号别墅走到会所,几步路就到了。困难的是陈小菊,她要从省城直接坐车来,费时还费事儿。故而,陈小菊跟童庆说定,只要他上午十点半左右走进会所,她俩肯定已经在了。

童庆想向陈小菊多打听一点她们通话的情况,陈小菊一反她以往"呱呱呱"说个不停的性格,不愿多说,只讲:"你到点出现就行了,我已经和梅萍说好了在会所里喝茶叙叙旧。"

童庆感觉欣慰的同时,心里又有点儿悬乎,不知真见了面,兰梅萍会不会又像那一次知青聚会一样不辞而别。

他心头好一阵失落。他至今记得知青聚会那次,他一个人孤零零地坐在圆桌边傻等的难堪和窘迫。不是其他知青逐渐回到座位上来，装作什么也不知地和他闲聊，他真不知道自己是继续坐下去好，还是同样狼狈地离去好。

事实是，兰梅萍从此以后在童庆的视野里消失得无影无踪，音讯全无。不是大画家程步涛的猝死，童庆意外地随着铮法医走进玫香别墅小区这个陌生的世界，他不可能这么巧地撞见兰梅萍。

正像原先一点儿也不知道有玫香花园别墅小区这么个奢华的环境一样，高高收藏的奇石之丰富多彩、品相炫丽，是童庆想象不到的。

他真没想到，看去那么普普通通的石头，深入进去，竟然也是如此出神入化的一个世界。

高高带童庆鉴赏的石头，就陈放在会所下面的地下室里。偌大的地下室乍一眼望去，是个车库。在车库的一侧，建有几间原木材料的房子，好像是陈放保养、修理汽车的工具和配件的仓库。可当高高打开锁着的门，拉下电闸的那一瞬间，童庆被惊得目瞪口呆。

在各色的射灯射出的一道道彩光间，陈列着一排一排水晶玻璃橱和陈列柜。橱柜之中，或平放，或竖放，或直接置于瓷盘中央，或端正地嵌在丝绒盒里，琳琅满目的奇石组成一个闪闪烁烁的宫殿，看得童庆不时地发出"啧啧"之声。不断地重复着阵阵赞叹："哎呀这么多姿多彩！""这么让人难以想象!""这真的是石头吗?"

高高背着双手,既不做任何介绍,又不显示一点儿自得之情,只是默默地随着童庆欣赏一只又一只橱柜里的展品。

每一块石头旁边或下侧都放着张白底黑字的卡片,卡片上的文字简洁明了地写着这块奇石产自何处,有什么特点,其意义和价值在哪里。

哇,透明薄片状的方解石,每一道解理纹都是那么清晰。放射状结构的附起石,无色透明的鱼眼石,诱人的绿水晶,讲不清是何种矿物的短柱状晶体,看着就让人喜欢。还有深粉红色的透明莹石、绿色石榴石,纹理漂亮的变质岩、呈花儿盛开状的日光榴石……看了这么多,原来仅仅只是一种:鱼眼石。

这鱼眼石既有德国产的,又有出自美国弗吉尼亚州的,还有来自印度马哈拉施特拉邦的,当然也有我们中国内蒙古、青海的。这个高高,不知花了多少心血,把世界各地如捷克、意大利、加拿大、英国、丹麦、南非、巴西、墨西哥、俄罗斯等国所产的鱼眼石,都收藏来了。瞧瞧它们的形状吧,锥柱状的、放射状的、柱状的、晶簇状的,其色彩艳丽夺目,白色、桃红色、粉红色、蓝色、黄色、绿色、无色……可以说是七彩纷呈,让童庆叹为观止。他这个名作家都找不到词眼来形容了。

有一句话说"一花一世界",借用过来,可以说是"一石一世界",真的让他开眼界。

这还仅仅是几只橱柜中的鱼眼石一个系列啊,一路欣赏下去,还有橄榄石、陨石、沸石,全都是呈系列的。童庆感觉最养眼的是丝光沸石,尤其是匈牙利的橘黄色丝光沸石,新西兰绿色的沸石,美国科罗拉多州白色夹杂黑点的沸石,还有西班牙、意大利的沸石。他在这几个橱柜前停留得最久,脚步也移动得最慢,几乎看得他忘记了身在何处。陡然想起,不经意间一看表,已是十点过了。

童庆从石头的多彩世界收回目光,他暗自算好了时间,走马观光地鉴赏完高高的奇石收藏时,恰是十点三十五分。

两人从地下室楼梯走上来时,高高还夸他:"不愧是作家,你是我邀请参观的朋友中,看的时间最长、最懂得欣赏奇石艺术的人。一般朋友,嘴里在啧啧称奇,连声夸奖,半个小时就上来了。"

童庆心里说,不是和陈小菊约定了时间,我真想多看一会儿呢!他淡淡一笑道:

"高高,你这个馆,可是价值连城啊!我注意了,其中有几块石头,没有几十万,你是不肯出手的吧?"

"我不出售,"高高一脸正色地申明,"我就是喜欢,才珍藏。说老实话,玫香的钟总,给我开出的薪资,不是最高的。我之所以愿意到这里来就职,就是看在钟总答应我在地下室建这么几间房子可以陈放石头的条件上。钟总毕竟也懂一点石头的价值,他只要求我,每个季度把会所陈列柜中摆放的石头,调换几块,让客人们有点新鲜感。"

"这位钟总,也是有眼光的。"童庆正想把话题引到钟亚达身上,一声惊叫,打断了两人的对话。

"童庆,这不是童庆吗?快过来,童庆。"

童庆和高高不由在楼梯口停下了脚步,循声望去。

童庆听清楚了,呼喊她的,正是陈小菊。

童庆简直不敢相信眼前的事实,陈小菊和兰梅萍相对坐在一株宽大叶片的发财树旁边。那么不容易见到的兰梅萍,活生生地出现在他的面前。

就冲着这点,他对现今已成为女书法家的陈小菊不敢小觑。尽管他觉得陈小菊的表演有点过了,刚才她的声音太大了。但童庆对她还是心存感激的。

童庆快走几步,来到了她俩的雅座旁,朝两人招呼:

"你们好!"

紧跟着走过来的高高问童庆:"你和她们相识?"

说着,随手端过来一把座椅,放在童庆身后道:

"既然和书法家认识,你们坐着聊。我会和服务员说,这张桌子免单了。"说着他转身离去。

陈小菊及时地向高高道谢,兰梅萍也在向高高额首表示谢意。童庆心里说,原来她俩也是这里的常客。

"你怎么会在这里？"陈小菊仍在坚持扮演她的角色，她直率地把脸转向坐下来的童庆问。

童庆手一抬，指了指地下室走上来的楼梯口，说是应高高邀请，参观他的奇石。说着，他瞥了兰梅萍一眼问陈小菊：

"你怎么认识高高的？"

"唉呀！玫香花园的主人钟总不是喜欢邀请各界文化人吗，我是跟着书协几个朋友来玩时认识钟总和高高的，当然，临走之前要给留下几幅字的。老板嘛，赔本的事儿是不干的。"

童庆心里说，陈小菊还真是直来直去，啥话都说白了。

"你和兰梅萍，也是来活动时碰到的？"童庆想挑起兰梅萍说话，主动发问。

"那倒不是，"陈小菊抬头瞅一眼兰梅萍，"我们是有一回在女知青举办的读书会上见到的，知道她住在这儿，有回来活动，我就打电话叫她出来散散心。你要知道，兰梅萍至今仍是单身狗。"

童庆把脸转向兰梅萍，挨得如此之近坐在一起，童庆这回算是把她的脸貌看得一清二楚。兰梅萍保养得甚好，皮肤白洁细腻，还透着点儿光泽，身材也没发胖。唯独一双眼睛，虽显得神色平静，但总透着几份忧郁。童庆奇怪，只对她定睛瞅了一眼，他的心就"怦怦"地剧烈跳荡起来。身子也不自然地扭动了一下。

兰梅萍同样掩饰不了自己的神情,陈小菊的话音刚落,她的双颊就泛了红。她极力想要掩饰自己的不安,端起了面前的咖啡杯,高高地举了起来。似要阻挡童庆的视线。

"哈哈、哈哈哈!"陈小菊放声笑了起来。两个人不由自主显示出的神色,显然被陈小菊看在眼里,不过笑毕,她说的却是:"我们仨能在这里不期而遇,也算是有缘了。这样吧,一会儿我请你们两个吃饭,请赏光吧!"

"难得相见,应该是我男士请你们。"童庆连忙主动插话。

不料兰梅萍冷冷地冒出一句:"我和妹妹兰茵茵,都能在这里签单的。"

虽然兰梅萍回绝了童庆的盛情,童庆心中还是暗暗高兴,这至少表明,兰梅萍愿意在这里坐到吃过午饭。他觉得她这次客气多了。

陈小菊举起手来,轻轻地一拍自己的额头,叫唤道:

"哎呀呀,我真是不自量力,我怎么会忘了,你们俩,一个是省里的纪实文学名家,大作家;一个是亿万富婆兰茵茵的姐姐,只怕是你们姐妹俩的利息,都要比我的收入多。这么说,这顿午饭,我可以坐享其成了。"

童庆偷瞥了兰梅萍一眼道:"我可算不得富翁。"

"这我也听说了,"陈小菊把身子转向童庆这边道,"童庆,别看你名气比我大,很多书法家说,爬格子动物,比我们书家的收入,差远了。"

童庆的情绪在她的感染之下,也在逐渐恢复,他趁机问:

"你呢?那天在杂志上见到你的一幅作品,真有点不敢相信自己的眼睛。"

"他们说我是'稀有动物'。"

"稀有动物?"兰梅萍也来了兴趣,插话问,"是什么意思?"

童庆也有点儿不理解,望着陈小菊,像在重新认识这个女知青中的"机关枪"。

"那是夸我啊!"陈小菊在自己的椅子上坐端正了些,双手分别扶着椅把,拍了拍道,"说的是女性书法家中专攻章草的很少,我的章草,不仅写得中看,还形成了个人的风格,故而就难能可贵了。'稀有动物',说的就是这个意思。"

"见了几次面,我还没听你说过呢。"兰梅萍仍自言自语呢喃一般道,"那你的个人风格是什么呢?我一点不懂哩。"

这也是童庆想打听的。

陈小菊不无自得地端起自己的咖啡杯,抿了一口道:

"说的是气韵连贯,宽博,厚重之中带着女性的洗练、婉丽……"

童庆由衷地赞道:"那已经是很高的评价了呀!"

"所以我也有点儿工资之外的收入,"陈小菊坦诚地说,"跟着书协、美协的同行们出去,只要写了字,信封也有的。"

"那我回去以后,"兰梅萍像被提醒了似的说,"得把你送我的那幅字,放好一点了!"

陈小菊转脸向着兰梅萍:"你是不是随便往抽屉里一放,看也没好好看?"

"看是看了,我和茵茵都看了,茵茵还直夸你一个女子,能写成这样,很不容易了!"

"真的吗?"陈小菊顿时喜形于色地追问,"你亿万富婆的妹妹真这么说的?"

"我骗你干啥?"兰梅萍反问一句,"我把它放书橱了,回去放好点儿。"

陈小菊满意地抿了抿嘴:"这才像话。梅萍,又有一段日子了,你妹妹惊动社会的大案子,现在怎么样了?连我们这些书家,闲聊时谈起,也蛮关心的呢!"

童庆点头:"是啊!都关心。"

兰梅萍吁了口气:"现在好多了,不过茵茵待在38号里,深居简出,很少出门。我呢,还能出来散散步,湖畔走走,庭院里坐坐,到这儿来喝个茶,吃点甜饼啥的,她几乎是足不出户。"

陈小菊身子往前俯,放低了声音问:"她仍被监视居住吗?"

童庆仄着耳朵,这句问话还是听见了。他目不转睛地盯着兰梅萍。

兰梅萍抬起眼睑,瞅了童庆一眼,朝他点了点头。童庆领会,她这神情,是在向他的关切表示感激。

"属于假释,"兰梅萍声音低低的,"不过,情况好像在转变……"

"听说,"陈小菊好心地用提醒的语气道,"对38号的监控,还是很严密的。"

"这我们知道。其实,玫香别墅为防止偷盗,每幢别墅都有监控的。也正是监控严密,自从开张至今,小区里从未发生过偷窃案。"兰梅萍低着头,悄声说,"我说的转变,是指人大代表、政协委员们是不满意目前这样一个结果的,他们上百人一起联名,上书省人大和省政协,要推倒地方司法机关强加在茵茵身上的罪名,宣判无罪释放,并想方设法为茵茵追回被剥夺和鲸吞的财产。"

"有希望吗?"陈小菊问。

"应该有。"兰梅萍用肯定的、充满信心的语气道,"列席省人大和省政协会议的全国人大代表、全国政协委员关注着这一案子,他们要去了所有的复印件,所有的……"

"所有的吗?"陈小菊又重复问一句。

"是的。他们对省里表示,希望这一案件在本省范围内妥善解决,不要闹得全国风闻,议论纷纷。"兰梅萍一句一句清晰地说道,"但是,他们会提请国家有关部门,监察部、最高法院、最高检察院,乃至中央政法委,关注这桩冤案。"

童庆仔细地倾听着兰梅萍说出的每一句话,他第一次感觉,他像在倾听陌生人讲话。眼前的这个兰梅萍,早已不是当年在泗溪大队当知青时的小姑娘兰梅萍了,不是那个和他有过短暂恋情的兰梅萍了。那个时候的她,多么单纯、圣洁,充满了青春气息。而眼前的兰梅萍,像换了一个人……只是,坐在她的身边,他为什么仍会感觉到亢奋、忐忑、激动、惶惑呢?他在丁丽娟的身旁,可从未有过这种感觉。

"我搞不懂了,"陈小菊又在那里发问了,"是什么人,非要把你妹妹置于死地呢?死刑,多么吓人的罪才会判死刑啊!想想,你妹妹算得一个赫赫有名的女企业家了,做到了几十亿的规模,说把她往死里整,就真的那么判了。"

这同样是童庆想不明白的,在为兰茵茵申辩的材料上,作为省政协委员,他也签过名字。当时签下自己的姓名,他只是受到几十位群情激愤的政协委员情绪的感染,想到这么多人签了名,他也签下了自己的大名。并没深究这一冤案是怎么个案情。他睁大双眼,期待地盯着兰梅萍。

"人家后台更大呗!"没想到,陈小菊和童庆都百思不得其解的问题,兰梅萍却用一句轻描淡写的话简洁地就答复了,她分别扫了陈小菊和童庆一眼,把目光停留在童庆的脸上,一点也没回避童庆射过去的目光,觉得自己的话合乎情理:"你们以为几十亿就了不起啊!"

"几十亿还不大啊?"陈小菊惊讶了,"那你说……"

"几十亿,哼,人家上百亿的,几百亿上千亿的,都有的是。"兰梅萍不以为然地,"利用巨大的财力,加上权势,几十亿的公司哪里经受得起啊!作为姐姐,我和茵茵天天住在一起,陪伴着她,看着她从早到晚魂不守舍、坐立不安的样子,我真的是揪心啊!我真不能想象,在里面的日子,她是怎么熬过来的。怪不得刚刚出来那些天,她骨瘦如柴、呆若木鸡,她的眼神让我一见就恐惧。"

说到这里,兰梅萍出了一口粗气,两只手不由自主地绞合在一起。

陈小菊俯身过去,手放在兰梅萍膝盖上,轻轻拍着安慰她。

看得出,兰梅萍久未对人这样倾诉过了。

兰梅萍的手摸索着抓住了陈小菊的手,嘴唇蠕动着,轻轻吐出两个字:

"谢谢!"

遂而,她忽地瞪大了双眼,望定了童庆,一字一顿地说:"我经历了这一切,对于我们在乡下时候的那些事情,还有啥可耿耿于怀的呢。对吧?"

童庆分明看到,兰梅萍的双眼,糊满了晶莹的泪水。

童庆只能用郑重地点头,表示他对她的同情和理解。

"要不要我替你叫一杯温开水?"陈小菊再次俯身过去,关切而温婉地问道。

"好吧。"兰梅萍的双眼睁得大大的,淡淡地说。

童庆觉得,总给人感觉有点粗率的陈小菊,能如此亲切地对待兰梅萍,实属不易。

陈小菊离座去替兰梅萍要温水了,童庆顿时又觉得手足无措起来。尽管兰梅萍刚才已用一句简洁的话,表达了她早就原谅童庆当年无意中造成的伤害,可童庆单独和兰梅萍相处,仍觉有些惶惑不安。

"你是和陈小菊说好了,由她出面约我出来的吧?"兰梅萍的目光望着已走到服务台边的陈小菊,主动提起了话题。

童庆的脸也朝陈小菊走去的方向转了一下,不好意思地笑了一下:

"你猜出来了?"

"这还用猜吗?"兰梅萍反问一句,"你的心思,我还不懂?"

尽管是简短的对话,童庆觉得,终究是年轻时有过恋情的,很快就进入了相互信赖的状态,至少是能慢慢说上话了。

"真是又意外又凑巧,能在玫香别墅见到你。"童庆略带局促地,"我在这附近下生活……"

"我听说了。"

"空下来,我能约你出来聊聊吗?"

"你不怕我妹妹的案子对你有影响?"

"那会影响啥呢?"

"你可是名作家,又经常发表法治文学作品,人家会以为你要写我妹妹这个案子。"

"也不排除有这可能……"

"我劝你暂时不要插进来。"

"我听你的。"童庆本来也没想过要采访兰茵茵的案子,只是话说到这儿了,他答了一句。他的目的,是探究程步涛死亡之谜,并接近兰梅萍,他还不认识兰茵茵呢。"如果你不反对,请把手机告诉我,我好约你。"

"你记一下吧,"说着,兰梅萍低声报出了自己的手机,她的脸始终望着服务台那边。

童庆嘴里默念着兰梅萍的手机号码,正低头往自己的手机上录入时,兰梅萍悄声地提醒他:"她们来了。"

童庆在手机里存好了兰梅萍的手机号码,抬起头来,只见广西脸型的姑娘双手端着托盘,正往他们雅座走来。不知为什么,去请服务员送温水过来的陈小菊,反而慢吞吞地走在服务员身后。

三十

现在出书的速度真是快,童庆还记得自己第一本纪实文学作品集出版的时候,编辑告诉他,稿子定下以后,发到印刷厂,快一点得等上十个月,一般的书稿,总要等一年左右才能见到样书。除非是特急重点书稿,发到印刷厂,人家把其他书稿都停下,集中力量加急印刷你这本书,才能在两三个月时间里把书给你抢出来。

编辑意味深长地笑了一下,接着补充了一句,不过出得快的书,消逝得也快。也许三五个月以后,就无人问津了。

你愿意出版的新书,三五个月就过时了吗?

童庆至今还记得年龄上可以当他长辈的编辑,嘴角露出的那缕讥讽味儿的笑纹。

他当然不愿意,尽管他的第一本书,三五年后也无人再提及了。

故而这给他造成了一种感觉,一本书送进印刷厂,总要等上一段时间,才能见到新书。

《东方神探诸葛铮传奇》的样书已经来了,出版社编辑给他打来电话,让他回省城一趟,去拿样书,并且与铮法医见上一面,共同商量一下,新书的首发式定在什么日子。首发那天,顺便搞一场签售仪式。铮法医以往参与侦破的,都是轰动省内外的大案、要案,有几桩案子,未破时引得全省人心惶惶,议论纷纷,感兴趣的读者们一定会争相前来购买的。

童庆还有什么话说呢,这对他来说是一件大事。尽管土岭村、土岭镇、玫香别墅里还有许多未解之谜与他感兴趣的人物和生活现象,他沉浸在"下生活"的亢奋中,他也得放一放,回省城一趟。

于是,他给镇上的宣传委员傅天月、玫香别墅会所的高高,还有兰梅萍,分别发了一条短信,告诉他们暂时离开一两天,参加完新书的首发仪式再到土岭村来。

搭上去往省城的客运大巴,童庆怀着憧憬,想象着这本他寄予厚望的新书是个什么模样。

书出得很漂亮,编辑喜滋滋地告诉他,八千册书,全印成软精装。封面设计为三种颜色,上侧三分之一是穿着公安制服的铮法医满脸震慑之气的形象;下侧三分之一的黑色是犯罪现场的幻化;中间部分的三分之一是大红的书名,气势覆盖全书,很有视觉冲击力。

第一眼看到新书,童庆就笑了。他已经很少发自肺腑地露出如此欢欣的笑容了。他觉得这本书是拿得出手的,他要带几本书到土岭村去,给兰梅萍送一本,给土岭镇的傅天月和其他领导送一本,给高高送一本,他甚至还要把封面拍下来让丁丽娟看看,让她知道他留在国内是有成就的。跑到美国去,天天闲居在家里过等待一日三餐的日子,那同蚂蚁的生活有什么差别。

他问责任编辑:"和铮法医联系了吗?新书发布会定在什么时候?"

"铮法医客气,说要听你的意见。"责任编辑说,"对了,他要让你去一趟,说具体商量一下发布会上的细节,该请些什么人和媒体记者。出版社领导表示,一切听从你们俩的,我们做好服务工作就行了。他很忙,还没来取样书,要不你先带一本过去,让他过目。"

对责任编辑来说,他俩都不是外人。童庆掏出手机,就给铮法医打过去。

铮法医一听他来了,马上说:"这样吧,你先替我领上二十本样书,十五分钟以后,在出版社门口等着,我让车来接你,你别自己打车了。"

童庆感觉铮法医似乎就在等着他的电话一般,心情很急迫。

警车开出一截路,童庆感觉方向不对头,他不由得问司机——一位年轻的法警:"我们这是去哪儿?"

年轻的法警回了一下头说:"童老师,我们去铮法医正在工作的地点。"

多年跟踪采访铮法医,童庆明白了,他这会儿要去的,是一个不对外公开的地方。

果然,警车没开多久,拐进了一个有花园的院落。在一幢不起眼的五层楼房侧面停下。法警利索地下了车,指着一扇侧门对童庆道:"进门坐电梯到四楼,有人等着。"

电梯门开着,童庆提着二十本样书,按了上四楼的键。

二十本样书,连同童庆装进自己随身包里的几本,挺沉的。他把责任编辑用牛皮纸包得整整齐齐的一捆书,放在电梯里。

到了四楼,电梯门一打开,个头高大的华山笑容可掬地迎候在门口:

"童老师你好,书我来拿吧。"

他主动俯身进电梯,提起二十本书。左手一指走廊,说:"请随我来。"

这地方童庆还是第一次来,跟随华山往走廊里走,他觉得楼里很静,有一股不容人打扰的氛围。

这是个什么地方呢?欣赏样书,为啥要到这么一个有点儿神秘的地方来?

正在狐疑,华山在一扇门前停下了,他拉开门,示意童庆进屋。

童庆走进屋里,只见铮法医转过身子,食指竖在嘴巴前,示意童庆别说话。遂而指了一下身旁的一把椅子,请童庆坐下。

屋里光线微暗,铮法医和几位身着警服的领导全神贯注地注视着面前一个电视屏幕。

童庆定睛望去,屏幕上是一个现场讯问的画面。

童庆明白了,他这会儿身处的是一个现场讯问的监控室。讯问室内的所有声音和动静,都能看得清清楚楚。甚至被讯问人的一个眼神、一个不经意的小动作,都能映入眼帘。

让童庆感到惊愕的是,此时此刻的讯问对象,是个年轻貌美的女子。

说不清她多大年龄,十八?二十八?三十出头?好像都可以说。

猜不出她是啥职业的,坐台女郎、高级白领、大家闺秀、影视明星、主持人、舞蹈家、富家女……似乎都能敷在她身上。

哪怕是在屏幕上看,都能感觉到她浑身上下透出一股性感气息,让人联想到放荡、下贱、风骚、在风尘里如鱼得水,她身上的美不仅仅表现在灵动活泼的一双眼睛里、一闭目一展眉一瞪眼的示意中,还表现在那乌黑的有股活力的头发上;她的美环绕着全身上下,细长的颈脖,浑圆的双肩,高耸的胸部,修长的两腿,无不显示着她的夺人眼球之处。

可以想象,走在路上,她那吸引人的目光只消朝着某人一闪,就会激起人的好感和愉悦。真是个大美女。

她那美艳的体态,即使是这会儿坐在椅子上稍微一动,都会吸引所有注视者的警觉。

尤物!童庆心中暗暗惊叹着,要在乡下,童庆觉得,若是她出现在缠溪,那里的老乡一定会斥骂一声:妖精、骚货。瞧瞧,就是她坐着一动不动,饱满如熟透的桃子般的臀部,还高高地翘着。

"……这么说,你和程步涛之间的关系,就是年龄悬殊的情人关系?"

讯问这个美女的,是一男二女三位年轻的警察。一个姑娘在电脑上录入,一男一女是提问者。

一听这话,童庆明白了,这个女子就是那位和程步涛好上的美貌姑娘,不少人见过她的。她叫什么来着?

美女的两条长眉挑逗般扬了起来。双眼愕然地瞪大了,仿佛听到了天方夜谭,惊讶地反问着:

"情人关系?哦,不不不,不是这样。"

她五指并拢,掌心朝着讯问者,连连地晃动摇摆。她的嗓音同样很特别,糯糯的,嗲嗲的,却又有几分优雅。

"那你说,是什么关系?"女讯问员干脆利索地问。

"爱情关系呀!"

"爱情关系?"

"是啊!"

"哄鬼去吧。"

"你不相信可以,"被讯问者一点也不为嘲讽的语气所动,淡淡地十分坚信地说,"反正我信。"

"何以证明?"男讯问员又发问。

"步涛在同我亲热的时候说了,"被讯问者不慌不忙地说,"他要娶我。他要和那个徐娘半老又对他不忠的女人于、于、于……于什么的离婚,然后和我举行隆重的、惊世骇俗的婚礼,让整个世界都知道,他爱的是我,只有我,才是他视为女神的妻子。难道,这,不是爱情吗?"被讯问者的脸一偏,一双波光闪闪勾人魂魄的眼睛得大大的,反问着讯问她的警察,脸上呈现一股自得的神情。

"说说程步涛死亡那个晚上的情况吧。"女警冷冷地说,一点也不为这个女人的娇态所动。又提出了一个话题。

"说什么呀?"被讯问者双手一摊,满脸的无辜,"是的,是的,头天下午我跟步涛在玫香会所里品尝甜点,喝拿铁,谈笑风生,他虽是个画家,可是能说很多逗得我发笑的话儿,我们度过了一个十分美好的下午。他显得很正常,没一丁点儿的病态。"

"你呢?你对他说了啥?"

"没什么呀。"

"没对他说任何会让他生气、不快的事?"

"没有。我光听他说来着。"

"你没提啥要求？或者是,要挟他的话……"

"我怎么敢啊！在他面前,我是一只可爱的小鸽子。对不起,这是他的原话。我讨好他、想方设法要讨他的欢心。他那么有才气,有名望,有、有钱……我、我还盼着他娶我哪！我怎么敢说半句令他不快的话。"

女警继续问："离开会所以后呢？你们一起又做了些什么？"

"我提出想坐小船,在湖上玩。步涛联系了一只小船,我们又在湖面上划船,说笑。"

"说些什么？"

"啥都说,反正都是让人高兴的事儿,相爱的人说的那些甜蜜的、身心快乐的话呗。"

"上岸以后呢？"

"我们亲亲热热地回到88号别墅,上了床。"被讯问者脸色泛红地说,双眼紧盯着荧屏的童庆看得分明,她的目光神情里,没半点儿羞涩之态,她那皮肤的光泽透着引发异性臆想的性感。童庆看得很清楚,即使是被通知来讯问,她仍穿得貌似随意,却又充满着挑逗意味,她的长长的双腿套在一条有几个破洞的中裤里,上身穿一件合体的短套衫,胸部高高隆起。洁白光滑的脖颈里,戴着一条细细的金项链,吸引人的是那颗翠钻,虽然小得不起眼,却始终随着她身子的移动闪烁着耀眼的光芒。童庆根据多次参观名贵珠宝翡翠展的经验知道,这颗泛着蓝光的翠钻价格不菲。她抹着釉色般的双唇紧紧地抿了抿,沉吟了一阵说:"我前面不是说了嘛,我们度过了一个美好的下午。都包括了呀。"

她的双手合并在一起,十指交叉,好像在说,该回答的话,她都回答了,还有什么要问的?

讯问的两位警察相互望了一眼,男警接着问下去:

"这之后呢?"

"我没吃晚饭就离开了玫香别墅。"

"这么快?"

"是啊!步涛对我说,我的到来让他度过了身心愉悦的一个下午,激发了他的创作灵感,稍稍吃点东西,他就要投入创作了。"被讯问者用司空见惯的语调说,"我已经习惯了。"

"习惯了?"

"是啊!每次他一说这话,我就明白该告辞了。再待在他身旁,他会对我不理不睬,全身心地投入创作。"被讯问者识趣地说道,"毕竟,他是一名画家。他的一切,都是他的画带来的。我盼望着他娶我,成为他的妻子,我就得适应他的脾性。不能让他讨厌。曾经,我试着赖在他身旁,说我要看着他画画,他说我会分他的心,直截了当地赶我走。和他相爱以后,懂得了他的价值,我读过一些大画家的传记,知道凡是名扬四海的大画家,都是很有个性和脾气的。我哪能得罪他,哪敢引起他的反感啊!"

"你就这么走了?"男警不满足地问。

"是啊!他表示要喊车送我去土岭镇的客运站,我说不用了,我想趁着天没黑,一路走出去。"

"是不想引起人注意吧。"女警以反讽的语气问。

"也可以这么说。"她坦率地点头道,"终归,眼前我还不是他的妻子。"

"尹诗佳,"男警提高了嗓门,用结束讯问的语调道,"今天的讯问,暂时告一段落。你是文化名人程步涛自杀身死的当事人……"

"步涛不可能自杀身死!"尹诗佳第一次打断了两位讯问警察的话,用有些激烈的言辞叫喊起来,"他活得那么幸福,怎么可能自寻短见?"那神情仿佛在抗议这种说法,又像在纠正讯问者的话。脸上满是激愤之情。

男警朝她一挥手:"你凭啥说得这么肯定?有什么依据?嗯!说呀。"

尹诗佳双手扶膝,一点不像其他的被讯问人,一听告一段落,忙着要走。她坐得端端正正的:

"步涛不止一次给我说过,在两个人最亲密无间的时候,在谈得眉飞色舞的时候,就是在他死之前那天下午,划小船的时候,还说起,他要画一张像达·芬奇的《蒙娜丽莎》

那样的世界名画,流芳百世。让世上所有的人都记得他。你们想想,他有那么大的心愿,会自杀身死吗?"

下面讯问室里的两个男女警察相互望了一眼,就连和童庆一起坐在监控室内的几个警察,都面面相觑,相互瞅了一眼。

铮法医从衣袋里掏出一支烟来,在指甲盖上轻轻叩击了几下,起身离座,走出了监控室。童庆心中明白,如果相信了尹诗佳的话,那么铮法医得出的程步涛是自杀而死的结论,要重新认定了。

"好吧,今天的讯问就到这里。"讯问室的男警用结束讯问的语气强调,"未经我们允许,你不能离开省城;非要走,需得到我们的同意。明白吗?"

"明白。步涛的追悼会都没开,我怎么会离开呢?"尹诗佳申辩般道,"你们不知道,听到他猝死的消息,我有多么伤心。前两天,我的两只眼睛红肿得像樱桃,都走不出门。"

说着,她起身离座,瞪大一双熠熠闪光的眼睛,朝两位讯问的警察眨动了几下。在监控画面上,都看得出她那双又深又黑的眼睛里,滚动着晶莹的泪水。

监控画面关闭了,屋子里一片幽黑,瞬间,灯亮了。一位领导放声道:

"铮法医,你来说一下,给我们说一下你的判断。"

161

铮法医坚信自己出现场作出的判断没有错,但他承认,今天尹诗佳说的话对案情有参考价值。

什么参考价值呢?

说明程步涛自杀身死还有警方没有掌握的隐情。

在这种场合,童庆一以贯之地保持沉默。一帮省厅的领导议论之后,得出一个结论。令人诧异的是,程步涛的妻子于倩虹,不愿承认程步涛是自寻短见;作为程步涛情人的尹诗佳,同样振振有词地否认他会自杀。况且,隐隐地,还有一双看不见的巨手,在推动着整个社会,不要去探究他自杀的原因,而逼迫着人们默认,大画家是在创作过程中猝然离世的。

警方要解开的,恰恰就是这个谜。是什么原因,会使这样两位情感对立的女子,共同咬定了程步涛不会自杀。

这已经不是童庆在场的情况下,能够讨论清楚的问题。

童庆明白自己如果再留在这里,是不合时宜的。他告辞说,他该走了。他过来,本是来同铮法医商量新书首发仪式的。

铮法医让领导们先讨论案情,他邀童庆先去小会议室定一下新书首发的时间、地点和有关议程,几句话说完就来参加大家的研究和判断。

小会议室关上了门,童庆和铮法医隔着桌子一个角,相对坐着。

铮法医用两个指尖在桌面上轻轻叩击了几下,朗声说:"你回来了,签售新书的仪式就可以定下来了。明天不是周末吗?你看是定在上午还是下午?"

童庆道:"下午好,周六下午的读者多。"

"行,那就定明天周六下午的两点,在省城市中心书店,举行你写的这本新书的首发兼签售仪式。"铮法医定下来了。

童庆以提醒的语气道:"得马上给出版社说,让他们赶紧通知媒体。"

"一会儿你通知,"铮法医用结束谈话的语气说,食指点了一下童庆的胸口,压低了嗓门道,"我让你来看刚才的讯问现场,你有啥想法。"

童庆斟酌着说:"我在玫香别墅,也听说过她。总的感觉,这个女人不像一眼看上去那么简单。"

"对,"铮法医赞同地一点头,叮嘱道:"回到土岭村、土岭镇、玫香别墅以后,你多留一个心眼。多听听和她有关的情况。"

"行。你的意思是……"

"程步涛自杀身亡的谜团,要从她的身上解开。"

"这么关键?"

"八九不离十吧,"铮法医说着离座起身,"我得去参加他们那边的讨论了。我们保持密切的联系。"

童庆跟着铮法医站起身来,他感觉今天回到省城来,表面上的理由是让他来商量新书首发仪式的细节,而更实际的是铮法医叮嘱自己,趁着在土岭镇体验生活的便利,进一步摸清尹诗佳这个大美女的庐山真面目。她既然几乎是半公开地成了程步涛的"小三",情妇,就绝非等闲之辈。

虽然只是在监控室的屏幕上细细地观看了讯问的过程,但作家的本能让童庆觉得,尹诗佳那双美得勾人魂魄的眼睛后面,似乎还有着另外一双老谋深算的眼睛。不知自己的直觉对不对,他决定,逮着机会,一定就这个问题,问一下看人入木三分的铮法医。

三十一

《东方神探诸葛铮传奇》新书发布会的时间确定太仓促,童庆根据以往签售需要预热的规律,还有点儿担心,怕看到消息的读者不会多,来的人更少。

毕竟,现在书籍的发行量,正随着纸媒遭受网络的冲击,不那么好了,越来越不好了。

谁知,现场的热闹大大出乎他的预料。昨天下午,出版社通知省城里发行量最大的晚报时,晚报说报纸是没办法登消息了,只能通过报业集团的网络补救一下。出版社转而请省、市电台帮忙,在周六上午的早新闻里,口播一下周六下午的新书发布新闻。电视台同样表示,可以在当晚的节目中,荧屏下面拉一条文字新闻,预告一下。聊胜于无吧。至于省、市的日报,倒是愿意帮忙登一条小消息。但周六的日报,影响很小,很多读者基本不看。而当双休日过去之后,人家都只翻周一的报纸了。

童庆去往书店大堂的时候,真没抱多大的希望。

看到大堂里拥满了读者,他起先还以为是哪位影视明星或主持人出了啥新书哩。及至见到读者们里三层外三层地围在悬挂着他新书发布会的红幅下面,他悬着的那颗心才放下来。

瞅这场面,出版社首印八千册铮法医的书,在全省一两个月内销出去,应该没什么问题。消息经省、市电视台一播,相信省里除省城之外的梅城、桂城、安城、兴城几座中型城市,都会掀起一股热潮。毕竟,铮法医这些年来参与侦破的那些个大案、要案,后来都成了名案,让街头巷尾议论纷纷了很久啊!人们对此是记忆犹新的。

趁着周六下午休息的日子,来现场察看动静和情况的社长、总编辑,乐得合不拢嘴,自愿地在书店大堂里维持开了秩序。

童庆和铮法医在简短的仪式过后,已被热情洋溢的读者们围得水泄不通。尤其是一身公安服装的铮法医,在书上签了名不算,还被读者们一次一次地要求站起身来合影,忙得额头上都沁出了晶亮的汗水。

直到半个多小时之后,喧嘈不绝的现场才逐渐平静下来,在不断增多的保安们的吆喝下,购书的读者们井然有序地排起了长队。

让童庆没想到的是,土岭镇的宣传委员傅天月出现在读者队伍中,她是带着儿子来买教辅材料的,见到童庆在签书,就排在队伍中,买了一本,哪晓得,还没签上字,她就在队伍里接到了土岭镇书记的电话,要她多买上几本,书记说了,书的作者在我们镇体验生活,多么好的机会,我们镇班子成员人手一册,读过之后,请作家给我们讲讲,上一课。傅天月只好让儿子排在队伍中,又去买了十几本书;队伍排到铮法医和童庆面前,傅天月把十几本书往桌上一放,后面的读者还提起了意见:

"一个人买这么多啊,我们要等多久?"

让童庆没想到的购书者,还有宋小阳和苏涛。宋小阳把苏涛的轮椅推到童庆面前,坐在童庆身旁的铮法医先说了话:

"残疾人也来了,谢谢你们。"

童庆也对宋小阳说:"你要书,打个电话来就行了嘛!"

宋小阳一双黑白分明的眼睛睁得大大的,一指轮椅上的苏涛说：

"我也这么讲，打电话表示一下祝贺就行了。他非要来。他是广播的忠实粉丝，听到消息，就跟我说，老朋友出大作，一定要我推着他来，亲自向你们表示祝贺。"

童庆感激地朝夫妇俩点头："谢谢，谢谢！你的身体还好吗？"

脸貌英俊的苏涛瘦了一些，他伸出手来和童庆握着：

"好啊好啊！就是心里有时会涌出些莫名的烦躁……"

"烦躁，他的脾气坏极了！"一旁的宋小阳插话。显然，她平时找不到机会发牢骚。

苏涛回头责怪地瞪了宋小阳一眼，又转过脸对童庆道：

"以往，你的几本书都是作品集。我寻思，你这本从头至尾都是写神探法医一个人的，大作品啊！再怎么费事，也得前来当面向你和大法医表示祝贺。"

宋小阳把买好的两本新书递给童庆，童庆询问着："一本签上你们俩的名字，另一本呢？签给谁？"

"一人签一本，分别签、分别签。"苏涛断然地一劈手道。似乎是顺理成章的事。

童庆有些疑惑地望着他。

"嘿嘿，"苏涛干笑了一声，解释般道："我们俩，不都是你朋友嘛！你一本签一个人的名字，省事儿。"

宋小阳在苏涛身后道："你就听他的吧，他现在的脾气就是这么怪。"

埋头签名的时候,童庆的脑际掠过钟亚达的脸庞;他在一本书上签下苏涛的名字,另一本签给宋小阳。再从自己包内取出一本,签上他俩的姓名,在他们夫妇的名字后面,写着伉俪两字,然后一并推给铮法医道:

"这一本算我赠送的。让铮法医一起签上大名吧!"

站在轮椅后的宋小阳眼波一闪,朗声说:"还是你童庆想得周全,谢谢了!"

苏涛一边瞅着铮法医签名,一边由衷地道:"谢谢你的好意,童庆。"

童庆只能以这样"尽在不言中"的方式,表达他的心愿了。

排队的人群里,你一言我一语地"喊喊喳喳"议论道:

"这对夫妻也怪,一买买两本,还要分别签名。"

"人家原来认识,是朋友,来捧场的。"

"没见作家还送他们一本嘛!"

"这两人,脸貌有点熟,好像在哪儿见过?也是名人吧?"

两人分别和童庆握手告辞时,童庆觉得苏涛和宋小阳的目光,都仿佛含着一层有话要说的意思。尤其宋小阳那欲言又止的眼神更明显。

望着宋小阳推着苏涛坐的轮椅消失在人群后面,童庆的心情有些惆怅。

目光锐利的铮法医对童庆耳语道:"这对夫妻,真有意思。"

"你眼光毒啊!"

"没说错吧?"

"是有故事。"

让童庆吃惊的是程步涛案发那天,在玫香别墅39号客厅里出现的梅城恒诺集团的董事长李宏超也来购书了。而且一买就是五本,除了给他那本签上名字,其他四本,只要写上童庆和诸葛铮的名字就可以,不必写送给谁了。

"你怎么也来了?"童庆笑着问他。

"两件事。"李宏超朝童庆竖起中指和食指,以他董事长的直奔主题的方式说,"一是向你和铮法医表示祝贺,看来你们是配合默契的老朋友了。二呢,是专程想约你聊聊。那天在39号别墅碰到了,多有不便,没多说话。前两天听说你在土岭村体验生活,还在玫香会所欣赏高高的石头,没见你和我联系。恰好今天我也在省城办点事,就过来凑凑热闹,顺便当面和你约个时间,能赏光吗?"

"行,"童庆一口答应,"哪天去梅城,我到你的公司去。"

"不用啊!你搞完这个活动,还要去土岭吗?"李宏超的两道浓眉扬了扬:"我在玫香别墅也有住处。"

"你住几号?"

"9号,进大门不远,就在小溪边上,很好找的。"李宏超道,"欢迎你来坐坐。"

"那就方便了,方便了!"童庆连声道,"我回到土岭村民宿,就给你去电话。"

两人的手握在一起。

童庆以为,那天在于倩虹的39号别墅客厅里,和李宏超不期而遇,只是巧合。他一点也没想到,发了家的李宏超,本就是玫香别墅的业主之一。故而李宏超给了他名片,他在挨着玫香别墅的土岭村住,也没想到去找李宏超聊聊。

"看起来,你们很熟啊!"铮法医在李宏超走远之后,轻声道,"他和程步涛的发妻于倩虹,关系也非同一般啊!第一时间就赶来吊唁。"

"应该是这样。"铮法医的话,提醒了童庆,他点着头,沉思着道,"回土岭村之后,我就去拜访他。"他懂得铮法医话中有话。

签售仪式进行一个半小时以后,出版社的社长、总编分别来到签售台的两侧,连声向童庆和铮法医道着辛苦,同时表达他们的感谢,还说活动非常成功,正在请工作人员统计,卖出去了多少本书。书店经理已经说了,这是他们店近两三年来场面最火爆的一次。记者还随机采访了几位热心的读者,报社、广播电台、电视台都说要及时报道,网络上已经有读者排着长队等待购书和签售的现场画面报道了。

说笑间,最后十来个读者的书也签完了,正说要到书店的贵宾室去休息一会儿,喝杯咖啡,兰梅萍捧着三本书出现在签售台前。

她的出现,让童庆惊喜不已。童庆不由得失声道:

"你也赶来买书啊!"

"妹妹说,她想看看这本书。我就特意赶过来了。"

"要书,给我发一条微信就行了嘛!"

"那不一样,来了,也好当面向你表示祝贺嘛!这对你的人生来说,可是一件大事。"

对话间,童庆把三本书签完了,传给铮法医。

铮法医签到第二本,看到兰茵茵的名字,重复了一遍,抬头望了一眼兰梅萍,问:

"兰茵茵是你妹妹?"

听到兰茵茵的名字,签售台前后左右所有人的目光,都扫到兰梅萍的身上。

兰茵茵因为卷入几十亿巨额财产的大案,还在开庭时上过电视,引得全省上下热议不绝。

兰梅萍的脸色刹那间变了,她抿了一下嘴,惶惑地点点头,垂下了眼睑,捧起三本书,有些慌张地转身离去。

童庆也没想到,让他激动得有些狂喜的一幕,会以这么一个状况结束。

来到书店专门为嘉宾开设的休息室内,工作人员把咖啡、甜点、茶水端上雅致的茶几,铮法医呷了口茶,对身旁的童庆道:

"你这个作家,社会关系真多啊!瞧瞧,就是最后签的三本书,除了兰茵茵两姐妹,还有一个陈小菊,是书法家吧?"

"都是下乡时的同学。"童庆简短地回答一句,端起杯子喝咖啡。他还在为兰梅萍的匆匆离去纳闷呢!有点儿失落。

手机上轻响了一下,童庆掏出手机,一条微信跳了出来,正是惶惶离开的兰梅萍发过来的:

你能陪我吃个晚饭吗?

望着这条九个字的微信,童庆郁闷的心情顿时亢奋起来:这是她,兰梅萍主动邀请他啊!多么不易,多么难得!那一天在玫香会所,聊得虽然也很好,平平静静、客客气气,起到了陈小菊所说的让他俩说上话儿、恢复联系的作用。但终因陈小菊在场,童庆憋在心底的很多话,一句都说不出来。在会所里吃过高高招待的一顿饭以后,童庆心里时不时也会冒起约兰梅萍深谈一次的念头,迟疑着,犹豫着,一拖就拖下来了。没想到,今天她不但闻讯出现在新书发布会上,还主动向他发出了邀请。

她的心里一定也是有话要说。

她同样想到了,离开了玫香别墅那个环境,在省城这么个茫茫人海之中,相见更不会引起人的注意。

童庆平静了一下自己的心绪,回了一条微信:

非常乐意,在哪儿?

不到五分钟,兰梅萍的微信发过来了:

盛楼,我订座。

盛楼是省城里的百年老店,又在市中心的繁华地段。"食在盛楼"是几代人口口相传的一句话。要吃传统的江南菜,盛楼都能品尝。其风味涵盖了杭州、宁波、南京、苏锡、上海各种有名的菜肴。当然,价格不菲,除了政界招待贵宾,经济界、文艺界、企业界的要人,都会安排在这儿待客。童庆算是省内的名作家,也仅去过一两次。兰梅萍把晚饭订在这儿,可见她对童庆的珍视。

童庆不承认也不行,如果说新书首发的成功已然是一件高兴的事儿,那么,兰梅萍的约请,是喜上加喜的愉悦,他的情绪顿时倍添了几分兴奋感。

社长要请书店老总和铮法医、童庆晚上吃个便餐。表示对签售成功的庆贺,铮法医率直地表示,厅里还有案子,法医室主任华山派的车已经到了,在后面院子里等着,晚饭他心领了。

童庆顺水推舟,也说晚上约了朋友,婉辞了。

坐在华山派来接铮法医的警车上,铮法医告诉童庆,昨天太匆忙,很多话顾不上说。童庆在紧贴着玫香别墅的土岭体验生活,非常有意思。省公安厅盯上了程步涛的情人,那个美女尹诗佳,就是冷局在细致回放39号别墅监控无果的情况之下,同时调看了38号别墅的监控录像,发现蛛丝马迹的。这全亏了童庆通话时说到的兰茵茵处于假释阶段的情况。公安部门和省高法取得联系,查看了38号别墅的监控录像,看清了尹诗佳出入38号别墅那扇隐蔽的小门的细节。从而拓展了寻求案情真相的思路。

童庆眼前掠过那个美女令人过目不忘的形象,他总觉得,尹诗佳美是美,但是她的美,犹如一只细腻洁白的瓷器上抹上了过于浓烈的釉彩,虽然无可挑剔,却激不起他的情感浪花。他喜欢的,发自肺腑地能涌起感情的,还是像兰梅萍那样真实的女性。

他半开玩笑地对铮法医道:"我还以为,给你打电话会骚扰你哩;这么说,我观察到的细节,多少有点用处。"

"有用。"铮法医由衷地说,"你是文学家的眼光,对综合分析案情,有益。"

上车的时候说好,不要绕路送到童庆家,只要在离家近一点的路口把他放下来就行了。警车在十字路口没有黄线的一侧停靠下来,童庆打开车门,铮法医叮嘱他:"常来电话。"

童庆爽快地答应一声,"砰"的一声重重地关上了车门,伴着省城熙熙攘攘的人流,童庆沿着人行道慢悠悠地往家走去。

爱情真是一个怪东西,瞧,兰梅萍什么也没对他说,只不过是约他在盛楼吃个晚饭,他为啥整个身心都会亢奋呢?他可是过来人了呀!他有妻子丁丽娟,还有女儿童瞳,连女儿都生下了他的小外孙,他怎么……

从这一意义上说,要怪罪大画家程步涛"好女人",确乎是苛求了一点。

三十二

美丽的女人谁不"好"呢?

不是就在今年这个春天,瑞典文学院向全世界宣布,取消颁发今年秋天即将公布的诺贝尔文学奖,推迟到下一年颁发吗？

表面上的原因是，由于参与评奖的院士纷纷离职，导致学院里能正常履职的院士只剩下了十位，不能进行正常的评审了。

而造成院士纷纷离职的真空原因，是评审团里那位瑞典文学院院士，女诗人弗罗斯滕松，把有关评奖的消息泄漏给自己丈夫，又由那位丈夫阿尔诺，将名单泄漏给了博彩公司！

童庆详细地阅读了有关这件丑闻的报道。弗罗斯滕松的丈夫，让-克洛德·阿尔诺之所以会陷入丑闻，则是因为其在二十二年的时间里，被十八位女性曝出性骚扰事件。

涉嫌性骚扰的特大丑闻，不正是阿尔诺"好"女人引发的！

国际上能因性骚扰而引得舆论大哗，同样，在省里美术界大名鼎鼎的画家程步涛的猝死，也让人追索出他"好"女人的一面，不也同样会引出人们一探究竟的猎奇心理吗？

思忖到这里，童庆觉得自己的思绪，仿佛寻觅到了轨迹。

他还得潜心深思一番。

三十三

童庆步上盛楼的雅座,一眼看到两张椅子相对的小桌旁边,一位服务员小姐毕恭毕敬地站在兰梅萍跟前,听着兰梅萍的吩咐点菜。

拉开兰梅萍对面的椅子入座时,兰梅萍的眼皮欣悦地抬了抬,朝他点点头,轻声说了一句:

"你来了。"

童庆应了一声,并说:"简单点。"

服务员小姐不经意地瞥了童庆一眼,旋即眉梢一扬招呼着:

"您不是童作家吗?"

"啊,是,哦……"在这个时候被人认出来,童庆反觉得有点儿不自然。

"您在新华书店签名,上班路过时我看见了。"圆圆脸的服务员笑朗朗地说,"那本写警察的书,是您的作品?"

"对的,谢谢你。"童庆不晓得怎么应对,仰着笑脸敷衍着。

"早知道您会来吃饭,我也该买本书来让您签个名。"服务员显然平时也读点书,热情洋溢地说。

"啊,有机会。"童庆只得这么回答她,"以后还会有机会。"

服务员转脸对兰梅萍道:"刚才您是点到汤了吗?我们盛楼的老鸭汤和腌笃鲜都很有名的,我建议您点个腌笃鲜吧。"

"好的,"兰梅萍合上了菜谱,说,"点心就上蟹壳黄和生煎包吧。"

服务员离去时,又瞥一眼童庆,道:"我一会儿就把冷盘端上来。"

兰梅萍眼睛望着服务员的背影说:"你看,你现在名气大了,来吃个饭都有人认出你来。"

"哪里,是碰巧了。"童庆谦虚道,他知道自己有几斤几两,一点也没自得的情绪,"你没听她说,是碰巧看见了我和铮法医在签书。"

"和我们普通知青比,你是有成就的。"兰梅萍双眼望着他,用不容置疑的口吻道,好像在说,在我面前,你也不必谦逊,都是知根知底的嘛。"刚才买了你的书,我还翻了翻。写得是有特色的。"

童庆小心翼翼地答了一句:"谢谢!"

"你擅长纪实写法。"兰梅萍照着自己的思路说下去,童庆睁着眼,凝神瞅着她的脸,这张脸一度是他相当熟悉的,他觉得兰梅萍说话的语调、神情、两片嘴唇掀动的模样,还和当知青时一样,一点没变。唯独现在平心静气地说话时,她会不经意地蹙着眉,以至于额头上的肌肉会有表情地起伏。这可能是几十年过去,她脸庞上唯一的变化吧。

兰梅萍仍然在评价他的作品:"你的故事有头有尾,很完整,有中国传统,像今天写法医的这一本,涉及的是一般人不了解的领域,很好看……"

童庆自嘲地一笑:"那是有案情。"

兰梅萍没有笑,抿了一下嘴往下说:"你创作上的优势在这里。不足也在这里,你感觉到了吗?"

童庆愕然,他没料到兰梅萍直截了当地指出他的不足之处。他愣怔了一下,诚恳地点了一下头:

"愿闻其详。"

"你不要介意。"兰梅萍微微一笑,似是用这微笑宽慰他,"你总是追求完整,完整地交代一个人,一件事,一个案子……"

圆圆脸的服务员端来了冷盘,从她托的盘子里把马兰头、盐水鸭、龙井虾仁和酱汁豆干放在桌上,手一摊道:"请用。"

说着要离去。

"嗳,"兰梅萍想起了什么似的招呼她,"小姐你等等。"

服务员一个转身:"还有啥吩咐?"

兰梅萍一笑:"总是和闺蜜们在一起吃饭,我忘了点酒,今天是请这位先生,你给我们推荐一款酒吧!"

"也怪我,看见了作家,兴奋过头也给忘了!"圆脸圆眼睛的服务员眼波一闪,望着童庆,"童作家,你是喜欢白酒还是红酒?"

"黄酒吧。"童庆说,总是追随铮法医采访,童庆品一点酒。

"好的,我给你们上一瓶八年的花雕。"

"有更好一点的吗?"兰梅萍问。

"更好的?那就是二十年的了。"

"就要二十年的吧。"兰梅萍一摆手。

"行,我马上拿来。"小姐利索地应着离去。

"让你破费了。"童庆俯身向前,觉得应该客气一声。

"不是多少年没坐在一起了嘛!"兰梅萍垂下了眼睑说。她的脸颊刹那间泛红了。

天黑下来了,半开的窗户里传来阵阵市井的喧嚣。自行车铃声,助动车的小喇叭声,公共汽车疾驰而过的嘈杂,形成一股黄昏时分的声浪,不绝于耳地从窗户里传进来。

童庆起身去把窗户关上。窗外七彩的霓虹灯闪闪烁烁,把夜晚映照得一片通红透亮。兰梅萍的这句话,令他感到一股温馨,一股久违的暖流,令他的心有些波动。乍一听,这话并没多少情愫,可唯有童庆心中明白,兰梅萍仍然记着他们情窦初开时的往事,乡间的往事。

二十年花雕酒拿上来了,还有两个小酒盅,圆脸圆眼睛的服务员殷勤地为他俩分别斟满了酒盅。童庆瞅了这姑娘一眼,这会儿他发现,服务员的两条弯眉,画出了特别大的弧度,也是圆圆的。

服务员走开之后,兰梅萍擎起酒盅,邀道:"来,童庆,为你的新书出版,干一杯!"

童庆将酒一饮而尽,兰梅萍说:"看来你是能喝的。"说着,又给他斟满了酒。

童庆双手扶着酒盅,说:"这酒好。"

说着瞥了兰梅萍的酒盅一眼,她竟然也把第一杯酒喝尽了。

兰梅萍边给自己斟酒边说:"你讲怪不怪,和茵茵一起出去应酬,她的生意做那么大,竟然不怎么会喝酒。而我,喝两杯没事儿。是嫡亲的姐妹呀!从此,凡有重要应酬,茵茵就经常拖着我一起去了!"

"听人说,"童庆接话道,"女士擅酒,男人就不能小觑了。"

"不要客气,我们之间,量力而行。"兰梅萍的手掌小扇子般在自己脸前扇了扇,"能喝多少算多少。"

童庆点头,接话道:"往下说吧。跟你讲实话,年纪上去了,也没人对我的创作讲真心话了,都是客套。像你这样,直截了当指出我的不足,我基本上听不到。"

"我不是批评你。我只是说,其实,"兰梅萍放缓了语气道,"生活,往往是残缺的,不完整的。我们五十年的人生,有多少人和事,是像故事般有头有尾、善始善终的?"

童庆觉得她讲得有道理,他抿了一口醇厚得带点甜味的二十年花雕酒,诚恳地说:"你讲得对。有点像拿了一把小锤子……"

"小锤子?"兰梅萍两条淡淡的眉毛扬了起来。

童庆仍点头:"拿着小锤子给我的脑袋上敲打了一下。"

"有这么严重吗?"兰梅萍带笑问。

"敲打得好。你这一说,不仅仅是揭到了我写作上的短处,"童庆的语气是中肯的,"那天,在玫香别墅的会所里,不是我和你见面那天,是那一次之前,无意中撞见了宋小阳,我大吃一惊……"

"宋小阳是谁?"兰梅萍插话。

"宋小阳呀,"童庆这才想到,兰梅萍并不认识宋小阳,于是放缓了语速,一边品着二十年的花雕酒,一边吃着兰梅萍点的冷盘和热炒,把他当年采写苏涛宋小阳模范夫妻的往事,以及意外地撞见宋小阳和钟亚达钟总裹在一起的画面,和宋小阳事后又专程来土岭村拜访他的情形,一五一十详详细细地叙述了一遍。

兰梅萍自始至终没打断他,都在专心致志地倾听着。她吃得很少,所有端上桌来的菜肴,她都只吃一两筷,觉得某个菜肴的味道不错,她一面细嚼慢咽着,一面把盘子端到童庆跟前来。

童庆胃口好,食量也大,他在大学食堂里搭伙吃饭,一日三餐相对要简单得多,不像有家有口的小家庭吃得那么舒适。兰梅萍精心点的菜,加上盛楼厨师的烹饪手艺,他吃来个个味道都好。

盛楼的晚席进入了高潮,童庆和兰梅萍所在的大堂座无虚席,那些三人座、四人座、六人座和圆桌面上,高谈阔论者有之,交头接耳者有之,严肃地交谈着的也有。服务员们端着盘子,在大堂里连声应着客人们的招呼,不时地给一张张桌子续酒水,撤换餐盘,送上热菜,整个大堂声浪鼎沸,切切嘈嘈,笑声不断,时不时还穿插着高声的争辩。

兰梅萍不由撇了撇嘴,低低地咕噜了一声:

"盛楼的菜味儿是不错,就是太闹了!"

童庆点头表示赞同:"下一回我请你,我们找个清静点的地方。"

兰梅萍说:"行啊!嗳,你答应了那个专程找你的宋小阳,当然不会把宋小阳和钟亚达的关系,告诉你的同行苏涛啰!"

"是啊!"童庆两眼睁得大大的,望着兰梅萍,他原指望,听完宋小阳苏涛的故事,兰梅萍会对宋小阳的出轨表示出她的爱憎的,没想到她问了这么一句:"你觉得呢?"

"今天这世界，"兰梅萍仰起了脸，两眼瞅着大堂天花板上雪亮的灯管，说，"男男女女之间，不知藏着多少类似的无耻秘密啊！我见得多啦。"

童庆心中暗自愕然，他讷讷地问出一句："你在生活中也撞见过？"

"多啦！"兰梅萍重复着这两个字，两条弯眉画出弧形的圆脸圆眼睛服务员端上了腌笃鲜，动作麻利地给他俩一人舀了一碗汤，说了声趁热吃，退下去了。

兰梅萍指着童庆的汤碗，说："尝尝。"

说着自己低头先喝了一口汤，说："我妹妹在洛杉矶买下一幢别墅，在没惹上官司之前，她邀我去那里小住两个月，结果我住了四十来天，再也住不下去了！"

童庆想起自己在女儿家无所事事地过的那一个多季度，会心地一笑，含蓄地问："为什么呢？亲亲热热的两姐妹，吃吃玩玩，很难得的呀！"

"氛围不对。"兰梅萍简捷地说，"那周围住的都是中国人，而且多数是相貌靓丽的女人和孩子，对外宣称，女人都是陪读，陪儿子或女儿在美国上学，接受更好的教育。"

"也难为这些当母亲的了。"童庆感慨道。

"什么当母亲的，"兰梅萍的声调里带着不屑，"住久了就知道，这些人不是二奶就是三奶，带着儿女在别墅区里遥遥无期地住下去……"

"我女儿也在那里,这种情况没碰见过。也没听女儿、女婿说过。"

"那是你接触不到,"兰梅萍忿然道,"这些女人的另一半,不是国内的豪富就是权贵,和女人生下了儿女,就让女人带着小孩住在别墅里,成为他的一个后方基地,美国有生意了,或是国内惹上啥事儿了,就飞来和女人、儿女住上一阵……"

"聚少离多。"

"他才不在乎聚少离多呢,在国内,他还有个家。"

"是这样?"

"就是这样啊!有的人在澳洲、加拿大、甚至欧洲,各处都有家。"兰梅萍轻描淡写地说着,拿起一张餐巾纸抹嘴。像是说出这些脏事,把她的嘴都说脏了。

童庆惊得嘴都合不拢地呆望着她,看她那神情,似乎不像是在给他讲奇闻轶事。

兰梅萍轻轻呼了口气:"钱多了,真不是好事啊!这些年里,我算是把这世态看透了。我妹妹茵茵,不就是赚钱多了,惹上那么大的官司嘛!"

来同兰梅萍吃这一顿饭的路上,童庆想过要在交谈中询问一下轰动国内的兰茵茵案件,又怕贸然发问有些唐突。正在寻思怎么把话题绕上去,没想到兰梅萍主动提起了,他关切地望着她,以体察的语气低声问:

"最近发展到哪一步了?"

"在往好处发展。"兰梅萍刚吐出一句,圆圆脸的服务员端上了点心,她侧身把满桌的盘、碟归整了一下,在他俩跟前分别放下了四只碟子:"蟹壳黄和生煎,你们慢用。"

童庆道了一声谢。兰梅萍仰脸望着服务员的背影,如释重负地叹了一口气:

"你没见我空闲些了嘛!要不,'小麻雀'约我、你签书这种事,我就是想来,也抽不出身来啊!"

童庆见她不直接谈案子,也不便深问。只是点头道:

"往好处发展,就能妥善解决。"

"主要是野心勃勃一口就想鲸吞茵茵巨额财富的对方,后台老板倒了。人大代表、政协委员们在北京开会,从神秘的信息渠道获知了情况,抓住机会逐级把真相反映上去。我妹妹才可能从监狱里放出来。要不,她就是死蟹一只。我不知为她流了多少眼泪啊!那是人过的日子吗?童庆!"

童庆没往深处细问,兰梅萍却主动讲了起来。而且她一开口,情绪就上来了,说话的语气也激愤起来。

童庆注意到她的胸脯在波动起伏,为她换位思考,童庆也能想象她为妹妹命运担忧的那种度日如年的感觉。

兰梅萍"噗哧"一声笑了,放缓了语气,探询一般睁大了双眼,问道:

"把你吓着了吧?"

186

"噢,那倒没有。"童庆急忙否认,"这个案子在报纸、网络上都有大篇报道,我读过。一会儿整版地详细报道说兰茵茵巧取豪夺,侵吞国家土地、骗取贷款,到了不杀不足以平民愤的地步……"

"那都是编造的。"

"一会儿又说是侵犯了民营企业家的利益,编织莫须有罪名,置人于死地……"

"就是这么回事。你是作家,如果以后想写,我可以复印一整套材料提供给你。"兰梅萍眼波一闪,把手指着童庆面前的碟子,"光顾说话,点心快凉了。吃吧、吃吧。"

童庆直接拿起碟子里的蟹壳黄,咬了一口,温热的,酥酥脆脆的,一股椒盐玫瑰的香味,确实别有风味。

兰梅萍则用筷子搛着慢慢咀嚼,她垂下了眼睑,一边细嚼慢咽,一边沉吟道:

"正是因为这些年来看透了世态万象和人间的尔虞我诈,勾心斗角,夜深人静时想到我们在泗溪、缠溪、长溪时的那些往事,我会猛然醒悟道,当年我怪你,怪得过分了。"

童庆定睛凝视着年轻时代的恋人,既愕然于她忽然提起这个话题,又没想到她的话语里带着明显的歉意,更有一种听到她话的亢奋,他咀嚼着点心,口齿则很清晰地道:"你还是恨我的。"

"是啊,恨得咬牙切齿,恨得绝望,恨得直想跺脚。我发誓,永生永世不要再见你了。"兰梅萍坦率地承认,她搁下了手中的筷子,两眼定定地望着面前的碟子,碟子里的点心只咬了一口,"还是'小麻雀'在电话上说得好,当年那件事,实在也怪罪不了你。我是听了她这话,脑子才转过来的。对比现今社会上那些人际关系,我们当年,多纯真啊!"

童庆听了这话,只觉得双眼里涌上了泪水。凝神望去,兰梅萍的两眼,亮晶晶地噙着泪。她从包里掏出皮夹,往童庆面前一推说:"买单吧。"

走出盛楼,下班的高峰时段已经过去。马路上的车辆不似黄昏时分那么拥挤,饭店门口的路人也不像刚才那样络绎不绝、熙熙攘攘,童庆征求兰梅萍的意见:

"你住哪儿?我送你回去。"

兰梅萍的食指往左侧指了一下:"拐一个弯,那条马路很幽静的,刚吃了饭,我们走走吧。"

童庆求之不得。他能想象,兰梅萍时常陪伴茵茵应酬,对盛楼以及盛楼附近,显然比他要熟悉。

两个人缓缓转了个弯,走进了离盛楼几十米远的一条马路。

马路上的车辆明显地比盛楼所在的那条大路少了,两边人行道上的梧桐树,叶子已长得十分茂盛,把间隔颇远的路灯掩映在树叶之中。整条马路笼罩在朦朦胧胧的氛围之中,一辆面包车驶过以后,马路上清寂一片。一对年轻的情侣,躲在梧桐树浓重的阴影里,忘情地狂吻着。

童庆跟着兰梅萍放慢了脚步,双眼从近处望向小马路幽深的远处。两边的人行道上路人稀少,偶有一人,脚步也放得很轻,走得很快。

初夏的夜晚有微风,拂在喝过花雕的脸上,惬意而又舒爽。童庆的心怦怦跳着,一来是喝过了花雕酒,二来是和兰梅萍几乎并肩走在一起。若是一位熟人迎面走来,看到他俩如此神情不自然地走着,会是怎么个情况?兰梅萍是独身女人,无所顾忌,而他呢,他的妻子女儿外孙远在美国,撞见他的人将怎么想?怎么猜?怎么议论和传播?在省城里,他大小是个名人,今天刚刚在新华书店举行过颇为热闹的签售,电视还来拍过镜头。

这么想着,童庆的心跳愈发剧烈,神情不由有些拘谨。脚步也一会儿迈得局促,一会儿又慢了半拍。

正在忐忑不安时,兰梅萍的手臂伸进了他的臂弯里,亲昵地挽住了他。俨然是一对亲密无间的情侣。

童庆不无惶惑地瞥了她一眼,路灯透过梧桐树叶映照过来,是喝过酒的缘故吧,她的脸颊上泛着绯红绯红的光泽,一双眼睛晶莹闪亮,旁若无人地凝视着远方,脚步却越走越慢。

童庆的心跳加速了,"别剥别剥"他自个儿都听得那么清晰。兰梅萍挽着他臂弯的手的分量仿佛越来越重,越来越重。重得让他感觉几乎走不动了。

是要减轻她手臂的重量,还是他脑子里又闪出了鬼使神差般的念头?他抬起自己的左手,放在了她伸到他臂弯的手背上。他感觉她的手似要退缩,可旋即又用了一把力,更紧地挽住了他的手臂。他张开了左手的巴掌,他觉得自己的巴掌足够大,牢牢地盖住了她的手背。

他触到她滑爽细腻的手背上的皮肤,轻风送来她身上名贵香水的味道和女人的气息。他甚至能摸出她手上血液淌过的温度。

哦,自从和丁丽娟造成事实上的分居,他已经很久没有这么近地触碰抚摸过女人了。

他们在薄暗清幽的僻静马路上走着。走得缓慢而拖沓,看不出是他拉着她,还是她拖着他。

但童庆分明感觉到,他的心跳和她血液淌过的脉搏在一起跃动。

他觉得自己必须做些什么,他用了点力压住了她挽着他的手,同时停下来,半侧过身子。

她嘴里询问般"嗯"了一声。

他看到她仰起了脸,双眼里闪烁着陶醉的光。整个脸庞上一片光泽。

他抿了一下嘴说:"我们回去吧。"

说着,他整个儿转过身,做出一个向马路上示意"打的"的手势。

马路上疾驰而过的车辆不多,远远地开过来一辆,车顶显示已经拉了客。

兰梅萍凑近他身畔,轻声说:"先送你回家。"

童庆一怔,反问:"你住在哪儿?"

她所答非所问地道:"你不要在我住处附近出现。"

他顿时明白了她的心意。

一辆空车远远地驶来,停靠在路边。童庆拉开车门,让兰梅萍先坐进去。

车子开了,童庆报出了自己家附近的小区地址。

出租车沿着幽静的马路疾驰而去,兰梅萍陡地张开双臂,搂紧了他,压抑地啜泣起来。

童庆震惊地坐直了身子,泥塑木雕一般。他的脑子里一片混乱,眼前闪烁一阵金星,直至出租车拐到一条灯光通明的马路上时,他才如梦初醒一般抬起手来,把手臂安慰般轻抚到兰梅萍轻微耸动着的肩头。他在克制自己。

三十四

夜里,童庆往美国的女儿电脑上发去了一封邮件:

你妈妈近期愿意回到我身边来吗???

他打出了三个问号,用以表达自己复杂微妙有话要说的心情。让丁丽娟去理解吧。

刚才在出租车上,他拼命地克制着自己俯下脸去亲吻兰梅萍的欲望。他的心狂跳着,当兰梅萍在车子后座的晦暗中啜泣着扑进他怀里时,一刹那间,他什么都明白了,她的心里是有他的。就像他的心底深处始终深埋着她的影子一样,他从来没有这么激动过,他感觉自己的心跳得凶,脸上像酒醉了一般泛红发烫,他完全可以用更热烈的动作回应她,紧紧地搂住她,一遍一遍狂吻她,甚至可以有更亲昵的动作。可他以一个成年人的意志克制着自己,压抑着自己。丁丽娟还是他的发妻,他们的婚姻虽然名存实亡,但还是分居两国、两地的夫妻。他不能像兰梅萍一样地自由自在,放任自己的行为。和兰梅萍在静幽幽的人行道上散步,在出租车上相搂相抱,他的心是虚的,是没有底气的。他真心地爱兰梅萍,他就该解决好和丁丽娟的关系。

到了家附近,打开出租车门时,他在兰梅萍耳畔问:

"你一个人回去行吗?"

"没事儿。"兰梅萍坐直了身子,捋了一下自己的鬓发回答他,她说话的语气已经完全恢复了理智。眨动了几下眼睛,她的神情自在多了。

看着出租车远去,童庆心里说,回到家里的第一件事情,就是给丁丽娟发去邮件,不能这样不明不白地拖下去了。要像铮法医说的那样,当断则断,反正,他是不可能去美国,过那种无所事事的生活的。

及至坐到电脑跟前,他才稍稍冷静下来,美国现在还是白天,丁丽娟在医院上班,他也不能没头没脑、直截了当地和她谈解决他们之间关系的话。斟酌了一阵,他才想到先给女儿发出这么一封邮件。他们如果有什么想法,自会给他回话的。

好在,兰梅萍一句也没问及他的家庭和夫妇关系。她的表现,她的所作所为,仿佛那一切都不存在一般。

在盛楼吃这一餐晚饭,喝下去一瓶花雕,好像给他捅开了一扇窗户。兰梅萍的话不多,可每一句,对他来说都是意味深长的。

她仿佛是不经意地讲到了洛杉矶的二奶村,讲到了妹妹兰茵茵的官司,归结到最终,都是有所会意的,都落到了她和他之间的关系上。对比他俩互相之间经历了的半世人生,面对着的纷繁复杂的当前社会人际关系,他们当年在乡间的那份感情,是多么纯真和值得珍视啊!遥远的插队落户岁月,似已被世人遗忘。但是在他和兰梅萍之间,留下的就是一段剪不断、理还乱的思绪,永远地萦绕不去。

手机轻响了一下,童庆拿起来按了按,跳出一条短信:

向你报告,我已安抵家中。

虽是一条报平安的信息,仍然令童庆兴奋。他忖度了一下,回了她一条短信:

谢谢你请我吃了一顿美味的晚餐。

遂而他怀着切盼的心理,等待着兰梅萍再发过来。

五分钟过去了,没有短信。打开的电脑,荧屏闪烁了一下,他看到女儿发过来的一封邮件:

爸爸:不给你讲实话是罪过。妈妈在这里很适应、很习惯,而且她觉得也离不开逐渐带大的小外孙。最主要的是,妈妈有了她心仪的另一半,他们在我家的附近,购置了新居。妈妈的绿卡,也已在半年前批准领取了。

你的女儿

童庆的目光盯着荧屏上的邮件,久久地不曾离开。他的心头五味杂陈。

三十五

几乎是一夜失眠,童庆在床上辗转难寝。

不是愤怒,也没有受骗的感觉,他没有怪罪亲生女儿,也不想怒斥丁丽娟不声不响背叛了自己。只有他心头明白,他和丁丽娟就是那种不咸不淡、平平淡淡的夫妻,过日子的夫妻。他对丁丽娟从来没有他曾经对兰梅萍有过的那种汹涌澎湃的感情。丁丽娟把他的写作人生看得很一般,他对丁丽娟,不也一样吗?

他从未深究过丁丽娟脑子里究竟在想些啥,什么事儿能使她兴高采烈,什么情况下她会伤心悲痛。

丁丽娟对他来说,只是一个普普通通的妻子。

泗溪乡村里的老农说过:有柴有米是夫妻,无柴无米就分离。道尽了民间某种过日子婚姻的实情。

某种程度上,童庆和丁丽娟,就是这种婚姻的当代版。

一件小事浮上了童庆的心头:在美国住够了三个月,童庆决定回国。临别之夜,和丁丽娟过性生活,她也像一两个月有一次那样应付着他,让他觉得很不爽。他在她身畔嘀咕,讲她怎没有一丁点儿的激情。

她反而振振有词地提高了嗓门反问他:"都有了小外

孙,还要怎样能让你满足?"

童庆被她呛得说不出话。

要去机场了,女婿公司里有急事,女儿说由她送爸爸去机场,丁丽娟说她得送小外孙进幼稚园,顺道还要到超市采购,没到机场送他。

在她眼里,他都没小外孙重要……

童庆就被这些琐碎的不悦的往事片段纠缠着,大半夜没睡着。天快亮的时候迷糊了过去,他不知自己睡了多久。

一阵嘈杂喧闹的座机铃声把他震醒,睁眼一看,竟已是近午的十一点了。

电话铃声仍在固执地一阵接一阵响着。

童庆眨眨眼,顿时清醒了许多。昨晚上的酒意、烦躁、不悦似乎都随着足足地睡了一觉消逝而去。

他坐起身子抓起床头柜上的电话"喂"了一声。这年头,打座机电话的真不多了。

"童庆,你好呀!"

对方一说话,童庆脑际掠过一张英俊明朗的男子汉的脸。这是老伙计苏涛,宋小阳的丈夫。昨天他和铮法医签售新作时,宋小阳推着轮椅送他来买书的。

刚见过面,他又主动来电话,打的还是座机,这让童庆颇感意外。

"你好,昨天在书店见到你,看上去你气色还可以,我很高兴。"童庆也给他讲客气话,"谢谢你们两口子特地赶来捧场。"

苏涛在电话那头说:"这是应该的嘛!给你说实话,昨天到了家,我把你这本大作,一口气读完了,直看到下半夜啊!写得好,让人爱不释手,看了一桩案件,又想看下一个。"

"哈哈,"童庆乐了,"那是案情本身曲折生动啊……"

"不,不!"苏涛打断了他的话:"我读得出来,你是下了功夫的。尤其在突出诸葛铮法医的个性上,你不仅写出了铮法医的鉴定水平之高,你把他这个人物的性格也刻画得极为深刻。"

这是童庆写作这本书时刻意追求的,下了一番功夫。苏涛是同行,几句话说到童庆的心上去了。童庆的心头还是由衷高兴的。他不由道:

"谢谢!"

说出这话的同时,他想到了,苏涛绝不是为夸他写得好才打这个电话的,他一定是还有话要说。他的脑际掠过宋小阳亲昵地挽着钟亚达胳膊一闪而过的画面。

苏涛在电话上咳了两声道:"除了向你表示由衷的佩服和热烈祝贺之外,我还要和你讲件事情。"

"你说吧。"童庆听出苏涛的语气变了。

"是这样,是关于宋小阳的。昨天你见到她,觉得她有

197

什么变化没有?"

"没有啊!"

"你仔细想想。"

"确实没有,"沉吟了片刻,童庆认真地说,"怎么啦?"

"你不觉得她讲究化妆打扮了吗?"

"她历来如此啊,很注重服饰的搭配和化妆的适度。她不还经常在婚庆公司、红娘热线上指导那些剩女嘛!昨天是在公众场合,她没啥过分之处啊!"童庆小心翼翼地选择着词眼。

"昨天那是……"苏涛又在电话那头咳了一声,"实话跟你说吧,童庆,老朋友了,很久没碰见你了,也许你不会觉得宋小阳有啥大的变化。可我,天天和她生活在一起,感觉太明显、太强烈了……"

听得出苏涛说话时很激动、很急促,童庆安慰道:

"你慢慢说。"

"每隔一段时间,荣小阳总会离家好几个小时,有时候说参加公司的策划会,有时候说是研讨会,参加研讨会回来,还能带回红包。"苏涛的语调是充满狐疑的,"从来都是一样,策划些啥,研讨会上人家专家学者说了些什么,她本人讲了啥观点,她都不吐露,好像开的都是秘密会议。碰到我不经意地问她,她总是支支吾吾的,牛头不对马嘴地说几句……"

"这又怎么了呢?"

"也许她本人忘了,以往,我是指过去那些年,哪怕是我遇车祸致残之后,她只要出去开会回来,即便是无关紧要的会,她都会呱呱呱地坐我身旁说上半天,还会形容发言那人的脸色,某人紧张、某人结巴,啥都说!"苏涛在电话那头一声高一声低地说着。童庆想象得到,这会儿宋小阳肯定不在家里,逮着这次机会,苏涛把憋在心里的苦恼和烦躁不安,一股脑儿向他倾倒出来。宋小阳出轨是童庆洞悉并已了解了的。他现在即将面临的难题是,如何将已知的事实,对苏涛说?"现在呢,她外出几个小时归来,什么都不对我讲。童庆,你说这是不是要发生啥事的迹象呢?"

"你觉得是什么迹象?"

苏涛在电话那头大口地喘息,即使是通过话筒传过来,那声息都是沉重的。

童庆耐心倾听着。

"唉,童庆,我真不愿意说出来。"苏涛的语调充满了苦恼和郁闷。

"对我啥都可以说。"童庆道,"我们是知根知底的朋友。"

"我怀疑她出轨了!"苏涛像下了决心一般说出这句话,继而放缓了语气,"童庆,这念头在我心中盘旋很久了。像有一条小蛇缠住了我的肠子,我真受不了啦!"

童庆镇定了一下自己,讷讷地问出一句:"你有证据吗?"

"证据?我没有。"

童庆像看得到苏涛的神情,苏涛一定是痛苦地说自己没有证据,接着往下道:"可是还需要证据吗?每次她出去回来,眼神里都有股邪光,兴奋之后余兴未尽的邪光。但在面对我的时候,她又刻意地回避着,躲闪着,像做了啥亏心事一般。难道这还不足以说明问题吗?"

童庆心中不得不佩服苏涛的洞察力,在他迟迟疑疑地没说出他的判断之前,童庆已经预料到他要说及宋小阳的行为是出轨的迹象,但童庆没想到他讲得这么肯定。

"这样的事情,"童庆斟酌着自己吐出口的每一个字,"你可不能随随便便怀疑。你们俩和一般的夫妻不一样,你们是妇联树立起来的模范夫妻的典型,我采写过你们,报纸报道过你们,以你们的典型事迹教育了那些夫妇不和的家庭。广播、电视……"

"那都是什么年头的事了,"苏涛打断了童庆的话,"十多年了,人们早忘记了。童庆,你是纪实文学作家,在你写铮法医的书里,不也写到了因爱成恨的案例嘛!你难道不明白?人是会变的嘛!"苏涛重重地叹了口气,又说了一句,"宋小阳,她变了!"

童庆不能把自己的亲眼所见,及宋小阳亲口对他承认她和钟亚达的不正当关系之事,告知苏涛,但他也不想欺骗苏涛,苏涛也是他的朋友啊!他只有保持沉默。

话筒里传来苏涛的一声冷笑:"我注意到了,你听到我的话以后,一点也不惊讶,好像你已经知道了宋小阳的表现似的。现在你给我说实话,以朋友和同行的名义,你是不是已经知道了宋小阳的出轨?"

童庆的头皮都要裂开了,他得马上回答,一秒钟也不能迟疑,苏涛这家伙的敏锐令他感到震惊,他笑起来了,用笑声来掩饰他内心的不安,他说:"我怎么不吃惊啊,苏涛,我是怀疑你这个壮汉子总是待在家中,疑心病重了。你说人是会变的,我害怕的是你整天待着,疑神疑鬼。是瞎猜猜出来的,好多电影不都表现过这类情况嘛!你若愿意听我的建议,我倒要奉劝你老兄一句。"

"愿闻其详。"童庆故作镇定的几句话,让激愤中的苏涛冷静下来了,他一改原先的语气,表示愿意听取童庆的劝慰。

童庆抿了一下嘴,放慢了语速道:"空下来,你应该和宋小阳好好地沟通交流一次,把你的猜疑和痛苦给她讲讲。这样,疑团解开了,不就啥事儿都没有了吗。"

"真这么简单?"

"你们曾经是多么恩爱的夫妻啊!"

"让我想想,童庆,容我想想。"苏涛在电话那头忙不迭地说,"谢谢你,老兄。我还一个要求。"

"尽管说。"

"你可不要把我给你打这么个电话的事,跟宋小阳说啊。"

"不说,我不说。"童庆诚恳地表示。他怎么能说呢,他不会把撞见宋小阳和钟亚达的那幕讲给苏涛听,他也不会把苏涛这个电话给宋小阳讲。夫妻之间的芥蒂,还是让他俩自己去解决吧。这也是他给苏涛建议的原因。

挂断了电话,童庆长长地吁了一口气。好累人的电话啊,睡过了头,又通了这么个电话,童庆感觉饿了。

瞧,苏涛和宋小阳是夫妇,可他们各自心中,都埋藏着瞒着对方的秘密。

离他而去的妻子丁丽娟,不也是这样嘛。她竟然在带小外孙期间,寻找到了心仪的另一半。那另一半是什么样的男人,洋人、华裔、还是……

管不了苏涛和宋小阳夫妻间的事,童庆觉得,自己破碎了的婚姻,得料理一下了。自己的事,自己还是管得了的。他不想去窥视丁丽娟的秘密。随她去吧,随她在美国陪着女儿和外孙,安度她的晚年吧。他得找到一种方式,把这层意思通过女儿转告丁丽娟。反正她的秘密,也是女儿透露给他的。但他觉得没有必要这么急,过几天让女儿转告也行。是的,他主动提出去土岭村、土岭镇、玫香别墅体验生活,有两个原因,其中一个是他曾经视为困难重重的事情,那就是想方设法、不动声色地接近兰梅萍,现在这一目的已经达到了,通过"小麻雀"的帮助,他不仅见到了兰梅萍,而且由于兰梅萍内心深处也已转变了看法,两个人之间已经恢复了交往。但也仅仅是交往而已,兰梅萍愿意和他重新燃起爱的火焰,在行驶中的出租车上,她借着酒意倒进他的怀里,就是她的一个表示。不过童庆觉得,她不让他送到她的住处去,是她还要和他保持一定距离的表示。或者说,她还不急于让他知晓她的住处。这可以解释成她的拘谨,往好处说,也只能理解成她妹妹兰茵茵的案子影响太大了,至今尚未结案,她不想让他在家附近出现得太早。

一把年纪了,已经不是当年在泗溪山乡的青年时代,样样事情总想尽快有个结果。现在的童庆瞻前顾后,成熟多了。丁丽娟都已经在美国和人好上了,不是也没主动来告诉他吗。还是女儿童曈,觉得再瞒下去是罪过了,才对他说出了丁丽娟不回国来的实情。

去住处附近的大学食堂吃中饭的路上,童庆查看了手机信息。有一条来自兰梅萍上午九点才发过来的:

昨晚休息得好吗?

童庆走进校园后,站在树荫下,回了一条信息:

睡过头了,迟复为歉!正在走去搭伙的食堂吃饭。你呢?

把信息发出去,他径直往食堂方向走去。

买了饭菜挑选了一个靠近操场的位置坐下,掏出手机,兰梅萍回他的信息来了:

没睡好。我回玫香别墅了,下午有法院的人来约妹妹谈,但愿有个好的结果。

你什么时候到土岭村继续体验生活,告诉我一声,我去看你。

童庆发回去两个字:好的。

埋头吃饭,心里忖度着,饭后和铮法医通个话,他那头如若没啥事儿,他也准备到土岭村去了。

铮法医对童庆继续去土岭村体验生活没啥意见,他说昨天下午的签售活动省、市的报刊都发了不大不小的消息,广播、电视也都作为新闻发了,同事们争相向他表示祝贺,为他曾经破获过那些精彩大案表示感谢。他说真正要感谢的是童庆。

童庆听了当然高兴,但他仍然郑重其事地申明,是铮法医干得出色,事迹感人,他才能写出这些传奇,为避互相在手机上吹捧客套之嫌,童庆首先转移话题,说铮法医如若能把至今仍扑朔迷离的大画家程步涛猝死之谜的真相公布于众,告慰家属和社会,那就是他法医生涯一个圆满的收官了。

没料到,铮法医听完之后,淡淡地说了一句:

"但愿吧。"

童庆顿生疑惑:一向自信满满的铮法医,这是怎么啦?

相交相熟了,铮法医在他童庆面前,没有必要故作谦虚啊。和铮法医的交道打多了,童庆现在也容易设问了。

下午,坐在省城开往土岭镇的快客上,童庆戴上一副墨镜,饶有兴致地观赏着田野里的景致。绿油油的稻田,一块块的蔬菜地,还有一条一条泛着银光的河流、溪水,江南地方,车子驶不多远,就能见着湖泊,湖面上波光粼粼的。说实在的,近年来关注生态,乡野里的景色更加诱人了。

天气炎热,公路上、原野里,远远近近都见不着人影。

夏天来了。

客车上有空调,童庆从自己随身带的包里,取出茶杯喝了两口,正往包里放杯子,手机响了。

童庆打开一看,是铮法医打来的!

童庆接听,铮法医的语调简捷明快:"童作家,你走了吗?"

"正在开往土岭镇的快客上。"

"车子开到哪个位置了？"

童庆放声问了一句司机，司机说前头就是白鸽村。

不等童庆重复，已经从手机里听清了的铮法医对童庆道：

"你就在白鸽那个小站下车，我让郊区公安局的冷局派个车送你回省城。"

"发生了什么事？"童庆忍不住问了一声。

"你到了我这儿就知道了。"

童庆整了整随身行李，疾驶中的郊区快客已经放慢了车速。

童庆在客车到白鸽站停下时，众目睽睽之下，下车站在了路边。

三十六

"请你来看色情片。"郊区公安局派出的小车，在白鸽站接上童庆，把他送到指定的地点，迎候他的铮法医半开玩笑地在童庆身边轻轻说了一句。

童庆脚步放慢了一点，铮法医可是很少在这种场合开玩笑的。

童庆疑讶地瞅了一眼铮法医，只见法医眉头微蹙，显然不是开玩笑。

随铮法医走进了播放室,在圈手椅上坐定,童庆环视了一眼室内,不大的播放室里,就他和铮法医两个人。

这就是说,这次是专为他童庆播放的录像。

只听铮法医不轻不重咳了一下,说了一声:"开始。"

正面墙上有光闪烁了一下,遂而出现了连续的画面。

童庆看见的是什么呀——

是一对脱得精光的男女在相拥着亲吻,抚摸。

两具光溜溜一丝不挂的活的胴体在全身心投入地相互肆无忌惮地揉搓着对方的身体,而后躺到床上去。

就在男女转脸的瞬间,童庆认出来了,男的是程步涛。而那年轻女性,则是童庆在审讯现场的监视器上见过的尹诗佳,公安限制离开省城的程步涛情人,也是程步涛猝死的当事人。

这以后的录像拍摄下的,就是程步涛和尹诗佳之间在床上的淋漓尽致的性爱,两人旁若无人地沉浸在做爱形成的特殊氛围之中。他俩熠熠放光的眼神、充满光泽的脸颊,和陶醉于极乐之中的神情,让人忘记了他们两人之间的年龄差距。

录像播完了,童庆耳畔仍能听见放映机的轻响。

播放室的灯光亮了,童庆闭了一下眼睛以适应光亮,借此也不和铮法医交换眼神了。他问:

"只有我们俩看过吗?"

"是专为你放的,我们已经看过。也粗浅地商量了一下,决定放给你看一下,是想让你在土岭村采访期间,留心一下。"

"要我干什么?"

"特别留心一下尹诗佳在玫香别墅里的行踪,这女子虽年轻,但嘴紧,看来远比她的年纪深沉。"

等于是说,她一定知道比她说出的话更多的内容。她如此年轻貌美,奉献一般投怀送抱,仅仅只是倾慕程步涛的才华和名气,还有金钱吗?他们之间难道真有年龄悬殊的爱情?

从这赤身裸体的录像上,能判断尹诗佳不过就是二十六七岁的样子。而程步涛的年龄,都可以当她的父亲了。

童庆忽然想起似的问:"这录像带是从哪来的?"

铮法医脸上露出一缕意味深长的笑:"这就是这个案子越往下深挖越有意思的地方。"

等于没有回答,童庆不甘心地"嗯"了一声。

铮法医道:"是匿名的人寄给省厅'程步涛专案组'的。"

"成立了这么一个专案组吗?"

"没有。"

"什么人会居心叵测地在程步涛的卧室安装这样的摄像头呢?"

"目前还是谜。"铮法医以推心置腹的语气对童庆道，"有两种可能。"

铮法医竖起两根手指。

童庆道："社会上有一种人，有裸体摄影的嗜好。"他说这话时，想起了另一个名画家希辉私下告知他的，程步涛好女人的话。

铮法医点头："你行啊！把两种可能都说到了。我个人分析，第一种可能大。所以，准备让活着的当事人尹诗佳来看。让她本人知晓，她背后的那只无形的手，对她并不是友好的。如果她对此有感觉，就让她把这种感觉说出来。"

童庆的眉头皱得紧紧的，百思不得其解地问：

"什么人，非要通过这样一个女人，逼得程步涛生不如死呢？"

"如果真有这么个人，我们就要让这个人显形。只有显了形，才能挖出真正的原因。"铮法医一字一顿地说，"到目前为止，证明我们的破案思路还是正确的。和玫香会所的高高接触过了吧？"

"这个人很有意思。"童庆说着，看了一下手表。

铮法医按住他的手背："你别性急。郊区公安局的车还等在院里，负责把你送回土岭村。没事时，你可以和高高多聊聊，他在那儿待得久，上上下下、方方面面的人接触得多。程步涛在世时，常去他那儿坐。"

童庆站了起来:"谢谢你介绍了高高这么个朋友给我。"

铮法医一边送他走出来,一边拍着他肩膀道:

"当面,我还得谢你一次,你的'传奇',把我夸得下不来台了。"

两人一起放声大笑。

童庆由衷地感到,他们双方是默契的。

郊区公安局的司机把童庆送回土岭镇时,已近黄昏,童庆直接去了镇政府的食堂,吃了顿早晚饭。怕半夜饿,他买了两个花卷,用餐巾纸一包放进包内,趁着夏日傍晚的凉爽,他慢悠悠地沿着镇街走出来,步行回土岭村去。

还没走出镇上的老街,手机响了,童庆见是兰梅萍打来的,连忙接听。

"童庆,你回到土岭村了吗?"兰梅萍的声气爽朗,听得出她的心情不错。

童庆眼前闪过出租车上那一幕,事后她又是短信又是电话主动联系他,心头也很愉悦。

"刚吃过晚饭,正在镇上的老街散步呢。"

"那好,你回来了就好。好,请你就在老街慢慢走着,我马上来见你,行吗?"

童庆听得出,兰梅萍是有事儿要和他谈。要不,昨晚刚一起吃过晚饭,又一同散步,然后坐上出租回家,发生了一些只有两人心知肚明又不便言说的细节,双方都需要时间来消化和进一步的理解,不需要见得那么频繁的。迟疑了片刻,童庆就答应下来:

"行的,我就在老街上逛逛,等你。"

"那好,"兰梅萍在电话那头笑了,"我很快就到,你只需等一小会儿。"

童庆挂断电话,想到那句近年来常挂在人们嘴上的话:"人是会变的。"

和兰梅萍的几次相遇,在玫香会所陈小菊约请下的久别重逢,兰梅萍主动出现在签售的读者队伍中,请他上高档的饭馆盛楼吃饭,让童庆一次比一次明显地感到,步入晚年门槛的兰梅萍,在对待他的态度上,和青春时期不大相同了。现在的她完全是进取型的,这让童庆心中分外欣慰和满足。她在感情上受过创伤,她短暂的婚姻同样令人同情,如今的她孤身一人,完全是自由的。她在向他近乎表白的所有举动中,几乎毫无顾忌。既不打听童庆的个人情况,也不在乎童庆的个人感受。好像认定了,童庆仍是当知青时代的那个童庆,仍对她一往情深、矢志不移。内心深处,童庆是认同她的所作所为的,也是深深地留有她的情影的。说到底,他爱她。说不清任何原因地爱她。

他要处理好的,是自己和丁丽娟之间名存实亡的婚姻。女儿童曈向他有意无意透露的丁丽娟另有心仪之人的实情,已经使得他拿定了主意。

他不是苏涛,因怀疑察觉到了宋小阳的出轨迹象,而陷于惶惑之中,进而有一种莫名的茫然和恐惧。听说了丁丽娟的情况,他一点妒忌也没有。

丁丽娟也不是宋小阳,她们是性格决然不同的两个中年女性。

他更不是苏涛,他的现状和处境要比不幸车祸致残的苏涛强得多……

老街上一家家风情别具的特色小店内闪烁着彩色的霓虹灯,夏日的步行街上,吃过晚饭的人们络绎不绝地在散步,远远近近、高高低低的欢声笑语不时传来。

童庆信步走着,浏览着橱窗里的各种商品。

兰梅萍在霓虹灯映出的光影中兴冲冲朝他走过来,手一挥招呼着:

"童庆。"

望着脸上满是喜色的兰梅萍,童庆一阵欣喜:

"你来得这么快啊!比我料想的快多了。"

"妹妹的司机还在,我让他把我直接送过来了。"兰梅萍笑吟吟地说,"这么急着见你,我是要告诉你,妹妹的事情彻底翻转过来了,试图侵吞她财产的那一方,随着京城里撑腰后台的被掀翻,他违法乱纪的一系列所作所为已被检察院、法院盯牢了,正被羁押审查,有事实证明,他控告我妹妹的很多情况都是捏造和虚构的,这'虚构'两个字是法律用语了。总之一句话,法院明确说了,很快就将正式宣判,认定我妹妹无罪,解除监视居住,所有羁押和查封的财产,包括房产、地产、股票、基金、存款,会依据法律程序,逐步发还给我妹妹。法院今天下午特地上门来说明情况,要求我妹妹认可这一结果,签字画押。我一早从城里赶回来,就是陪同茵茵,接待来家的三个法官。"

"你妹妹签字了吗?"

"起先她没签。"

"为什么?签了字,她就完全自由了。"

"她要求法院公开赔礼道歉,并赔偿她坐牢、受审、遭受诬陷的损失。她有委屈啊,她说了,不遭受这一切,她那几十亿的投资,到今天都该翻倍至上百亿的资产了。"

"你妹妹这么坚持,一定有她的理由。"

"是啊,三位法官对她的诉求同样表示理解。但希望她能考虑他们仨是具体执行的人员,先在今天他们带来的审结意见上签字,他们会把我妹妹的要求和意见转告领导。"兰梅萍说,"我在一旁觉得三位法官讲得有一定的道理,劝茵茵先把字签了,并把她的意见写上,让法官们带回去。饭要一口一口吃,问题要一个一个解决。你觉得,我这样劝妹妹,对吗?"

说着,兰梅萍一逮童庆的手臂,顺势自然地挽住了他,

213

一偏脸,双眼一眨一闪地望着童庆。

童庆沉吟着,斟酌了一会儿说:"我不了解你妹妹案子的整个复杂的案情,但我觉得,你这么劝她,有你的道理。首先,让法院认定了无罪,既然无罪了,原先对你妹妹采取的包括监禁在内的所有手段,就是错的。再一步一步往前争取其他权益。"

兰梅萍"咯咯咯"地笑了起来,显得特别开心和放松,她笑道:

"我知道你是会赞同我的。"

"你妹妹最终签字了吗?"

"签了。只要一想到自己的所有言行,都要受到监视,我这心头就不是滋味儿。"

是啊,童庆想到自己听说39号别墅是全程全天候遭受监视居住的,不是也不敢往那个方向多走动吗。

"这种网红酸奶,味道很特别,卖得贵,还供不应求呢!"

迎面走过来的一个小姑娘,尖声对和她并肩走着的几个女孩说。童庆循声望去,五六个风姿绰约、服饰飘逸的姑娘,和他俩擦身而过。

童庆的眼里,不由露出羡慕的神色。

兰梅萍像看穿了他心思似的说:"瞧,她们多年轻啊!"

童庆在她耳畔道:"是啊,我们插队时,不也这样子青春年少嘛。"

兰梅萍也往他身前挨了挨道："却被一场飞来横祸打得鸡飞狗跳。"

从她的脸上拂来阵阵名贵香水的温馨气息,她这亲昵的举止,让童庆多少有些不自在。从对面走来两位三十岁上下的男女,眼睛睁得大大的凝视着童庆,眼角还瞟向他身旁的兰梅萍。

童庆似曾记得,这二位是土岭镇上的工作人员,在镇政府机关食堂里,他见过他们。他们撞见了他和兰梅萍在一起,私下会说些什么呢?

他的表情僵硬了,神色也有些呆滞。

"你怎么了?"他的不自然的举止,当即被兰梅萍察觉了。

"哦,不,没、没什么。"他连忙摇头否认。

"还不承认呢,"兰梅萍愤愤地一逮他的手臂,用故作愤怒的语气道,"你是不是不愿意提及那段往事?"

"没有啊!"

"那你紧张啥?"

"我没紧张。"

"我还不知道你吗,童庆。"兰梅萍用知根知底的语气道:"你是怕有人看见,传进你妻子耳朵里吗?"

愈多和兰梅萍接触,愈是觉得,人过中年的兰梅萍,性格和当姑娘时不大一样了。抑或,在泗溪和她恋爱时,她是故意克制自己？童庆坦然笑道：

"我才不怕她知道呢。在美国，她早有了自己心仪之人，还是女儿透露给我的。"

"那你还心虚啥呢，完全可以大大方方地走在人面前啊。"兰梅萍的声气透着她听到这话时的高兴，她一点也不掩饰自己喜滋滋的神态。

童庆心中暗忖，接下去她要追问他是不是办理了离婚手续，到时他只得无奈地照实情说了。他忐忑不宁地走着。

"你仍是心神不安的，"她放慢了脚步，转脸望着他，眼神里闪烁着探询的光，"你给我说实话，什么事在烦扰你？"

童庆凝望着她，是的，她还是当年的那个兰梅萍，在他眼里，她还像当姑娘时一样地吸引着他。一样的眉眼，一样的身材，一样的神情，岁月只是令当年的窈窕少女，出落得更加丰腴成熟了些。她的肤色白净，她的脸庞上竟然没出现明显的皱纹，只在她微笑时，才让他看到，她的眼角边有了细细的舒展开去的细纹，可这丝毫不影响她端庄典雅的美。真没想到，当年不堪提及的往事，最难以启齿的他的婚姻现状，因几句近乎玩笑的对话，就化解开了。童庆凝神盯着她，兰梅萍莞尔一笑：

"总盯着我看，你不觉得不礼貌吗？"

"看不够。"童庆轻轻地吐出一句。

"那好吧，时间还早，让你看个够。"兰梅萍停下来，手往前一指,"老街也走到头了,我们去找个地方,喝点什么吧。"

童庆也已察觉,打造得颇有风情的老街,并不很长,前方已是幽暗一片,况且还有一排石墩,提示路人,老街到头了。

"去哪儿坐呢?"童庆一时想不出来,晚上他怕失眠,不喝咖啡。

兰梅萍的眉梢一扬,逮了他的手臂,说:"刚才迎面走过的那几个姑娘,不是说网红酸奶味道好吗,我们去找找。"

网红酸奶店不大,单开间的门面,却是二层楼的。童庆和兰梅萍进去以后,竟然还在二楼上找到了一个靠窗的座位。

"你看,这里还有条小河。"兰梅萍惊喜地指着窗外的楼下。

童庆探首望去,真的,河边还停着一艘小舢板船呢。

和兰梅萍相对坐在临窗的位置上,有微风吹来,把这土岭镇夏日的夜晚渲染出了几多的诗情画意。奶香味中,夹杂着咖啡可口诱人的味道,此时此刻,童庆直觉得,他和兰梅萍,似乎是在延续起始于泗溪乡下的夭折了的初恋。

他的心情从未有过的亢奋和喜悦。他感激地定睛望着兰梅萍。这一切,都是由于她坐在这里,是她给他孤寂的精神生活带来的快乐。哦,他爱她,真的爱。

兰梅萍显然读懂了他的目光,她的脸绯红绯红的,不无嗔怪地说:

"瞧你,又这么盯着我了。"

这会儿童庆不再说话,只是目不转睛望着她。

她含羞带娇地睨他一眼:"真是个美好的夜晚,对吗?"

"我们好好珍惜吧。"童庆轻声说。

服务员端上了网红酸奶和两杯热奶,童庆抢先把一张百元钞放在了托盘上,兰梅萍摆手道:"不行不行,说好我请的。"

童庆笑笑:"你请过晚饭了,这个该我来。你也让我表示一下男士风度嘛。"

听了他这话,兰梅萍欢快地笑出了声:"哈哈。我是说,你靠爬格子挣稿费,又要采访、又要构思,还要冥思苦想。不容易!以后开销该我来。茵茵的案子快了结了,我们姐妹,唯独不缺的,就是钱。真的,童庆,你是想象不到的。"

童庆没有理解她最后这句话,是想象不到她们两姐妹之间的感情呢,还是想象不到她们究竟有多少钱。他不便问。他心中明朗的是,没有争执,没有吵闹,也没有埋怨,当年纠结于心头的疙瘩,这么轻而易举地解开了。岁月和时间,仿佛帮助他们淘洗了一切。

兰梅萍拿起酸奶,用小勺舀起尝了尝道:"你也吃啊!味道蛮特别的。"

童庆尝着酸奶,甜中带酸,酸中又有种别样的玫瑰香味,确实颇有创意。他心中忖度的是,无奈地和兰梅萍由于误会分手之后,他费神地回想,在泗溪乡间和兰梅萍初恋时,光是沉浸在初恋的甜蜜中,从未细细打听过兰梅萍家里的情况:她父母是干什么的,兄弟姐妹都在哪儿。故而分手之后,回到省城,他两眼一抹黑,根本不知道兰梅萍的情况。今天坐在这儿,有的是聊天时间,何不细细问一番。

他一问出口,兰梅萍"嘀嘀嘀"轻笑着,显然很愿意倾心深谈。

她说:"爸爸是个邮局里的普通小职员,可他内心总为自己的这一份工作十分自傲。他说邮局工作是金饭碗,就是战争打起来,人们还是要互相通信,亲友之间还是要保持友谊,一辈子不会失业。而妈妈呢,是个食品商店糕饼柜台的营业员,她的特长是能把所有的饼干和糕点,用两张纸包装成端庄秀气的提包,让客人拎着走。爸爸和妈妈的共同点则是规规矩矩、老老实实、怕事胆小,他们总是怕越雷池一步,用他们的话来说'树叶子落下来都怕砸破头,一辈子忍气吞声,害怕得罪了什么人'。"

"你想,"兰梅萍把吃完的酸奶瓶往桌面上一放,又喝了一口湿热的牛奶,说,"听乡下传出我给你写出了那么怕人的信,他们还不是寝食难安?爸爸妈妈在连续几天没睡好之后,给我发出了一封电报:家有急事,速归!我那时也被流言蜚语传得抬不起头来,觉得没脸见人,接到这电报,带上不多的一点东西,就回到家去了。从此再没去过那个溪水潺潺的地方。"

童庆皱着眉头问:"你信上写的那些话,在乡下传传情有可原,怎么会传到你爸妈耳朵里去的?"

"还不是那些爱叨叨的女知青传回去的?你以为她们不喜欢说长道短啊!小麻雀甚至还知道是哪些人通过家长传给我爸妈听的呢。"

"后来呢?"

"后来的事就简单了,爸爸回老家找了亲戚,让我转点到了老家农村。再后来,妈妈退休,她不知怎么听说了'顶替'政策,正规退休的职工,只要儿女中有人仍在务农,可以顶替退休的父母回城干父母的活儿。妈妈哭着去求领导,领导见一世无争的妈妈临近退休提出了这个合理合规的要求,就答应了。我就这样顶替妈妈当上了营业员,卖糕点饼干。"

"是这样啊!"童庆拖长了声气道,心中好不懊悔,他要早有消息,就会找到食品商店的柜台去了。但是,人是没有懊悔药吃的呀。童庆不解地提出了新的问题,"你爸妈如此胆怯畏惧的性格,你妹妹干事怎会这样大的气魄呢?"

"哪里是有魄力啊,妹妹只不过是踩准了鼓点,第一批下海做房地产的罢了。那年头,国家提倡,政府鼓励,政策上又有优惠。茵茵从最初的两幢楼做起,从中赚到了人们说的第一桶金,也建立起了一定的人脉关系,放手干开了。你想想,童庆,中国大地上的房地产开发商,规规矩矩干的,哪一家没有发?"

童庆细细品味着网红酸奶的滋味,点了一下头:

"这倒也是。那你呢?始终当个营业员?"

"哪里呀?"兰梅萍脸上的笑容很灿烂,看得出她是由衷的放松,她把胳膊支在桌沿上,往童庆面前凑了凑说,"从茵茵赚到第一桶金开始,就催我到她公司干,起先我下不了决心扔掉铁饭碗,就在下班后去读会计、学账务。拿到了资格证书,茵茵催得更厉害了,她说公司里缺的就是财务,三天两头打电话来,并且开出了比我当营业员高三倍的工资,你说我能不去吗?一干,就干到了今天。"

童庆明白了,两姐妹的命运,就此拴在一起了。

"那你妹夫呢?在公司里干什么?"童庆干脆往深处打听。

兰梅萍脸色一变,手往边上一挥:"茵茵和我一样,至今仍是单身。我呢,好歹还有过三个月的临时婚姻。她呀,没谈过。"

"那又是为什么?"

"不为啥,如果说我还情有可原,内中有你的因素,真的。"兰梅萍伸出食指,指尖点了点童庆,目光中倏地掠过一道凛凛的光,"而茵茵呢,简直找不到理由。起先当然是因为家里穷,后来发起来了,要为她介绍对象的人,可以说能排成队。结果她连见见人家的情绪都没有。时间一长,我看出来了,她是怕对方冲着钱而来,根本没有真正的爱。难怪啊,所有人,父母亲、亲戚、同事、朋友,包括我们这些知青,一提起茵茵,第一句话就是身价多少多少,起先说她是女强人、百万富翁,后来她身上的光环越来越多,就说她是千万富翁、亿万富翁,茵茵的戒备心理越来越强,一张脸总是冷若冰霜地对待男人,一般人都不敢接近她。有胆子大些的,耍着各种花样、寻找各种机会,在各种各样场合想和她交朋友,都达不到目的。"

童庆从来没有听兰梅萍一口气不打顿地说这么长时间的话,在泗溪初恋时也没有。他也从未见过她的妹妹兰茵茵。兰茵茵卷进那么大的官司,报纸、广播、电视都有报道,判她入狱时,电视上都出过镜头,童庆也无缘看到,今天听兰梅萍一说,他倒很想见见这位同样具有传奇经历的女性了。

兰梅萍双手端起热牛奶杯子,轻轻呷了一口,接着说:

"再后来,我那短暂的三个月不到的婚姻情况,不知怎么在社会上疯传开了,多半是我当营业员时的知情同事说出来的吧……"

"那是真的吗?"童庆用将信将疑的口气问了一句。

"是,是真的。"兰梅萍的脸色沉了下去,双眼里的光黯淡下来,眼角瞥了童庆一眼,"七传八传,不知怎么传成是茵茵的事了,说她身上有病,说她有苦讲不出,说我们两姐妹患的是同一种病,永远也治不好。害得妈妈终日以泪洗面,唉,童庆,钱真不是好东西。自从茵茵大发之后,除了表面上的物质生活条件大大改善了以外,我爸爸妈妈就没过过什么太平生活。爸妈有机会就唠叨,让茵茵见好而收,好好选个人,过小民百姓的日子;劝了不见效,爸妈双双信了佛,没事儿就烧香磕头拜菩萨,求菩萨保佑他们的女儿。在庙里拜不算,家里也专门建个僻静的小佛堂。你说怪不怪?"

童庆喝了一大口已经温了的牛奶,双手捧住杯子说:

"我能理解。"

"你别安慰我了,这么虔诚地拜,菩萨也不发善心啊!"兰梅萍像终于找着了倾诉对象般说,"茵茵被抓以后,我爸妈就悲伤过度躺倒了,一被判决,两个人先后撒手而去。这人世间,只剩下了我们两姐妹,我要不在公司里担任账务总监,茵茵白手起家创办的公司,就彻底垮了,会被对手吃得一干二净。"

童庆愕然盯着兰梅萍。她的脸上淌着泪,在夏夜的灯光里,亮晶晶的。

童庆拿起桌上的餐巾纸,递了过去。

兰梅萍接过,抹拭了一下脸颊,轻轻道出一句:

"对不起。"

童庆诚挚地:"我也需要深入地了解一下你。什么时候,我也会给你坦率地讲一讲自己。"

"讲不讲没关系,我都知道。"

"你都了解?"这回轮到童庆吃惊了。

"你是名人啊!写过几本书,是把大名印在书上的人物啦。再说了,"兰梅萍把餐巾纸往桌上一放道,"你以为'小麻雀'简单啊,告诉你,她在我们见面之后,把你的根根梢梢、包括你的家庭现状,都细细地告诉我了。她说了,发现我愿意见你,为对我负责,她有责任这么做。再说,她大小也是个书法家,不仅仅只是'小麻雀'了!"

童庆笑了:"那我就省事多了。以后,你想知道啥,尽管问。你毕竟是省城里大公司的财务总监啊!"

"童庆我告诉你,只是随口一说,没有炫耀自己的意思。我说了,钱不是好东西。"兰梅萍正色道,"茵茵一出来,发还了一部分冻结的资产,有人就上门来了。前不久猝死的程步涛那个小情人……"

童庆向着兰梅萍竖起了食指,示意她慢点说:

"对不起,我打断你一下。"

"怎么啦?"兰梅萍双眼睁得大大的,"一说小情人,你感兴趣了?"

童庆从她瞪大的两眼,看出了她少女时的脸相。他没

为她调侃的语气所动,只是轻声问:

"这个小情人,姓什么?"

"还是个既妖又媚的小情人呢,看见了她的人都说她性感,是少见的美女。"兰梅萍见童庆没有开玩笑的意思,多说了两句,"她姓尹,玫香别墅区域内,不少人认识她。我猜除了程步涛老婆不知道,玫香别墅很多人都晓得,这个小妖精是大画家的小情人。"

童庆脑子里闪过监控录像里看到的画面,从程步涛投入地和她赤裸裸地在床上做爱的那些忘情的状态看,两人绝不是一般的关系。童庆点头说:

"她找你妹妹干啥?你说得慢一点。"

"哈,"兰梅萍的眉梢一扬,笑道,"你这是要搜集写作素材啊。写了一本法医的书,你还嫌不够,要继续写下去吗?你想了解,我告诉你。"

"好的,谢谢!"童庆装作正是为了创作积累素材,说,"有用的,回土岭村住处,我会记下来的。"

一阵欢快的大笑声从网红酸奶店的楼下传上来,还有一个尖脆的嗓门在说:"我们不但要现场吃,还要买些带回去呢!"

三十七

听兰梅萍详细介绍尹诗佳去她们两姐妹的38号别墅的前前后后,情况却又简单了。尹诗佳是以来探望茵茵姐的名义上门拜望的,她说茵茵的遭遇太令人同情了,在茵茵姐被无辜关押之后,整个玫香别墅都轰动了,就像闹了场地震。散步的路上,会所里,餐桌上,人们都在议论这事儿。现在人出来了,讨得一个公道,真是太好了。她说程步涛虽然只晓得埋头作画,但也很关心茵茵的事儿,对她非常同情。几次说及这个事儿,她都说自己是特地代表大画家来家里慰问茵茵姐的。

兰茵茵坐了一回牢,"曾经沧海难为水",只是淡淡地向尹诗佳表示对大画家的感谢。也祝贺程步涛的画作能越来越受到市场的欢迎,成为省里价格最高的名家,并且一画难求。

童庆听兰梅萍介绍到这儿,不由问道:"你妹妹忙于生意,身陷囹圄,还有时间顾及画的价格?她有这方面的爱好?"

"哪里,"兰梅萍朝童庆挥手,"还不都是因为发了财,钱多了,都传茵茵是几十亿身价的女富豪,社会上方方面面的人包围上来了呀！拉广告的,搞公益活动要赞助的,推销珠宝的,从名烟名酒,到玉石古董啥都有啊,当然也有人上门来介绍所谓最能保值、升值的书画。不说远了,'小麻雀'陈小菊和我关系热络,始终有联系,就有这方面的原因。"

"噢,"童庆如梦初醒,"她也向你推销书法作品?"

"没有没有,你误解了,陈小菊是正派人,她送书法作品给我们姐妹,从不收一分钱。我听茵茵吩咐,逢年过节包了几张购物卡塞给她,她当场摔在桌上,生气了!"

"那她常来找你是⋯⋯"

"是我常找她。"

"又是为什么?"

"我和茵茵不懂书画,她懂啊!不但懂得书画的质量,还懂得书画的真正价值,什么是虚高的、炒作上去的,什么是值得收藏的,什么是送人拿得出手的。"兰梅萍一五一十都给童庆讲了,"茵茵做房地产生意,有时候也要求人帮忙啊!这不,后来惹上官司,找不着茵茵身上有大毛病,就把这些事儿翻出来,说她变相行贿,拉人下水,笑话!有的是人家真心帮忙,事后为表示感谢,说购买一幅画送给人家,结果变成罪行了。说不清,说不清,也扯远了!总之,看中了一幅画,价位不低,总得找人问问吧。这方面陈小菊就帮上忙了。"

童庆把话题拽了回来:"你说那个小情人,上门来推销

227

程步涛的画?"

"是啊!"兰梅萍没把握地说,"不是程步涛要她来推销,好像是程步涛送给她的画,她想把画变成钱。"

"这么说,她手里应该有程步涛的画。"

"你想呀,到了他们之间那个份上,应该有吧。"

这是童庆没有想到的,那么,铮法医在考虑案情时,想到了吗?童庆接着问:

"那你们买了她手里的画了吗?"

"原先为答谢衷心帮过我们的人,买过。也不是贸然买的,请'小麻雀'来看过。陈小菊说得很实在,"兰梅萍用回忆的语气道,"程步涛的画是有价值的,收藏他的作品,也是会升值的,可以买。不过嘛,他的画是洋人炒上去的,不是外国人说他的画好,就一定好,收藏嘛,是一种雅好,还得收藏家自己喜欢哪。"

"这话有道理。"童庆赞同。

"童庆你就是因为这,仍同她保持着联系吧?"兰梅萍笑起来了,"我父母就不这么看了,他们活着的时候……"

"你父母是怎么离世的?"

兰梅萍的脸色当即晦暗下来,声气也变了:"惨啊!茵茵一被抓,妈妈整天唠叨,菩萨怎么不显显灵啊?又气又急又悲伤,没几天就不行了。妈妈一走,我爸茶饭不思,神思恍惚,走在路上出了车祸。有人说是对手干的,到哪儿去查啊？童庆你不知道,妹妹的官司陷入泥潭时,我过的是啥日子,有几次都产生了一死了之的念头。不是公司仍有一大摊子事儿,我都简直撑不下去。夜深人静时,欲哭无泪地透过窗户望着天空,我想过,身边要是有个人该多好啊。"

说着,兰梅萍手托着腮,睁着一对泪眼,充满期待和渴望地瞅着童庆。

童庆望着她凄艳的脸庞,心怦怦跳,他伸出自己的手去,握了握她另一只放在桌沿边的手,在她细腻的手背上轻轻地拍了几下,又握了握她松开的手指。

这是公众场合,他不敢有更亲昵的举动,但他得有所表示啊。从兰梅萍请他在盛楼吃饭到这会儿,她所有的眼神、肢体语言和所说的话,都采取的是主动的姿态。和他们在泗溪乡下时,完全不一样了。以至于甚至让他觉得,她的性情像变了一个人。他沉默了片刻,说:"我明白,你给我一点时间,让我把与丁丽娟死亡的婚姻画上句号……"

"我问过你吗?"兰梅萍口气清晰地问。

"没,没有啊!"

兰梅萍"哧"地冷笑一声:"所以啊!我说你是写纪实作品的吧,感情的事儿,不是纪实的报告文学,没有必要样样都向世人报告。再说了,陈小菊把你的婚姻、家庭实际情况,早了解得一清二楚,样样都给我说了。应该说的她说了,连不该说的,她也说了呀!你还不明白?"

"明白,明白。"童庆连声答应着,网红酸奶店楼上楼下喧嚣的声浪仿佛退隐了,窗内外的景物似乎看不见了。他的眼睛里现在只看见兰梅萍既怒又嗔地望着他的脸。但是讲心里话,他还是没有明白兰梅萍和陈小菊之间说了些什么。可他又问不出口,只好端起桌上只剩余温的牛奶,一口喝尽。镇定了一下自己,他正眼瞅了兰梅萍一眼,现在他清楚了,兰梅萍心里不仅仅是有他的,而且还是愿意和他继续那一场遥远的初恋的,他们之间,完全可以开始一场迟来的却又是崭新的爱情。一股狂喜不已的情绪涌上他的心头,不过他嘴里说出的,却又是一句谁都可以听见的话:

"那么,听了陈小菊的话,你们又买了那个小情人的画吗?"

"买了呀。都拿到程步涛信任的装裱社装裱了,挂在38号里了。你要感兴趣,可以去看看。"

"好呀!你妹妹名气那么大,我还不认识她呢。"

"欢迎欢迎,"兰梅萍欣然道,"把你的书拿回去,茵茵听说我们原来相识,还说想认识你哩。"

童庆笑了:"那我一定抽空去。"

其实他还有关于尹诗佳的话题想问,这个小情人卖了几张画给她们?是啥价格?程步涛信任的装裱社是哪一家?诸如此类,但是他忍住了。一来,把这些情况提供给铮法医,想必他都有办法搞清楚的,不必那么迫切。二来,他也不想败坏了今天晚上这么一个难得的美好时光——两情相悦的美好的夏夜。他看得出,兰梅萍是十分敏感的,要不,她也没能力把兰茵茵这么个大公司的财务总监担当下来。

兰梅萍已不是早年在泗溪时的那个女知青了,童庆现在处在重新认识她的过程之中。

夜里,他给女儿童曈发去了一条简捷明确的邮件:

依你看,我和你妈妈如何了结相互之间的关系呢?

他知道,生活在美国的女儿一家,接受的已是美国的婚姻家庭理念了。要不,女儿也不会主动把丁丽娟现在的情况告诉他。

他颇有耐心地等待着。

临睡之前,童庆往铮法医家里的座机打去一个电话,把从兰梅萍那里了解到的和尹诗佳有关的情况,加上他自己的理解、分析和判断告诉了铮法医,希望能对铮法医最终搞清楚程步涛猝死的真相多少有点价值。明明是自杀身死,为何非要说他是在创作中猝然离世?

铮法医还是同往常接到电话时一样,向他表示感谢,没有任何表态。不过童庆听得出来,铮法医心情很好,情绪甚至还有点不同以往的亢奋。多少年的老朋友了,童庆把这一感觉说了。铮法医笑呵呵地把原因告诉他了:

"还不是因为你写我的这本书啊,童庆。"

"怎么啦?"涉及书,童庆也提高了声气问。

"首印八千册,通过省内外媒体全方位立体化的报道与宣传,十几个地、州、市的书店都在要书,要求我们俩去签名售书,像省城书店那样搞活动。童庆,应该说你是有时间的,签名售书也是你作家的分内事。我不行啊……"

"你为啥不行?"

"我是被写的人,不能到处去自我炫耀嘛。再说了,我手头还有案子。"

"宣传公安战线英雄人物的事迹,也是工作呀!"

"你这话和出版社头头们的话一个腔调。"铮法医道,"他们兴奋极了,说一本新书能发得如此之好,是极为难得的。八千册快售完了,他们决定马上增印。告诉你,不仅仅是地、州、市的书店要书,那些我去参加、协助破过案的地区公安处、县的公安局,也提出要买书。他们说了,这书可以让基层的刑警、法医作为参考书来读。"

童庆直截了当道:"那你就别谦虚了,铮法医,你应该去,哪怕是陪同我去。我和出版社签订的是版税合同,多卖出一本书,我还有利益哪!"

铮法医打着"哈哈"截住了童庆的电话:"哈哈哈,童作家,出版社已经主动联系我们省厅的领导了。就听省厅的领导怎么表态吧,他们看问题更全面。"

童庆没话讲了,不过听到这个信息,他还是高兴。他心中明白,铮法医也是开心的,要不,他的情绪不会如此之高涨。不知为什么,童庆听到了这样的好消息,挂断电话,第一时间他就想告诉兰梅萍。

这爱情,真是一个奇妙的东西。瞧,童庆都已是有外孙的人了,说起来人生的很多事情都经历过了。可是这些天自从联络上兰梅萍以后,他会时不时地想到她,思念她,她的音容笑貌,她的一举一动,他看着都是心旷神怡的。她不在他身边时,他时时会想,这会儿,她在干什么。简直像在泗溪乡间初恋时"一日不见,如隔三秋"的那种感觉。

只是想到夜已深了,他才克制住了拨电话的欲望。他反问自己,给她去电话,不就是想把铮法医告诉他的,书销得很好这个消息告诉她嘛。表面上好像是要让她也高兴高兴,其实质不就是有股炫耀的愿望嘛!她对他的写作,不是已经提出她的看法了嘛,她说他写下的,都是完整的、有头有尾的故事和人物。反过来,她要说的是不是:人生是有缺陷的,一个人、一件事,往往是有残缺的,不完整的。她的话里,蕴含着她对他创作的看法,指出的是他的不足,或者说

233

是不满。

想到了这些,童庆这才打消了打电话给她的念头,决定沐浴上床。

土岭村的夜晚安宁极了,过去乡村里家家户户都养狗,现在连狗的吠声也听不见了。已经入夏,可是乡村里的夏夜显然要比城里凉爽,童庆并不觉得燠热。

他顺着刚才的思路想下去,兰梅萍提到的他创作上的不足,虽有些逆耳,可她是有道理的。首先,她这样讲,说明她关注着他的创作,他发表的那些纪实作品,她看过了,才提得出这样的意见,至少这一点是令他欣慰的。其次,她坦率地向他提出来,是希望他的创作能更接近生活,更有内涵,更令读者信服。还是为他好。静下心来想想,她讲得对啊,生活真的是有残缺的呀!他和丁丽娟名义上的婚姻,不就是有缺陷的嘛。兰梅萍和兰茵茵两姐妹的遭遇,同样证明了这一点。还有周围的那些人,猝死的程步涛,他的妻子于倩虹,他的小情人尹诗佳,曾经给人的印象,哪一个不是光彩照人的,程步涛的美术成就那么大,画的价格那么高,于倩虹养尊处优地生活在豪宅里,尹诗佳走在街上,她那美貌会招来多少羡慕的目光啊,可他们真是完美的吗,是像表面上呈现的那样十全十美吗?

还有无意中让他撞见的,宋小阳和苏涛的真实关系。

哦,不知多少人在内心深处,埋藏着说不清道不明的无耻的秘密啊！

童庆躺在床上,越往深处思考,越觉得兰梅萍平平淡淡给他道出的,正是他的短处和不足。她都给他讲一天多了,他怎么会到此时此刻回想起来,才恍然大悟呢？

童庆既为终于领会了兰梅萍的意思而庆幸,又为直到此时才明白有点懊恼,他这不是太不敏感了吗？这不是太迟钝了吗？

自责中夹杂着庆幸,焦灼中又含有释然,童庆的心境逐渐平静下来。闭上眼睛,不知不觉睡着了。

三十八

江南的气候,进入夏季,梅子熟了,随即也便进入了年年要有的梅雨时节。

童庆的感觉里,今年的梅雨时节,似乎只能称之为"空梅"。时晴时雨的日子,只延续了几天。遂而电台里便宣告气象台消息：今日出梅。况且,一出梅,就宣布当日直窜38℃的高温。

土岭村、土岭镇上的百姓,都说今年这老天爷的脾气有点怪,一点儿不考虑平民百姓的感受。

短暂的梅雨天里,童庆除了去镇政府食堂对付一日三餐外,去老街和玫香别墅会所都只有一次。天下着雨,随身带着伞,鞋子踩脏了,他觉得碍手碍脚的。住在别墅里的主人,都十分注意清洁,即使进门换上拖鞋,也会把人家门口的踏脚垫子踩得脏兮兮的。

好在随着日子一天一天过去,玫香花园又恢复了往日的平静。

大画家程步涛猝死之谜,成了旧闻,没人多议论了;女富豪兰茵茵解除了监视居住,仍然不见她在高高经管的会所里露面。密切留神着玫香花园别墅风吹草动的童庆,没得到啥新的消息。铮法医那里,也没有信息。夜里,他不给铮法医家打电话,铮法医也不会主动给他通报啥线索。

应郊区文联主席苏正、掌故作家高建丰的邀请,童庆和郊区文联、作协的会员们,就《铮法医传奇》这本书,进行了一次互动式的座谈。几个男女会员谈了读了这本书的体会和感受,众人纷纷夸童庆写得好,几乎所有发言的人都说是一口气读完的。一来案情本身精彩曲折,二来童庆文笔幽默风趣,亦庄亦谐,让人读着亲切而又自然。尤其是对每一个疑难新案子现场的描述,让读者读来就如同亲眼见过一般,活灵活现,有着鲜明的画面感。爱不释手地读完之后,都让人长长地吁一口气,仿佛身临其境地经历了破案中解疑释惑的全过程。读完全书,他们愈加佩服童庆的写作才华,愈加敬重独具慧眼的大法医诸葛铮。真正没想到,法医这行当,对破案有这么大的作用。

童庆懊悔没把书的主人翁铮法医请来,他只邀请了兰梅萍作为热心读者和朋友参加了座谈会。

会议结束后,回土岭镇的路上,兰梅萍在他耳畔说:"他们这么一讲,连我都觉得,你确确实实写得好。我是不懂文学的,你别把我原先讲的话放在心上。"

童庆回望着她,摇头道:"不,你的意见对我很重要。说真的,我为你提的意见还睡不着觉哪!"

"真有这么大的作用?"兰梅萍眨动着双眼,欣喜地露着笑脸问。

"让我出一身冷汗哩!"童庆夸大其词地说。

兰梅萍伸出食指点了他一下:"你这是在说虚话了。"

关键是组织这次活动的苏正和高建丰都十分满意,告别时他俩分别握住童庆的手说,衷心感谢省里来的大作家参加基层文联和作协的这次活动,大家收获很大。高建丰还说,我们好久没有办这样对创作有益的活动了。

童庆感觉,他俩说的,不全是客气话。

车到土岭镇,兰梅萍进玫香花园别墅小区的时候,握着童庆的手问:

"什么时候去我家坐坐啊?你要来访,我跟茵茵提过了,她表示欢迎。"

"好的好的。"童庆一口答应,但没有说定日子。

空梅过后的第三天,仍是高温日,从一早起床,童庆就觉得酷暑盛夏的气候在进一步发威了。简直坐也坐不住。做不成什么事儿。

正寻思是在他住的农家乐小屋里开着空调闷一天呢,还是去玫香会所舒适的空调大堂里喝茶,就接到了李宏超的电话。

手机一响,童庆就见小屏上显示出李宏超的姓名。

"李董,你在哪儿?"

"我在9号别墅家中,你还在土岭这一片体验生活吗?"

当童庆告诉他自己还住在土岭村的农家小屋里,李宏超盛情邀请童庆去他那儿坐坐,他讲得很客气,说照理他该登门拜访,不过农家乐的空调开起来,噪音太大了,不利于两人倾心交谈,还是劳动童庆大驾光临,参观一下他的别墅,倾心交谈一番,然后一起去会所用个便餐。

童庆说声恭敬不如从命,便欣然而往。

天真是热,想想土岭村到玫香别墅小区,没多远,一路上还有树荫,童庆来到9号别墅,身上还是隐隐出汗了。

在侧面的小门前按了电铃,李宏超亲自给他开了门。

童庆随着李宏超进屋去,李宏超笑着指了指宽敞的客厅道:

"我看你也走热了,先坐下休息一会儿,聊一阵我再陪你看看。"

在铺设了讲究的竹凉垫的沙发上坐下,童庆环顾了李宏超的客厅,还真气派和别致,气派的是客厅足够大,底层几乎全打通了。别致的是客厅被一左一右分成两个单元,他入座的一圈沙发围成了一个会客区域。而右侧那个单元,则要步上三级楼梯,要比这右侧单元高出半米,很有层次感。

李宏超指了指右侧高处的部分,笑道:"客人若来得多,不显得拥挤。来,喝杯可乐。"

说着和童庆斜对坐下。

童庆呷了一口可乐,问:"家人呢?"

"他们嫌热,都缩在城里,不愿来。"李宏超手一挥道,"我呢,喜欢清静,带点随身吃用的东西,驾着车就来了。"

"公司的经营情况正常吧?"童庆关切地问。

"生意不好做,"李宏超摊开左手的巴掌,他的巴掌很大,给童庆印象深刻,"不过我们公司嘛,你去过该是知道的,做的是朝阳产业,环保生态,还过得去。忙不过来,雇了一个能干的总经理,我轻松一点儿。"

童庆采访他时去过恒诺公司,公司大楼里虽然忙碌,却整洁、井然有序,给他的印象相当好。他把手中的可乐罐放在茶几上,望着李宏超明朗的脸庞上那对大大的眼睛说:

"那天在程步涛家中巧遇,我还有些意外呢,不知道你和画家夫人原来认识。"

"岂止认识,插队当知青时,我们在一起;现在,他两口子在恒诺公司里,还有点儿股份,算个小股东吧。"李宏超坦然道,"那天,我是惊闻画家猝然离世,赶过去的,没想到他的死后面还有这么多说法。不瞒你说,事后郊区公安局还找过我……"

"找你?"

"是啊!去了我才知道,趟进一潭浑水中了。"李宏超双手一摊,"我真的以为,程步涛是在绘画过程中突发心脏病意外死的,这是很不幸的事件啊。不过,经我说明,公安还是理解了。请你特意过来,也是怕你心中有什么疑惑,说明一下。"

"那你……"童庆斟酌着词眼问,"和于倩虹过去……"

"有点故事的。"李宏超丝毫不显尴尬地点着头道,"当知青那些年,我们有过一段时间的恋爱。都是同时代伙伴,对你说就容易理解了。后来她先抽调回城,是家里父母为她想的办法,这是常有的事,你懂。整个公社也没人说三道四。她刚回城,我患了肝炎,那年头可是要命的病,她听说了还往家里给我送来了白糖。恢复期白糖是最好的营养品啊,她几乎月月设法送到我家里。那年月,家家户户白糖都是配给的,凭票供应啊!不但我深为感动,家里所有人都说她好啊！说我福气好,插队落户竟然碰上了一个这么好的姑娘,又漂亮又有良心。"

"那你们后来……"

李宏超苦笑了一下,双手抓住了两边的沙发扶手,摩挲了一下道:"肝炎是传染的,我住在隔离病房,白糖都是父母探望我时拿来的。说全亏了于倩虹这样一个好姑娘。我心中也深为感动,没想到回城有了工作,她还对我有这么一份深情厚谊。这辈子我非她不娶了,只要我能回城。唉!"

李宏超双手在沙发上拍了一下。

"怎么啦?"童床联想到了他和兰梅萍的往事,知道后来的变故必然有原因。双眼望定了垂下了头的李宏超问。

李宏超苦恼地摆了摆手,说:"在我,当年这是晴天霹雳般的事;现在看来,在那阵儿,这也是常有的情形。"

"发生了什么事?"

"什么事也没发生。"李宏超说,"等我病愈,身体彻底恢复,又可以下乡干活了,家人才告诉我真相,于倩虹的父母为她的进城调动落实工作,是有条件的。"

"啥条件?"

"嫁人,嫁给食品公司一位有实权的官儿,也就是她丈夫。"

"这么说,"童庆缓缓地点着头道,"她给你一次一次送白糖的时候,已经是官儿的妻子了。"

"你说我听到这个真相,不震惊吗?"

"理解,真像你说的,我都能理解。对你、对她,我都理解。"童庆说着又端起可乐罐:"我想知道的是,后来,于倩虹怎么又嫁给了程步涛呢?"

"'文革'结束了,清理运动中的'三种人',于倩虹的丈夫被判了刑,他们的婚姻也走到了尽头。"

"那你呢?"

"我的儿子刚刚满月。"

9号别墅里很静,童庆还能说什么呢?李宏超比自己还好些,他回城以后至少还能知道于倩虹的具体情况。而自己呢,关于兰梅萍的消息却啥都不知道。

李宏超手一抬,指了指客厅外的阳台,提议道:"趁太阳还没晒到阳台上,我陪你看看室外的景。我买得早,选的是玫香小区里最好的位置之一。"

童庆随李宏超起身离座,打开了关闭得紧紧的门,走到阳台上。

室外的热浪迎面扑来,还是比空调间里的客厅烘热。幸好有风,李宏超指点着周边景物道:

"看看,隔着湖的就是会所,你来的路上我已经给经理高高打了电话订餐。"

阳台面向着玫香湖的一个角,湖面在盛夏燠热中的轻风里荡起微波涟漪,太阳把偌大的湖水映照得灼人的眼睛。

玫香会所宽敞的露台上一把把遮阳伞都还没撑开,凭栏处一个人影也不见。

童庆仍想继续了解于倩虹的经历,他双眼眯缝起来凝视着湖面,问:"离开了食品公司的丈夫,于倩虹就嫁给了程步涛吗?"

"哪有这么快,那些年里,程步涛的名声还没传出来呢。"李宏超说:"连我都还拿可怜的月头工资呢。倩虹的相貌引人瞩目呀,放单以后,不知多少人看中她,给她介绍对象,她都谢绝了。"

"有你的因素吗?"

"后来她对我说过,有我的因素,她总把人家介绍的男士,还有以种种方式接近她、逗她的男人和我相比。嗨嗨,"李宏超不无得意地笑道,"仅凭相貌,说实在的,还没几个男人能超过我的。"

童庆情不自禁说了一句奉承他的话:"其他方面,也没几个人能同今天的你相比啊!"

李宏超哈哈大笑:"这话从你作家口里说出来,我要听,要听。童作家啊,人生也许就是这样,不可能样样事情十全十美。于倩虹和第一任丈夫分手,后来东挑西拣,和一个比她小一岁多的港商好上了,那是个小白脸,相貌是蛮般配的,有一度好得如胶似漆,几乎要谈婚论嫁了。这一段她在给我讲述时,说得很简单,恰好那港商我在生意场上见过,自然也相信她说的。走吧,我们回客厅去,外面还是热。"

在李宏超的招呼之下,童庆随他走回沙发上坐下,听他接着讲下去。

有人说那年轻英俊帅气的港商是出自豪富之家,有人说他纯粹是个骗子,还有人说他的身份神秘,搞得不好是个刺探经济情报的间谍。

就是这一点,把于倩虹吓住了。她不敢和这个港商好下去了。

恰恰在这节骨眼上,她认识了异军突起的美术界杰出人士程步涛,那一阵盛传程步涛画的价格超过了已故的老一辈大画家中的四个前辈,美术界、文艺界都对他刮目相看。政界、商界、金融界都议论纷纷,说要收藏的话,就得购买出自他手的作品。

"他妈的程步涛是大画家不假,可他也是条色狼啊!"李宏超拍着扶手骂起娘来,脸色也变青了,"在画展上见到了于倩虹,这家伙就像希特勒向苏联发动闪电战一般,对于倩虹展开了电闪雷鸣般的爱情攻势。那阵儿他的一幅画刚拍卖出八九百万的高价,白纸黑字印在美术杂志和画报上,于倩虹哪里经受得住这样的诱惑啊,她毅然决然和港商一刀两断斩落了关系,嫁给了程步涛,成了程步涛名正言顺的第二任夫人。"

"第二任?"

"错不了,这话是倩虹亲口告诉我的。"

于倩虹能给李宏超讲这样的话,说明他们俩现在的关系也是非同一般的。童庆心里忖度着,但他没说出口来。

据省城美术界消息灵通人士的消息,程步涛在与原配夫人离婚之后及和第二任夫人于倩虹结婚之前的好几年里,"好"女人的名声就逐渐逐渐传开了,说他什么样的女人都搞啊,跟着他学画的、有意要压低他画价的贵妇人、黄花闺女、有夫之妇,可以说他是来者不拒,拿到篮里就是菜,连有几份姿色的小保姆也不放过。还说他的欲望随着名声越来越大,画的价格也越来越高,直到一平尺稳定在三十五万元这个价位上。

李宏超在把这些道听途说的情况讲给童庆听之后问:"你也在文艺界,你多多少少总听到一些的吧?"

童庆想起同样是名画家的乔辉简略地透露给他的几句话,淡然地一笑说:

"李董,我在文学界是写纪实作品的,采访时人家尽给我介绍好的情况,采访程步涛、乔辉这些名画家时,也是这样,写的是他们的艺术成就和特色。就像到你公司来采访,主要也是报道你们的业绩,听不到那些隐私性质的花边新闻。"

"不过,关于程步涛的这类事儿,传播得这么多、这么广,连于倩虹也不否认。她,她甚至还撞见过自己丈夫和小妖精在床上的难堪一幕。"李宏超摆着手道,"她对我说过,那一刻,她真绝望得想死的念头都有了。"

设身处地地想想,确实也是如此。这样的夫妻关系,即使维持着,整天貌合神离地敷衍着,是人过的日子吗?

这类东西,也只有小说可以涉及。写报告文学、写纪实作品,是不可能描绘的。

李宏超仰起脸来,把罐里的可乐喝了个尽,重重地放在茶几上,叹了口气说:

"也不知道他们夫妇是怎么谈判的,总之,两口子商定了,拿出一笔钱来,投资我的恒诺公司,持一点股份。我看得出来,于倩虹是为了保住她的一份权利,一旦有个风吹草动或意想不到的事情发生,她能有份收入,守着不动产,勉强维持体面的生活。而这个程步涛啊,好像安抚好了于倩虹一样,从那之后,愈加肆无忌惮地混在女人堆里了。嘿,他也不想想,都一把年纪了,身体吃得消吗?"

话说到这个份上了,童庆干脆挑明了问:"那你和于倩虹呢?重新联系上之后,感情上有没有……"

李宏超又笑了,有力地伸起食指重重地点了点童庆道:

"我料到你会这么问的。你们文人啊,花花肠子就是多。"

童庆急忙辩白:"不是,我是……"

"实话告诉你,童作家,"李宏超截住了童庆的话,"我李宏超是汉子,自己有老婆孩子,不干那种蝇营狗苟之事。那一回你到我公司采访,话题没涉及那方面。我妻子是个地方戏曲演员,虽说不上是花容月貌、倾国倾城,但也是远近闻名的美女。她比我小十几岁,于倩虹也认识。"

一番话彻底颠覆了童庆对他和于倩虹关系的猜想。也许,是自己总把兰梅萍放在心上吧,在自己意识深处,想当然地以为,李宏超和于倩虹之间,总有点藕断丝连的情愫。童庆的嘴张了张说:

"那么,你和她……"

"给你说实情,我就是念着她曾经给我送过那半年多的白糖这件事,你想想,在那个年头,她已经嫁了人,听说我生了肝炎,住进了隔离病房,她完全可以像其他知青伙伴一样,装作不知道,不闻不问;或者即使知道了,也爱莫能助啊!当时一家人的配给,才一斤糖。而她呢,每个月送过来二斤糖,尽管是利用她男人掌权搞到的,那也是她的一片心意啊。"

童庆淡淡地一笑说:"也许,她是在用这种举动弥补心灵上对你负心的歉疚吧。"

"也许吧。"李宏超放缓了语气道,"终归,是一份人情吧。"

"确实,能这么做,也不容易。"童庆承认,"我们都是过来人,你这么一说,我就理解了,真理解了,李董。"

247

"哈哈,"李宏超爽朗地大笑道,"也是因为此,他两口子,我是说程步涛和于倩虹,找到我说要当个小股东,我就答应了。跟你说啊,恒诺公司的股票,无论股市如何反复,我们年年到时间准时分红,比投资一般的存款和基金收益高得多了。况且股值也在本金基础上翻了番。"

"程步涛猝然离世,你这是为于倩虹做了件大好事了。"童庆说,"比起当年那些白糖的价值,更是翻了几百几千倍了。"

李宏超大幅度地摆着手说:"话不能这么讲,童作家。人在陷入困境时,最需人相助啊!那种情感,是不能用金钱来算的。程步涛莫名其妙一死,于倩虹同样陷入了纠缠烦恼之中,她给我电话说,没一晚上睡过好觉。"

"你不是助了她一臂之力了吗?"

"家家有一本难念的经啊!"李宏超比画了一个手势,"程步涛一离世,他的原配夫人和一儿一女,闹上门来了,盯住了于倩虹不放。"

"啊!"童床甚为震惊,尸骨未寒,老实说,连画家本人究竟是家属、媒体所称,在创作之中突发疾病身死,还是像铮法医所鉴定的,系自寻短见,都没最后定论,向社会公布哩。家属却先为遗产吵起来了。

见童庆瞪大了两眼望着他,李宏超道:"你在这一片体验生活,还没听说吧。他第一任夫人和儿女,找着了于倩虹说,住进玫香别墅后,程步涛创作了很多新的作品,有不少是他构思良久、曾跟家人透露过的大作、力作、史诗性作品;还有,程步涛一辈子花费很多心血收藏的价值连城的古画、名画,作为父亲的他,曾跟子女讲过,值几个亿都不止。另外,程步涛成名以后,和海内外、省内外各界书画名人都有交往,他送过作品给人家,外界的大家也都有作品相赠。所有这些,都应该作为遗产,经公证之后依法分割,决不允许于倩虹一个人独吞。话讲得难听极了,于倩虹哭泣地在电话上对我说,想想,他们说得都没错,程步涛确实应该有这些东西。她和程步涛在婚姻的蜜月期间,从他的只言片语中,也听到过。可、可是……哪儿有啊?家里除了墙上挂着的,一张也没有啊!"

童庆听得瞠目结舌,脑子里"嗡嗡嗡"地一片响。自从那一天在会所长谈之后,这是他第二次听到程步涛除了自己的作品,还有精心收藏的传世之作的话了。童庆瞅着紧皱眉头的李宏超,既像自言自语,又像在发问:

"那么,这些作为一个名画家该有的东西,会在哪儿呢?"

李宏超做了一个苦脸,耸了耸肩,离座起身,在客厅里来回踱了两步,说:

"于倩虹在电话里向我喊救命,要我无论如何救救她。这不,约了我饭后在玫香会所见面喝茶。走,我想先去那儿吃饭,饭后你请便,我见她一面,先听听情况。"

童庆随着李宏超站起来,心里说,这么大热的天,李宏超从城里赶到玫香别墅来,原来还是同程步涛猝然而亡这个案子有关。

三十九

童庆陪李宏超喝了一瓶冰啤,一人吃了一碗饭,尝了李宏超让高高精心安排的六个小盘菜,有荤有素,有冷盘有热炒,还有清淡的汤,他觉得吃得有滋味,又不费时间。刚斟了两小杯清口的茶,只见高高陪同于倩虹走进了会所,把她引到角落上宜于交谈的私密处坐下。

始终在注视着门口动静的李宏超朝童庆抱歉地一笑,品了一口名为"桐城小花"的茶水,向童庆伸出手告别道:

"相谈甚欢,谢谢你赏光。"

童庆握住了李宏超又大又厚实的巴掌道:"李董你这是给我说客气话了。是你在招待我,谢谢你。"

"你是名人,肯光临寒舍并和我一起吃便餐,"李宏超指指桌上的碗、碟,"不胜荣幸。"

童庆知道他这完全是生意场上的客套,便随着他站起来。

李宏超指了一下童庆面前的茶说:"你完全可以坐下去,喝点茶啊!我喝了一口,味道不错的。尝尝、尝尝。"

童庆答应着坐下,端起了茶盅。一边品茗,一边远远地往李宏超走去的方向望。于倩虹在高高陪同下走过去的时候,他只看到于倩虹一身的素装,可从她衣服贴身的裁剪来看,品位还是很高的。

会所的清静中伴着空调在空气中传出的微响。人的体感很舒适,但童庆觉得,在李宏超9号别墅的一番交谈,仍有不少收获和感触,他得回土岭村去梳理一下思路,以便在和铮法医通话时告诉他,为他判断案情作参考。

起身离座时,高高迎上前来,笑眯眯地问他:"不多坐一会儿了?"

童庆摆一下手:"好几天没来了,玫香别墅有什么新闻吗?"

高高笑了:"爆炸性的新闻没有,变化还是有一点。"

"哦?"童庆感兴趣地睁大了眼。

高高道:"还记得童作家你头一天来会所时见到的那位在露台上发呆的男士吗?"

童庆眼前晃过那位先生西装革履的形象,点了点头:"他还在等待吗?"

高高的手往肩上一扬:"飞走了。"

"去哪儿?"

"他对我说是海外有点业务,要去处理一下。"

"这说明了什么呢?"童庆以请教的语气询问高高。

"说明外界反腐的力度进一步加大了,这位老兄怕蝴蝶效应波及到他头上,继续在玫香别墅待下去心神不宁了。于是三十六计走为上,一飞了之啊!"高高有板有眼地分析道,"和这位先生并不认识的兰茵茵的38号别墅解除了监控,从一个侧面印证了这一点。"

童庆眨了眨双眼:"我有点听不明白。兰茵茵案和那位先生……"

"那是你不解内情。"高高的神情显示他十分乐意为童庆提供创作的素材,遂而放低了一点声气说,"出入会所的客人们大多知道,兰茵茵那场官司的对头,是在北京大靠山的有力支持下,企图一口鲸吞兰茵茵公司的几十个亿。现在兰茵茵的官司出乎意料地翻盘了,固然有省内外人大代表、政协委员的积极奔走、呼吁,通过种种渠道反映上去。但对方后台老板的倒台,是一个主要原因。否则,即使有翻盘的希望,也会拖很长时间。把兰茵茵一个'剩女',拖成大剩女,甚至永远嫁不出去。"

说完,高高的一双眼睛睁得又大又亮,盯在童庆脸上:

"明白了吗? 童作家,有句话说商场犹如战场,不见硝烟的战场,其惨烈程度,比现今社会上胡编乱造的谍战戏、战争戏残酷得多哩! 这也是我喜欢看你的纪实和报告文学的原因。"

"谢谢谢谢。"高高说得这么清楚,童庆还能不明白吗。"再不懂,那就太不明事理和人际关系了。"

高高也笑起来,他环指了一下会所偌大的场地,午歇时分,这当儿会所里坐着聊天的人,没有几个,寥寥落落的。高高接着道:"进出这儿的人,还有一个热门话题,都在兴味浓郁地猜测,大画家程步涛的作品和他的收藏,落到了谁的手中。"

童庆暗自愕然,难道,连这也成了公开的秘密?他装作啥也不知地问:

"传得沸沸扬扬,会不会只是流言蜚语?"

高高摇头:"不是空穴来风……"

"何以见得?"

"其一,"高高伸出手,竖起一根食指,"程步涛喜欢交际是事实,但他历来对创作抓得很紧;况且玫香小区里路过他画室的很多人见过他在画画。就连清洁工、巡逻保安、小区里护养花花草草的花农花工都见过,说程步涛又画新作了,好大啊!说这一回他调的色彩有点特别,怪怪的,看也看不懂,嗨,快完工时一看,还真好看。"

童庆信服地点头,又问:"那第二点呢?"

"他在和我喝咖啡、品茗聊天时,有意无意之中,我都听得出来,他对收藏名画、古画有见地,有独特的眼光。"高高以肯定的语气道,"不瞒你童作家,他兴致来了,还让我欣赏过吴昌硕的、八大山人的作品。"

"看来确有其事。"童庆信赖地点头。

高高脸上显出烦恼之色:"现在的问题是,都在传这些价值不菲的宝贝无影无踪了。"

"你信吗?"

"怎么不信?"高高的脸往李宏超和于倩虹交谈的那一角转了一下,"不但于倩虹那里说没有,听说程步涛的小情人也只承认她仅得了几幅小品,都挂着呢!"

童庆笑了一下:"这就引得人们议论纷纷了。"

"那当然,说的是画,"高高简而言之道,"其实都是钱啊!不要说玫香别墅主人们要说长道短,连我这会所里的服务员,端茶送咖啡的都要讲啊!一平尺三十五万元,白痴才不感兴趣。"

童庆想起了自己工作的文联、作协的那个老知青门卫,他不也把程步涛的创作,比作印钞机嘛。

不过童庆脑子里想的是,消失得不见踪影的作品与收藏,和程步涛究竟是劳累猝死、还是自杀身亡有没有关系?

这个难题,只有留给大名鼎鼎的铧法医来破解了。

十几年里,童庆跟踪采访了铧法医无数次,终于完成了他颇获好评的传奇。他近乎崇拜地坚信,铧法医是有办法、有能力、有足够的聪明才智揭示这一真相的。

童庆和高高边热切地聊着,边慢吞吞地走到会所大门前握手道别。

"常来喝茶,聊聊天,童作家,玫香花园别墅里,有你挖掘不尽的创作素材呢。"高高热情邀请着。

童庆向他道了谢,下台阶走向甬道。

回到土岭村下榻的农家屋内,童庆开启了空调,待室内稍许凉爽下来,打开了自己的电脑。

一条来自美国的消息令他愕然瞪大了双眼,女儿童瞳告诉他:

爸:妈妈已于昨晚登机飞回国内,倒一倒时差,她就会及时联系你。你在家的吧?

突如其来的信息令童庆睡意全消。原本,他是想在卧榻上翕眼小睡一会儿的,这一下,他坐直了身子,丝毫不觉困倦了。

事前一点预兆也没有,丁丽娟突然回来了。这么急迫,她有什么事儿呢?童庆首先想到的是,再怎么没有感情,或是她瞒着他已经在美国另有心仪之人,目前她仍是他的妻子。她回到国内,是要到家来住的。而他独身一人居住的家,是一个单身汉的房间,衣物、书报、日常用品零乱不说,由于一日三餐在附近大学食堂搭伙,厨房里除了烧点泡茶喝的水,都不开伙,碗筷炒锅都许久未用了。现在,当务之急是得回家一趟,粗略地打扫一遍卫生。要不,她一进屋,且不讲别的,一眼看到这情形,就会发脾气。别为了这,就发生无谓的拌嘴和争执,这是最起码的。

故而,原先想好的,歇息一会儿,梳理一下这些天的思路,晚上和铮法医通个话的计划也没必要了,回到城里,和他见了面再细细地沟通吧。

好在他随身所带物品不多,稍作整理,关闭刚打开不久的空调和电源,他就出了土岭村,往镇上的汽车站走去。

坐上回城的客车时,他分别给投宿的农家乐主人、镇上的宣传委员傅天月,以及总是萌动在心头的兰梅萍,分别发了一条短信,告之自己暂离土岭村,回城去处理一点要务。

前两处都是以明白、OK表示收到了他的短信,唯有兰梅萍回了一条几十个字的信息:

谢谢及时告知你的行踪,你什么时候来家里坐呀? 土岭镇的夜晚真美好。

童庆嘴角露出了一缕笑纹,把头靠在椅背上,微闭着眼说,我也是这么感觉的呀!

客车鸣了两声喇叭,在公路上拐弯了。

一切并不像童庆算计的那样,直到夜幕降临,他到搭伙的大学食堂吃了晚饭回到家中,仍没见到妻子丁丽娟的行踪,也没有她的一点儿信息。

从洛杉矶飞到上海,再从上海转车来到省城,即使购票不顺利,坐的是一般客车,时近黄昏,丁丽娟也该到家了。

但是这会儿,天黑尽了。小区里已是一派天天夜里晚饭后的景象,几乎家家户户的空调都开着驱赶炎热,童庆从这间屋走到那间屋,审视着自己赶回家中以后清理打扫的成果,该抹拭的地方抹拭了一遍,该挂的衣裳都挂进了大橱和壁柜,所有零乱的物品他都进行了收拾和整理。还扫了两遍地,冲洗了卫生间的脸盆、浴盆,搓洗了毛巾……总而言之,以他的眼光看应付得过去,至少不会引得丁丽娟进了家门就对他一阵的抱怨,他才停下手来。

现在,只等丁丽娟到了。噫,她为什么直到此时此刻,仍旧没有信息呢?座机他检查过了,线路是畅通的,手机的电源是充足的,电脑也开着,可就是没有丁丽娟行踪的消息。即使路上出现啥意外情况,她也该打个电话来呀!

童庆干等着,做不成事儿。时间还早,他也不忙往铮法医家打电话,他想过给丁丽娟打个电话问问,她是不是来家吃晚饭,或是她到了哪儿啦?但他克制住了,不要给她造成他急于见到她的感觉。对她的感情,分居以后就淡淡的了;

257

尤其是女儿告知她已另有心仪之人以后,夫妻之间的情份,已经没有了。他迫切地想见到她,主要是想了解,她出乎意料地回来,是有什么事儿?想要做什么?他有没有可能和她涉及"离异"这个敏感的话题。

等待总是难熬的,夜里九点,童庆决定先给铮法医家里打一个电话。

铮法医在家,童庆告诉他为处理家事,回城来了。又有不少新的情况和想法,想约铮法医方便的时候见一面。

铮法医一口答应,说有空就给他打电话,让童庆集中精力处理家事。

挂断电话,童庆有种感觉,铮法医似乎不像以往那样迫切地想要听童庆从玫香别墅、土岭村里摸到的情况了,他在电话上没有主动打听一句的意思。

难道,程步涛自杀身死,被报道和家属认定是在辛勤创作中猝死一案,不再吸引诸葛铮法医了?

童庆取好睡衣睡裤,走进卫生间沐浴。这一天,本来只有和李宏超约谈一件事,很轻松的。没想到丁丽娟忽然回国,弄得他猝不及防,一阵子忙乱,有些累了。他决定沐浴之后,就上床休息。

为防沐浴时有人找,童庆把手机带进了卫生间。哪知刚拧开莲蓬头,正伸手测试花洒的水温时,电话铃声响了,是座机。

童庆连忙关上水龙头,抓了一块干毛巾,边抹干手边跑出去接电话。

电话是丁丽娟打来的,一听就是她的声音,柔柔的,慢吞吞的,一如她往常在安慰病人:

"童庆,是你吗?"

"是我,"童庆答得有点侷促,"你在哪儿?"

"我回来了,童曈没给你发邮件吗?"

"发了。你这会儿,是在……"

"哦,我住在希尔顿大酒店。"

"你不回家住吗?"

"怕打扰你,我就不回家住了。"

"噢,我还以为……"

"那多不方便啊!是吗?也免得我们两人都尴尬。"

她说的倒也是。童庆轻吁了一口气,已经分居了这么久,而且她已另有心仪之人,睡一张床上那多不自在啊。童庆想当然地以为,她既然回来了,总要到家住,住下以后,其他的事情慢慢再说。现在看来,完全是自己没把整件事儿想清楚,搞得不好,她那心仪的另一半是陪伴着她回来的。思忖至此,童庆的心也"怦咚怦咚"跳得急促起来。

"喂?"丁丽娟的声音从话筒里询问似的传来。

童庆走神了!他连忙应了一声:"我在,在。"

"这样好吗,今晚也不早了,明天上午,你到市中心的希尔顿大酒店来。我们一同在自助餐厅吃个早点。我请。然后就把我们两个人的手续一起去办了。"

"手续?"童庆重复了一句。

"是啊!前不久童瞳告知了你我的实情,你不是问女儿,让她问我怎么了结我们之间的婚姻吗?我当时就坐在女儿身边,我们都认定,你同样认为,我们之间的情份已经尽了,那事情就简单了呀。你说是不是?童庆。"

丁丽娟说话的声音始终是柔柔的,绵绵软软的,像在给病人耐心地讲解似的。

童庆脑子里热烘烘的,有一瞬间的混乱。但他随即清晰地意识到,丁丽娟是做了充分的准备回来的。甚至她说的每一句话,都是经过了深思熟虑的。你看她不慌不忙,一句是一句,讲的好像完全是一件她要处理的病例。如此冷静地回来办离婚手续,他们之间的缘分确确实实是尽了。童庆去过美国两次,第二次还住了几个月,他知道在美国,这样的事情司空见惯,作为女儿的童瞳,早已接受了这样的观念,故而她从来不曾责备过另有心仪之人的母亲,她对父母的婚姻实质早已经看了个透。四个字浮上了童庆的脑际:"好离好散"。丁丽娟住在希尔顿,想必也不会在离异手续上多纠缠。不过,毕竟是人生中的一件大事,总有些细节要具体讲一讲的。这么思忖着,想要婉辞她共同吃早点的念头压下去了。童庆答应下来：

"好的,明天八点我到希尔顿大堂。"

唯一的女儿童曈和外孙都在洛杉矶,需要费一点口舌的就是童庆现在居住着的这套房产了。短时间内分割是不可能的,现在就挂牌把它卖出去,各自拿现金,也不现实。房子卖掉,童庆就没住处了。估个价,让童庆拿出一半钱付给丁丽娟,是个办法。不过童庆摊开双手说：我是个你都瞧不起的爬格子的,有多少稿费你清楚,一时半刻我是没那么多钱给你的。丁丽娟笑起来了,她在离婚这件事上显得很开通,她说你记着现在住的房子上有我的一半就可以了,我回来办这个手续,不是来争财产的。你在听女儿说我另外心上有人了之后,显得如此大度,一句话也没责备我,我心里很感激,我也得通情达理对吧。不过这手续一办,房产就归你了。你多少意思意思,否则我也太亏了。

童庆坦率相告,分居以后,他存折上的钱总共只有三十七八万："你觉得我为房子得付你多少？"

"你就给我三十万吧。"丁丽娟手一甩道,"多少你留点,以后总得找个伴吧。"

"好吧。"童庆轻声表示同意。

"后面的事情就只是手续了。"丁丽娟如释重负地吁了一口气,看得出她顿时显得分外轻松,"不瞒你说,和你通话之前,我已经去过婚姻登记处咨询了,像我和你这样双方自愿的离异,手续是极为简单便捷的,没啥牵丝绊藤的麻烦。故而,我们俩在一道去登记处之前,双方都得写好一份表达自动离异意愿的申请。根据他们提示的,我的一份已经写好了。你要不要看看,做个参考。如果没啥异议,你照着抄写一份。我们吃完早餐,就直接去把手续办了。"

她岂止做好了一切准备,可以说是把所有的细节和节奏都掌握好了。直到此时此刻,童庆才明白,自始至终,他一直在扮演的,是一个配合的角色。她在美国和女儿住在一起,想必从童曈把母亲感情生活的真相告诉他之前,母女俩都设想好了这件事的所有环节。童庆还有什么可说的呢。

坐在丁丽娟对面,看着她脸上的表情,听着她经过深思熟虑讲出的每一句话,童庆有种面对公司经理就有关事项谈判的感觉。他不爱她,在办理离婚手续之前,感情上已不当她是他的妻子了。他坐在丁丽娟跟前,一点也找不到坐在兰梅萍面前的感觉和情绪。兰梅萍说话时努起的嘴唇,时而一瞥他的目光,他都会觉得怦然心动。

他还有啥可说的呢?他就装憨卖傻地装到底,扮演好这个角色算了。况且,前一阵面对兰梅萍向他表现出的露骨的暗示,他不早就觉得,像铮法医所说的,当断则断,把他和丁丽娟之间的婚姻了结了嘛!

童庆留神到,在他拿起丁丽娟拟好的离婚申请书细看时,丁丽娟的眼光不时地瞟向隔着两排餐桌的一位男士。童庆在丁丽娟专注地讲话时,有意无意地也朝那个方向瞅了几眼。这之后丁丽娟像是掩饰一般,不再往那个角度望了。

童庆却已看出端倪来了。

这是一位腰板笔挺的洋老头儿,精神矍铄、风度翩翩的模样。离得远了,看不清他脸庞的模样,年龄比童庆略长些吧。

童庆招手叫来了服务员,请他拿两张纸来,把丁丽娟写好的申请书抄一遍,把文字改成自己的语气,毕竟,他是个作家,至少要在文句上写得比她更像样一些吧。

埋头抄写润饰时,童庆察觉,丁丽娟的目光又移向洋老头那边了。他心里这才明白,难得回来一次,丁丽娟为啥入住五星级宾馆,为啥在涉及财产分割时,显得如此豁达,想必她爱上的是个富翁吧。

望着出租车拐弯,往市中心希尔顿酒店方向驶去,童庆收回目光,扫了一眼婚姻登记处的牌子,忍不住搓了搓双手。他的手上还留有丁丽娟巴掌的余温。

办完手续走出登记处,丁丽娟提议:"握一下手吧。"

他伸出手去。握着她手的时候,童庆细细地也是最后一眼端详着前妻。他发现她的肤色红润健朗,眉宇之间安详多了,整个形象多少带了点她那个年龄段妇女的富态。是的,他和她之间的缘分是断了,可他与她生下的女儿童瞳,还有外孙女都在,要彻底割断是不可能的。好在她们定居在美国,对他而言,更多的只是一份记忆了。

童庆怅然若失地沿着人行道信步走去,他好像卸下了一副担子,如释重负;他又仿佛缺失了一些什么。往深处想想,他啥也没有少啊,童瞳仍是他的女儿,外孙女的身上仍有着他四分之一的血缘。少的只是他和丁丽娟之间的夫妻名分,哦,当初举办婚礼的时候,他会想到今天吗?

童庆有股倾诉的欲望,他想把离婚的消息告诉兰梅萍,告诉铮法医,告诉其他的亲戚和朋友。

但是,手机拿在面前,他又没拨出去一个号码。这么急着告诉别人,他这是要干什么呢?他迟疑了,犹豫了。最终他决定,先把这情况埋在心里,什么人都不说。让这事儿冷却一阵子,有人问及时,再告诉人家真相。毕竟,这不是一件值得大张旗鼓宣扬的事,这是他的隐私,属于他个人的隐私。

尽管这样提醒自己,兰梅萍的形象,兰梅萍的音容笑貌,特别是近一段时间内他和兰梅萍近距离的不无亲密的接触,仍然顽固地一幕一幕浮现在他的眼前,掠过他的脑际。

以后她知道了,如果怪罪他,这么大这么重要的事情,为什么隐瞒着不告诉她?他会无言以对。

终究他俩之间的心灵是相通的,他和兰梅萍在一起时有说不完的话,他和她的气息中总包含着言外之情。

思来想去,童庆觉得,最早应该告之的,是"小麻雀"陈小菊,她会在最快的时间里把这个信息告诉兰梅萍的。

不过也不必操之过急,即使要和陈小菊说,也得过上几天,让这事儿在他心灵上激起的波澜渐渐平息下去。只有这样处理,才是比较妥帖合适的方式。

四十

童庆万万想不到的是,兰梅萍听到这一确切的消息后,第一时间给童庆打来了电话。

这已经是酷暑过去,轻风送爽的初秋时节了。

童庆安心地在土岭村、土岭镇及玫香花园别墅体验生活。他是省内闻名的纪实文学作家,前不久又刚刚出版了大名鼎鼎的法医专家诸葛铮传奇人生的书籍,书出版之后的一两个月里,省内外的报纸、刊物、电台还从他完整回叙那些大案、要案的书中,摘编、浓缩、转摘了好几篇文章,在社会上形成了不大不小的热点。只因铮法医参与侦破的那些大案、要案,曾经都是省内风闻一时的案件。有几个案子,甚至还在省城引得人心惶惶、社会各阶层议论纷纷。现在,系统完整的案子被童庆写了出来,人们都愿意拿来一读,并在茶余饭后评议一番。

童庆的大名也被一再提及。

他的知名度在这段时间内大大提高。

连远在美国的女儿童曈,在邮件上通报妈妈丁丽娟旅游回去之时,也顺便提了一句:爸,从国内回来的人都说你现在比过去更加有名了。祝贺你。

是听她妈说的,还是听其他华人说的,童曈没讲,童庆也没问。

不过这也从一个侧面说明点问题,这些天,不仅土岭镇上的干部晓得童庆在这一带体验生活,就连安闲地待在土岭村里的普通百姓、玫香别墅里的那些业主们,也都知道了童庆的身份。他们说童庆要来写土岭村和土岭镇上人的生活了,这人见什么都感兴趣,样样事情都要问,他们见他出入玫香别墅,又说他可能要写兰茵茵遭逢的轰动省内外的大案、写大画家程步涛的死亡之谜。地方志作家高建丰给他打电话,说得还要有鼻子有眼:

"童大作家,听说你这回要写和程步涛有关的报告文学,是真的吗?"

童庆吓一跳:"你听谁讲的?"

"都在传啊！我们苏正主席让我问你一下，是真的吗？如果是真的，需要我们提供啥帮助，你尽管说。"

"没有的事啊！"童庆急忙否认，他怕这种传言越说越玄乎，影响到铮法医判断案情。

"你别谦虚了，童大作家，大家读了你写铮法医破案如神的书，都在期待着呢！"高建丰言之凿凿地，"听说书名都起好了，是《死之谜》对吗？"

"你告诉苏正主席，"童庆郑重其事地对高建丰道，"省作协批准我来土岭村下生活，主要是为我构思中的长篇小说补充素材，不是报告文学、纪实作品，是虚构的小说。和当前发生的案子无关。千万不要以讹传讹，传遍了传偏了，你们一定要给我辟谣。"

"那我明白了，明白了。"听童庆讲得如此严肃，高建丰挂断了电话。

兰梅萍的电话，就是在童庆和高建丰通话的第二天打来的。

躲在土岭村生活，童庆的社交活动很少。

"童庆，这么重要的消息，你怎么拖到现在才让我知道？"兰梅萍劈头盖脸的责问，把童庆闹糊涂了。

"什么消息？"童庆一时没回过神来。

"你解除了婚姻的事啊！你还要瞒下去吗？"兰梅萍气冲冲的，那股气势仿佛能从手机上感觉得到。

"噢——"对他来说,这事儿过去有一阵了。上个星期陈小菊来电话,谈及她最近应知青伙伴们之约,在为编撰中的《泗溪岁月》一书写文章,文中讲到公社武装民兵们来抄知青们的家,把男女知青的一只只箱子都撬开,毫不顾忌知识青年们的隐私这段往事,不点名地提到了童庆和兰梅萍之间的那段恋情。草稿写出来了,她想请童庆和兰梅萍分别看看、提点意见,看这么写妥不妥当。童庆请她发过来,读过以后再说。讲完正事,互相探询在写些什么时,童庆有意无意地告诉她,自己成了一条"单身狗",和丁丽娟之间离了婚。他估计陈小菊会很快把这消息告诉兰梅萍的。现在看来,陈小菊已经转告了兰梅萍。

童庆支吾了片刻,故意问:"你什么时候听说的?"

"就是刚才啊!"兰梅萍的语气显示她余怒未息,"'小麻雀'陈小菊写了我和你当年的事,说快定稿了,要我过目,顺便讲给我听的。童庆,你要给我讲清楚,这么大的事儿,你为什么先讲给她听,而不告诉我?咳!"

"我离婚是一个多月之前的事……"

不等他解释完,兰梅萍就截住了他的话说:"是啊!你始终瞒着我。"

她表现得耿耿于怀。

童庆耐心道:"上个星期,'小麻雀'也是为稿子的事打来电话,问及我的家庭情况,我随口说的,不是我先告诉她的。"

"就是先讲给她听,你还不承认。"兰梅萍忿然中带点委屈,"童庆,你知道,从她那儿听说你离了婚,我心头是什么滋味?"

童庆无言以对,他很难在手机上用几句话给她讲清楚一个离婚男人的心境。他只得讷讷地说:

"我……我、我不晓得,嗯,我想平静一阵子,想……"

"你知道'小麻雀'给我讲这个消息时,"兰梅萍抢过他的话头说,"还讲了啥?"

童庆说:"我猜不出来。"

"她让我快点采取行动,"兰梅萍慢吞吞地说,"她还讲了,我若不抓紧,她就要抢在前头了。"

"这话是什么意思?"

"'小麻雀'陈小菊同样是单身离异女子呀!她对你有意思啊,你连这也看不出来吗?童庆,你也太迟钝了吧。"兰梅萍的话里露出了明显的醋意,"你也不好好想想。"

陈小菊是离婚女人,童庆真不知道。在和她相处时,他从来没想过去打听一下她的婚姻家庭和子女情况。他明知故问:

"你让我想什么?"

"你真想知道?"

"想。"

"那好,你到我们38号别墅来,还是我去土岭村找你?"兰梅萍快言快语道,"我当面讲给你听。"

"那还是我来拜访你们吧,"童庆思忖着,"一直说要来认识你妹妹,老拖着没有成行,你看我什么时候来合适?"

兰梅萍夸赞道:"嗳,这才像句话。我问一下茵茵,看她哪天在,我通知你。"

一来是专门去拜访兰梅萍和她大名鼎鼎的妹妹,童庆有顾虑;二来呢,有一两回,童庆腾出时间了,兰梅萍却回答茵茵不在别墅住,她讲的理由是,官司赢了,在法院的主持下,财产的返还有一系列繁琐具体的手续要办,常常只能在城里住。尽管兰梅萍一再说茵茵不在,你尽管来家坐。但童庆脑子里总觉得,他一个离婚不久的男人,专程去拜访独自一人在家的兰梅萍,怕玫香别墅传开不必要的议论。毕竟,他是以"下生活"的名义到这一带来采风的作家。这一趟,如不是兰梅萍说了,他若不去,她就来土岭村找他,童庆还下不了决心。

这回好了,兰梅萍让他在午休之后的三点去她们家,她们两姐妹恭候他大驾光临。

童庆可以光明正大走进38号别墅大门了。

"这不是童作家吗?"

午后,童庆闻着玫香花园别墅里随风飘来的阵阵桂花香,欣赏着一家一家别墅小花园内跃入他眼帘的各式花朵,信步走过 39 号别墅时,花园里正在侍弄花卉的于倩虹直起腰来,一眼看到迎面走来的童庆,主动招呼他。

童庆在花园外侧一排翠绿的冬青树丛边停下来,也朝于倩虹微笑点头:

"你好!在给花浇水啊。"

说着,他瞥了一眼于倩虹手里的洒水壶。他觉得于倩虹的神情自在多了,自从她知道童庆和李宏超有交往,对童庆的态度也客气多了,不似以往那样孤傲冷漠。

"闲着也没事儿,活动一下筋骨。嗳,大作家,"于倩虹说着走上前来,隔着一排冬青树对童庆道,"出事那天你和公安一起来我家,又给名法医诸葛铮写过书,一定和他们熟。你能否帮我问个事儿?"

"什么事?"

"就是步涛积劳成疾、创作中意外猝死那事啊。"于倩虹皱起了眉头,童庆没想到她的额头上的皱纹有这么多,细而且密。她放低了声音道:"他们来鉴定后,说他是自杀,我是不同意的。事后我又一再申明,公安回话说经进一步鉴定,会有一个准确的回话。直到今天,都没给我正式的答复。你是作家、文化人,你是知道的,步涛若是自杀,凭啥?他活得好好的,方方面面都很满足,没理由啊。如果确定他是我

271

说的猝死,那就不一样了,美术界可以公开地给他开追思会、研讨会。对他生前身后的名声,包括画的价值,都有好处。你是他的朋友,拜托你打听一下,好吗?"

说着,于倩虹哀怜的双眼睁得大大的,望着童庆。

童庆受不了她带点"嗲"腔的目光,把眼睛转向她花园里的几株盛开的菊花上,点着头说:

"好的,碰到他们我问一下……"

"那太谢谢啦!"于倩虹顿时笑逐颜开,换了一副亲切的神情,"你这是去哪儿?要不要进客厅喝杯茶?"

童庆一摆手:"谢了,我约好了要采访兰家两姐妹。"

"那你改天一定来坐。"

"好的。听宏超董说起,步涛生前辛辛苦苦创作的一批作品,现在你有下落没有?"童庆似想起了般轻声问。语调里透着他真实的关切。

"至今仍是谜呀!"于倩虹的脸又倏地阴沉下来,愤然道,"一定是被那个小妖精尹诗佳独吞了!我真是晦气透了。"

瞅着于倩虹一副咬牙切齿、恨不得把尹诗佳痛打一顿的模样,童庆忍不住从冬青树丛前倾了倾上半身,对于倩虹道:

"我听说,有关部门询问了尹诗佳,她委屈得赌咒发誓,说只在程步涛最高兴时,得到过几幅小品。一副无辜的样子。"

"她装的。童作家我跟你说,你别看这个小妖精年轻,她那女人的功夫,磨炼得滚瓜烂熟哩!"于倩虹鼻腔里轻蔑地"哼"了一声,"要不,怎会把步涛迷惑得神魂颠倒,落到今天这个下场?你认识步涛好多年了,应该知道,原来我们两口子,曾经多么恩爱。"

童庆是知根知底的,程步涛和于倩虹,当时是二婚。也是由于于倩虹的出现,在美术界崭新头角、迅速走红的程步涛,和他的原配离了婚,仅几个月工夫,就迎娶了花容月貌的于倩虹。那以后,于倩虹总是一副小鸟依人的模样,出现在各个画展、研讨会、美术界的迎新书画笔会上,对程步涛嘘寒问暖,关心得无微不至。看见程步涛额头上发亮出汗了,她会递上餐巾纸,时而还会伸手过去为他抹汗;看见程步涛喝了水,她会及时地续上。以至让旁边的人瞧着会觉得她关心得过了。直到程步涛被更年轻的女人吸引,于倩虹才不常出现在公众场合了。

这当儿,童庆当然只能以过来人的语气道:"我知道的。"

说着,他指了指通向38号别墅的小径,抱歉地说:

"我是和她们俩约定了时间的,迟到了不好。"

于倩虹拎高了手中的洒水壶,善解人意地:

"那你快去,快去。"

273

一边说一边接着给花草喷洒水雾。

走进了玫香花园小区,童庆这才明白,住在这里的一幢幢别墅主人,很少从自家别墅的大门进出。

进入别墅内部,走的都是车道、人行步道旁的偏门、后门。

平时虽然也有走过 38 号别墅的时候,童庆从未留神 38 号别墅有一股浓重的女性气息和色彩。

瞧!弯曲的甬道和小径上,铺设的地砖是彩色的,连分隔花圃竖起来的菱形栅栏,也刷着醒目的黄颜色和白油漆。伸手按电铃时,童庆注意到了,牢实坚固的铜铸防盗门,选的都是拱形的顶部雕花的那种。

对讲机里传出一声询问:"哪位?"

"我,童庆。"童庆对着传出声音的方位答了一句。

传来一声悦耳的音乐,继而响起热情的招呼,但能让客人听出,是事先录好的:

"欢迎光临。"

随着"咔嗒"一响,坚实的圆拱顶铜铸门自动打开了。

迎面拂来一股温馨的气息,童庆充满新奇地走进屋去。

一张比真人还要大的女子照片笑容可掬地望着童庆。

乍一眼望去,童庆以为是十多年前的兰梅萍。凝神细看,他才察觉,从眉眼、从时髦的衣着、从眼神里透出的那股光,这不是梅萍,而是她的妹妹兰茵茵。

没听兰梅萍讲过,童庆真没想到,两姐妹的容貌如此相像。

兰梅萍双手捧着个什么东西迎面朝童庆走来,童庆只顾盯着她的脸庞,顾不上瞅她手里捧的是什么了。

"你好！你终于还是来了。"兰梅萍喜形于色地,"欢迎啊！茵茵,茵茵,你要见见的大作家来了！"

她欢叫般转脸朝楼上喊着。

"来了来了,姐,我马上下来。"一个酷似兰梅萍嗓音的女声从楼上传来,童庆循声望去,却不见人走下来。

"来,喝口水。"兰梅萍把手中一只有托盘的瓷杯递过来。

童庆细细一瞅,是一只烫金彩的小瓷杯,烧烫上去的那一幅画,显然是奥地利画家克里姆特的作品。噢,幸好童庆常看画展、翻阅美术书籍,能识得几幅名画。

他接过精致的小杯子,呷了一口,茶水中既有薄荷味儿,又有点儿柠檬的微酸,甜甜的。

兰梅萍的眉梢一扬,双眼闪烁着亮晶晶的波光望着他问:"好喝吗?"

"味道很好。"童庆特地加重了赞赏的语调,"有股特别的香味。"

楼梯上有脚步声响,童庆望过去,一位中年女士倚着扶手,一步步走下楼来,见童庆瞅着她,她一扬手笑着招呼:

"你好!欢迎你来家里。姐给我说起过你。"

"你好。"童庆不卑不亢地答道。他心中明白她的身价,但乍一眼望去,既看不出兰茵茵是位巨富女子、社会上所说的富婆,又看不出她惹上过省城内外全社会都关注过的官司。那一阵,公开审理她案子时,人们都在议论。阴差阳错,童庆没看到电视上的播出画面。这会儿瞅着她,丝毫看不见她曾坐过牢、受过那种罪的痕迹。

"坐呀!进客厅坐。"兰茵茵的手朝着客厅指引一下,童庆欣然走去。

在沙发上坐定,童庆环视整个客厅,一式的花布软装饰,显得温馨舒适,竟然带有几份童话色彩。

"这是你们姐妹的想法,还是家居设计师们的创意?"童庆环指了一下整个客厅的窗帘、窗台、茶几和平柜,问两姐妹。

"都是茵茵的主意,"兰梅萍笑着指了一下自己的妹子,"别看她比我小,方方面面都比我强多了。"

兰茵茵连忙摆手:"你别听她的,姐对我的帮助可大了。我惹上事儿之后,都是她在背后替我支撑着整个公司的局面。要不,树倒猢狲散,我一被抓,整个公司就垮了。"

童庆定睛望着兰梅萍,仿佛在责备她没对他讲过这个事儿。嘴里说：

"你们两姐妹，都是了不起的。"

"快别听茵茵的，我只是帮衬。"兰梅萍急忙申辩。

"姐，你也别谦虚了。"兰茵茵认真道，"我这公司，现在离得开你吗？"

两姐妹的目光交织了一下，兰梅萍放低了声音，仿佛抱怨般说："你要这么讲，我有什么办法呢。"

保姆端上了摆得琳琅满目的水果盘，兰茵茵指着果盘道：

"吃一点水果，来，先吃一片橙子试试。"

说着叉起一片金黄的橙子，递给童庆。

童庆接过来，说："你们也吃呀。"

兰茵茵叉起一只葡萄，咀嚼着道："嗯，葡萄蛮甜的，一会儿你们也吃几颗。这样，童大作家，我在城里还有点事情处理，姐陪你吃点水果，再上楼参观一下。我们准备了，你难得来，吃过晚饭再回去。"

说着，她离座起身，和童庆握一下手，径直走向门口。

兰梅萍仰起脸问了一声："通知司机了吗？"

保姆在一侧道："已经等在门口了。"

橙子显然是今年新上市的，童庆吃着感觉有点酸涩，咀嚼着反而更有味道。

兰梅萍把手中叉水果的牙签放在小盘里，两眼望着童庆道：

"要不，我先陪你在几个房间看看。"

"行啊！"童庆应声站起来。

如果说兰茵茵的房间给童庆的感觉是温静的，那么，走进兰梅萍的房间，则有一股淡雅的女性气息扑面而来。

不知为啥，一走进兰梅萍的房间里，童庆的心就作怪般"别剥别剥"地跳得剧烈起来，他明显察觉到自己有几分紧张了。

整个玫香别墅区里本来就静，走进一幢一幢别墅，可以说每一幢别墅都是安宁的。楼下客厅里，多少有些生活气息，有些家居生活的烟火气。跟着兰梅萍一路参观上来，楼下的客人卧室、保姆房、小客厅、大客厅，楼上的书房、阳台、洗手间、衣帽间、梳妆室里两个几乎一模一样的梳妆台，从兰茵茵的房间到兰梅萍的房间，静谧的气息几乎弥漫在空气里。一路走来，兰梅萍时不时讲解一两句，介绍一下装修的材质，有时触碰一下童庆的胳膊，有时逮一逮他的手，动作自然而又亲切。及至走进她的房间，她让童庆坐在临窗的单人沙发上，自个儿往椅子上一坐，笑吟吟地问：

"看完了，你说说，感觉怎么样？"

"好啊！"童庆双手扶着宽大舒适的单人沙发，瞥了一眼窗外,这个位置恰好面对着玫香湖,两姐妹购下这幢别墅时,一定考虑到了湖景这一因素。玫香湖波平如镜,烁人眼睛的湖面上,正有一叶扁舟在缓缓移动,湖岸的山峦犹如一幅疏淡的水墨画卷。童庆转脸瞅了一眼兰梅萍说:"都过上了你们两姐妹这样的日子,共产主义明天就到了。"

"哈哈,"童庆的话惹得兰梅萍大声笑起来,"那你讲讲,你过的是什么日子?"

童庆收回望向湖面的目光,望着笑容灿烂的兰梅萍,嘴角挤出一丝笑,和她单独地面对面坐着,他的神情多少有些拘谨和紧张,他觉得心跳在加剧,血脉在偾张,真害怕自己脸也潮红了。为这次拜访,他郑重其事地做了准备,破天荒地在白天洗了个澡,换上了干净的衣衫,出门之前又一次漱了口。尽管他饭后回屋刷了牙。他预感着会和兰梅萍之间会发生些什么,听说了兰茵茵在家,他的顾虑多少打消了一些。没想到兰茵茵有事儿又出门了,增加了他和兰梅萍独处的机会。自从重新联系上以后,他敏锐地察觉到,兰梅萍对他主动得多、亲昵得多了。一点儿也不似以往,她对他有怨气、冷漠、淡然,甚至故意地目中无人,逃遁一般离去。他不明白这种明显的变化是怎么来的。到了此时此刻,他愈加觉得,他预感中的情况就要发生了,他对此是又渴望又有些莫名的恐惧。这是不是来得太快了,快得有点儿让他不能适应。哦,毕竟,自从和丁丽娟分居,他已经有很久很久,

279

没有碰过女人了,面对兰梅萍闪闪放光的一对眼睛,他讷讷地说:

"过的是什么日子?苦行僧一般的写作的日子,平平静静、无波无澜的日子。"

不知为什么,他有些不好意思启口,说话的声音低弱下去。为了掩饰自己的不自在,他顺手拿过了她放在茶几上的一本相册,随意地一翻,低下头去看着。

唷,他看到的是啥呀?竟然是她的一组黑白照片,小小的,有长方形、有四方形的照片,照片上都是眉清目秀的兰梅萍各个年龄段的脸。脸形鼓鼓的,戴着红领巾、梳着童花头的那张,是她小学时代的形象吧。穿花格子衫衣的,是她走进了中学时代吧。童庆不由目不转睛专注地欣赏起来。哈呀!瞧这张,背景显然是长溪、缠溪、泗溪山乡里的风光,一眼认得出来,照片上的她,是童庆初恋时期记忆中的兰梅萍,永远留在童庆心目中的兰梅萍,朝气蓬勃,像绽放的蓓蕾,美得让姑娘们羡慕妒忌,美得让当年的小伙子们倾慕。

童庆的双眼盯住照片不放了。

"看什么呀?"

随着她的一声问,童庆分明感觉到,她陡地站起身来,带着一股风、一股女性身上特有的素馨走近他来。她不容分说地挤坐到童庆的沙发上,单人沙发很宽大,但两个人挤坐只能紧紧地挨着,童庆顿时觉得充满女性魅力的兰梅萍的身躯贴近了他。一股热浪顿从心里涌起来,他的双眼仍盯着照片上的她,他感觉她的手搭在了他的肩上。他的心骤跳起来,怎么也掩饰不住涨红了的脸。她在他身畔柔声说:

"原来是看这个啊!想想,那时候多么年轻啊。"

童庆惶惑地抬起头,转过脸来,不经意间几乎撞着她秀而挺的鼻梁。只见兰梅萍双眼放光地瞅着他。

童庆心中一热,同样轻声说:"在我眼里,你永远像那时一样的美……"

"是吗?"她陶醉地闭上了双眼,抹着淡淡口红的双唇朝着他努动着。

"还用说吗?"

"说!"

"永远像那时一样可爱。"说完,童庆一放手中的相册,捧起她的脸,在她微懦微动的双唇上热切地吻了一下,遂而又急忙看她一眼。

她的整张脸仰了起来,翕着眼睑,似乎什么也看不见似的唤了他一声:"童庆。"

童庆镇静了一下,又微张着嘴,热辣辣地吻着思念向往了那么久的兰梅萍。

这是一个久久长长的吻。童庆不再慌乱不再紧张的吻。一边吻,童庆一边舒展自己的双臂,把兰梅萍整个儿拥抱在怀里。

窗户敞开着,房间的门同样敞开着,良久,童庆对兰梅萍喃喃自语:

"门开着。"

"没关系,"对他的提醒兰梅萍一点也不介意,"不招呼没人会上来。"

"窗帘也……"

"没人看得见。"兰梅萍用梦呓般的声气说,"期待这一刻,这辈子我们等得太久了。"

说完,她以一个更自然的姿势,偎依在童庆的怀里。

接下来的那一幕童庆在他已出版的几本纪实作品集里从来没有描述过。他也回忆不出所有的细节。他只记得上床之前他们还是关上了门,拉上了窗纱,这使得兰梅萍的卧室里顿时晦暗多了。他的心亦更踏实了一些。童庆只感觉这是他真正的婚姻,真正的爱。从在泗溪乡下插队至今,他心灵深处爱着的,就是今天躺在他怀里的兰梅萍。

没有想到兰梅萍比他还要激动,她的双眼放着光芒,她的脸涨得通红通红,当童庆亲她、把脸贴近她的脸颊时,竟然觉察到她通红的脸颊烫得像发高烧一般。

当他们赤身裸体紧紧相拥的那一刻,童庆发现她的四肢在寒战一般抖动,他联想到了"小麻雀"陈小菊告诉他的兰梅萍第一次失败的婚姻,他恐惧地轻轻地抚摸她,轻柔地安慰般吻她,他听见她轻轻地歌吟般哼唱起来,双眼迷醉地微翕着,享受地贴近他、迎合着他。他把脸深深地埋进了她的酥胸之间。

他终于惊喜地感觉到,她只是一瞬间、一刹那间的激动,并不是病态地抽搐不已。他们如饥似渴地亲吻着,不知满足地相互欣赏着,直到童庆感觉自己挥舞着四肢在满天闪烁的星空中遨游,直到听见兰梅萍幸福而放肆地欢叫起来,那声音像从遥远的地方传过来,又让童庆感到从未有过的欣慰和喜悦。

事后他们俩相偎相依,亲亲热热感受着各自的体温聊了很久。

兰梅萍说她和茵茵一起去参加过名为"多瑙河之旅"的舒适豪华游艇游览,那种舒缓放松之感,是她至今难忘的。她愿意和童庆一起完成这么一次旅行结婚。和童庆的亲密接触以及如梦似幻的性爱,使她终于明白,让她始终恐惧和忧心的身体没有病,她像所有的女人一样可以享受爱情的甜蜜和芬芳,幸福和欢乐。她坦率地告诉童庆,自从"小麻雀"对她说了如若她再没有态度,"小麻雀"本人就要向童庆展开攻势了,这一句话像炸弹般轰醒了她。毕竟,她的人生已经被耽搁了太久,已经有了无法挽回的缺损,她等不及了,她更不愿等了。

她愈是剖白心灵似的对着童庆喋喋不休地叙说,童庆的心头愈是涌起一阵比一阵更强烈的爱意。他也有很多话要对兰梅萍说,也有许许多多感触和心灵的颤动想要向兰梅萍倾诉,但他舍不得打断她。他想到他们之间的日子还长,有的是说话的机会。这会儿兰梅萍太激动、太热切了,他愿意当一个忠实的感动的听众,让她尽情地说,要说多久就说多久。

四十一

童庆是带着踌躇满志的心愿去省城和铮法医相见的。

爱情的降临让他觉得自己对一切充满了信心。况且他在土岭村体验生活的过程中又获得了这么多的信息,可以提供给铮法医,为他们彻底揭开程步涛猝死之谜助一臂之力。

办法会有很多。

仅凭童庆追随铮法医十多年采访学到的,他觉得,有几种方式可以揭开步涛先生猝死之谜。

从突破尹诗佳这一途径,是一个办法。尽管于倩虹认为她是老奸巨猾的小妖猜,但她毕竟年轻,相信在经验丰富的审讯法警面前,在有力的证据面前,她会把一切都规规矩矩说出来的。甚至会交代出她的幕后人物。

深入地和于倩虹交流和沟通,从她说出的话里,从她回忆和程步涛夫妻之间的往事中,也能查摸到揭开真相的蛛丝马迹,从而层层剥笋,获取事实真相,最终彻底揭开大画家猝死之谜。并进一步追查到和程步涛有交往的当代名家的一些作品;追查到程步涛倾一生之力收藏的古画、名画及传世之作。

画终归是画啊!不是一串数字,一个密码,画是看得见摸得着的东西。它是一种存在,是能传世的作品。是不可隐匿之物。

童庆相信,铮法医肯定有这个能力和水平,在充分掌握全面案情、细节、人际关系的基础上,向世人揭开程步涛猝死的真相。

铮法医破天荒地把他和童庆详细探讨案情的地点,定在了童庆家附近,在童庆搭伙吃饭的大学校园咖啡厅里。他说了,上一次童庆请他品茗时,他已经留神过了,这个既供应咖啡又有茶的地点,还辟有方便交流的单间。

童庆仍觉困惑,那单间虽然是雅座,也不会有人打扰,但是商谈案子,总不像公安特定场所私密啊!难道铮法医真不怕他俩分析案情细节时,泄漏了啥信息。

隔墙有耳啊!

他在电话上委婉地道出这层意思,铮法医干咳一声,笑了,说:"我没有这个担心。看来,你还真有侦破案子的保密意识了。"

"你说什么?"童庆愕然睁大了双眼,瞪着坐在他面前的铮法医,几乎不相信自己的耳朵,这话是从他嘴里说出来的吗?

铮法医朝着他淡然一笑,安慰般朝他轻轻摆手:

"童作家,你别激动。听我慢慢道来。"

"呃……这……"童庆瞧着清风雅静的铮法医,这才察觉自己刚才的问话差不多是喊出来的,声音过大了。

幸好铮法医确实是有眼光的。他搭伙吃饭的这所大学里的茶室兼咖啡厅里,辟出的雅座私密性很强。除了坐着的扶手椅高低适中,墙上挂着的大学教授们的字画虽然名不见经传,却颇有校园色彩。进门之前,童庆也学着铮法医,细致观察了一番,发现一式排列的三间雅座,分别起了雅叙、聚秀、广议三个室名,他和铮法医坐进来的,恰是雅叙厅。而他刚才那一声嚷嚷,无疑违反了这一厅室刻意取的带点书卷气息的名字。好在门关上了,外面的客人听不到他的那一声吃惊的追问。

雅座的氛围和铮法医的微笑,让童庆旋即冷静下来。

他朝前略一欠身,望定了铮法医,放缓了语调问:

"究竟是怎么回事?"

"什么事儿都没有。"铮法医诚恳地瞥了童庆一眼,端起茶杯品了一口茶,慢慢把杯子放在台面上说,"厅里通知我,同意出版社的意见,让我和你这个作家一起,到全省各个地、州、市的新华书店,参加与热心读者的见面活动,并应广大读者要求,签名售书。这不是一件大好事嘛!"

说着,铮法医面带微笑,双眼凝定地望着童庆。

对童庆来说,这自然是求之不得的好事。和铮法医一路同行,去全省各地签名售书,既能扩大他这个作家在全省读者中的知名度,又能增加这本书的发行量,客观上也宣传了铮法医这样一位警界中的英雄人物。没有任何人会说三道四的。

但是,程步涛的猝死之谜,至今没有揭开,难道就让铮法医撒手不管了?这个决定,太像有意识地把铮法医调开的举措了。

"好是好,只不过……"看到铮法医双眼炯炯地盯着自己,童庆勉强地笑了笑,搓了搓双手道,"程步涛的案子,会不会被耽搁?我这次来省城之前,碰到他夫人于倩虹,她还托我向你们打听程步涛的死因,你们确认了吗?她等着结论呢。她还说……"

铮法医拿起杯子,品了一口茶,用一张餐巾纸抹抹嘴

287

唇,一面放下茶杯,一面说:

"厅里明确告诉我,准备就在近几天约她谈一次。"

"你们已经认定程步涛的死因了?"童庆关切地问,"你说画家是自杀,于倩虹她不承认,厅里和法医室最终是怎么认定的?准备怎么回答她?"

诸葛铮法医往圈手椅背上一靠,长长地吁了一口气:

"谈话还没进行,我也不知道……"

"你不知道?"

"是啊!童庆,你先别激动。我确实不知道厅里准备怎么回答她。"

"可你已经认定……"

"嘿嘿,"铮法医一笑截住了童庆有些急切的话头,"前几天,厅里和法医室正式通知我写下了程步涛死亡的鉴定结论。领导口头上还表扬了我,说我坚持了实事求是的法医学结论……"

"这么说厅里采纳了你的结论?"童庆欣慰地说道,"还是要坚持寻求程步涛为什么会选择自杀的原因啰!"

铮法医朝着童庆摇头,童庆陡地发现,他的眉头皱得紧紧的,一向明朗显得比实际年龄要青春些的脸庞上,笼罩着一层说不清道不明的晦色,他声音低沉:

"前面我已说了,厅里什么人出面、怎么和家属交谈,我不知道。你可能忘了,我已经从法医室主任的位子上退下来了。"

"可华山是你学生啊！他是你一手带出来的嘛！"

"没错。不过和家属谈话，也不属于法医室。"铮法医用公事公办的语气道，"再说了，对这个案子，华山有他的看法。"

"难道他不同意你的权威鉴定？"

"那倒没有。"铮法医摆一下手，"我是指在处理这一案子的方式上，有他的看法。"

说着，铮法医睁大双眼，望着童庆。

童庆脱口而出："他有更高明的方式？"

"哈哈！童庆，你终究是个书生，是个写作纪实文学的作家啊！"铮法医爽朗地笑了几声，食指点着童庆道，"记得，在以往你随我出现场的案子中，我跟你说过，我们既要眼观六路、耳听八方，密切关注现场的蛛丝马迹，不放过有益于分析案情的每个细节……"

"记得的呀！"

"我还说过，分析和剖析案情时，我们还不能死脑筋，钻牛角尖，要跳出案子来看案情，要考虑案子的大背景。"

"大背景？"童庆一时怔住。

"对，大背景。"

童庆依稀记得，铮法医确在以往剖析案情时，说过这话。只是程步涛猝死的大背景是什么呢？一系列狐疑的念头涌向脑际,他陷入了沉思。平时,和铮法医对话、交流或是在电话上交谈,每次他都是越听越明白,越听越清晰。但是今天,他坐在铮法医面前,只觉得越听越糊涂、越有点不知所以了。童庆脑子里一头雾水。这么说,案子……

门上有人轻轻叩了几下,童庆和铮法医不约而同齐向门口望去。门被推开了,童庆一眼看到兰梅萍站在雅座包房的门口,笑吟吟地望着他俩。

童庆似想起了啥似的,忙招手道:"梅萍,快进来。"

兰梅萍迟疑地站在门口,目光落到铮法医脸上。显然,铮法医认出了她,招招手道:

"进来吧,没关系。"

兰梅萍这才走进屋来。

童庆拉过一张圈手椅来,让兰梅萍坐下,指着她对铮法医道:

"这一次我们是约好了坐着她的车来省城的,听了你的话,我已经和在美国定居的前妻离了婚。梅萍的意思,趁着到城里来的机会,把结婚证领了,然后就去看新房。她的妹妹兰茵茵,听到姐姐要结婚,决定在法院已经解冻的几套房子中挑一套,送我们作为贺礼。我觉得呢,房子可以先看,领结婚证的事儿,可以缓一缓,想听听铮法医你的意见。"

铮法医的脸上显露出惊讶、愕然之色。童庆嘴里吐出的每一句话,都让他眼神一变,脸色也不断地转换着。童庆明白,无论是和丁丽娟的离婚,与兰梅萍的谈婚论嫁,还是兰茵茵出手大方地送一套新房,对铮法医来说,都是"新闻",都有突如其来之感。以至他的手转动着茶杯,呵呵一笑道:

"童庆,你怎么让我觉得,看见了老母鸡拍着翅膀飞上天去的那种吃惊啊!哈哈,声色不露,短短的一段时间内,把人生的三件大事都办妥了,我不明白的是,这么好的事情,你为啥还要缓一缓?"

"看见了啵?"兰梅萍接话道,边说边不满地把手指着童庆,"他的意思是,离婚没多久就领结婚证,怕被人议论。嗨,他真沉得住气,也不想想,我们都是什么年龄了。"

"大可不必!"铮法医连连摆动巴掌说,"你前妻滞留美国不归,考虑过你的感受没有?想过被人议论没有?童庆,你要真心听取我的意见,你就尊重她的意愿。"

说着,铮法医把手指向兰梅萍。

兰梅萍乐得满脸喜悦,连声道:"谢谢法医,谢谢铮法医。"

话说到了这个份上,童庆看看兰梅萍,又望了望铮法医,知道想和铮法医深入探讨程步涛疑案的谈话,是进行不下去了。

铮法医举起手中的茶杯,对童庆和兰梅萍分别扬了一扬,道:

"消息虽然来得突然,我仍然要祝贺你们二位。童庆,我知道你们之间一定是有故事的。我们一路去往各地签名期间,你得给我一一从实招来。至于画家的案情,我们同样有的是时间探讨。"

面对铮法医举高的茶杯中普洱茶澄明的汤色,童庆同样拿起茶杯,和铮法医的茶杯碰了一下,喝了一口茶。遂而,兰梅萍接过他手中的杯子,也喝了一口,还朝着铮法医道:

"谢谢法医。我们一定请你参加小范围的婚宴。"

铮法医听了哈哈大笑。

领取了大红的结婚证,走出婚姻登记处的大门,兰梅萍堂而皇之地挽着童庆的胳膊肘儿,亲热而又喜滋滋地走在省城的人行道上。她那幸福而亢奋的神情,恨不得向所有认识和不认识的路人宣告,她结婚成家了!

童庆仍有些不习惯地沿着人行道踽踽而行。和丁丽娟恋爱及婚姻存续期间,在公众场合,她从来不会表现出像兰梅萍这样亲昵的小鸟依人般的表情。

旋风般突然而至地离婚,继而以比预想中快速得多地结婚,还有兰茵茵出手气派地赠送的一套新房,加上程步涛猝死一案的没有着落,令他的思维有点跟不上趟。生活演变得如此之快,让他有种接受不了天上掉下巨大幸福和欢乐的惶惑之感。

这一切，是真的吗？

和他形成对比的是兰梅萍，她的眉眼和言谈举止，她对他的眼神、动作的关注和表现出的无微不至的关心，都让童庆觉得兰梅萍沉浸在爱情的喜悦之中。她陶醉于和他晚来的爱情的幸福里。

这会儿，她走在童庆的身边，双眼闪烁出的光波，无时无刻不投在他的身上。那眼神里是爱，是关切，是体贴，是欢欣，是喜不自禁。

"时间还早，童庆，我们去街心花园的长椅上坐一会儿吧。"兰梅萍手指着绿荫浓浓的街心花园，"瞧，那边的椅子空着，没几个人。"

时间其实不能说早了，人行横道上已有背着书包放学的学生。但兰梅萍满脸是喜气洋洋的欢快神情，童庆道："好的，去坐一会儿。反正说好了，一起在外面吃顿丰富的晚餐庆祝一下。"

兰梅萍挽着童庆的手臂，不知不觉加快了脚步。

街心花园里恰是一天之中最清静的时候。拐角一棵芭蕉树丛边，有位清洁工在认真地清扫着地上的一次性纸杯和吸管，靠近人行道旁的长椅上有两位头发花白的老人在下棋。

童庆和兰梅萍选择了一张绿荫包裹着的条椅坐下来,兰梅萍亲昵地把头靠在童庆肩膀上,在他身畔轻声道:

"真幸福!"

"嗯。"

"童庆,知道我为什么急切地、迫不及待地嫁给你吗?"

"你说。"

"一切都是从大祸临头开始的,茵茵的陡然被抓,父母亲急得像热锅上的蚂蚁,各种各样骇人的流言蜚语不断地传进耳里,一会儿说茵茵赚的全是不义之财,一会儿说她很快要被判重刑,一会儿说茵茵的命都保不住。父母亲接二连三地被巨石击倒般离世,我真正地感觉到了度日如年样的恐怖啊!"兰梅萍的两只手抓住了童庆的一条臂膀,摇晃了两下,童庆赶紧伸手在她胳膊上拍了拍,他听得出她低低的嗓音在颤抖,摇动他手臂的双手在哆嗦:"童庆,你不知道呀,只要一静下来,我就听到自己的心在'咚、咚、咚'地骤跳。尤其是夜半三更在梦中哭醒,我真希望身边有个人啊!可在那种情况下,什么人会来跟我交心啊,什么人会来理睬我啊!当面相逢,不用鄙视的目光瞅我,我就觉得很满足了呀。童庆,你知道那个时候,我想到了谁吗?"

　　童庆摇头,一脸认真地望着她:"我猜不出来。"

"你坏!"

"我真坏吗?"

"我想到了你,想到了泗溪乡下的那场祸事,这之前我一直恨你,怨你没把我写给你的那些信保存好,哪怕你读完之后销毁了也好啊!害得我遭到周围人和知青群体的唾弃、谩骂,童庆你真不晓得,那些传进我耳朵的话有多么肮脏和难听啊!以至我后来患上了婚姻恐惧症……"

"婚姻恐惧症?"

"医生就是这么说的。'小麻雀'没对你说吗?"

"她简单讲了一下。"

"你不知道那病有多么吓人。大汗淋漓,四肢乱动乱舞,脸扭歪了,脑袋不住地晃动,不住地推搡人、打人、咬人、抓扯人……"

"不要说了,梅萍。"

"我要说,要讲给你听。"兰梅萍的语调梦呓一般,固执地说,"婚姻只勉强维持了三个月,实际上同床只不过三次,对方就忍受不了啦。后来的日子只不过是故意拖延罢了。确诊我患上了这种可怕的病,我就认定是乡下那段可怕的经历造成的。没有其他人可恨、可怨,我就怨上了你、恨上了你。"

"我也确实有责任。"

"直到妹妹的惨事发生,"兰梅萍安抚般把双手从童庆的肩膀上轻柔地摸到他手腕处,说:"在胡思乱想时,我才猛然意识到,比起茵茵的生死大祸,我和你之间的怨,算个啥

295

呀！从那个时候起,我就在心里原谅了你。尤其、尤其是……"

童庆转过脸去,凝视着激动得脸色绯红的兰梅萍,悄声问:

"是什么?"

马路上一辆跑车轰鸣着巨响疾驰而过,童庆受惊地望去,只看见驾驶员一头时髦的发型,一掠而过。

"尤其是和你亲热之后,"兰梅萍的嘴凑近他耳畔,低声急促地说,"我一点也没病状,还感觉从未有过的快活,我、我、我就恨不得当天晚上就和你成婚。"说着,她忍不住在童庆的脸颊上吻了一下,"这下,你该明白了吧?"

童庆转过身子,双手扶在兰梅萍肩上,道:"明白了,完全明白了,彻底明白了,一小点疑惑都没有了。"

兰梅萍向他紧紧地挨过来,问:"那刚才一路上走来,我怎么看你心神不宁呢?"

童庆苦笑了一下:"还不是铮法医说公安厅同意了他和我去签名售书,搅动了我的心事。"

"那不是好事吗,你有啥心事。"兰梅萍不解,"你去各地签名,我这个新婚妻子也要去。"

马路上驶过一辆白色宝马,紧接着驶过一辆奥迪,奥迪后面是一辆过时的桑塔纳,一辆吉利,一辆比亚迪,一辆长安小面包,小面包后是一辆高大宽敞的客车瓮声瓮气鸣着喇叭,大客车后面一辆奔驰,跟着不耐烦地鸣着喇叭,车流中还夹杂着穿过两辆助动车。

人行道上,几个戴着红领巾的男孩比画着手兴高采烈地讲着什么。

童庆双眼瞅着掠过的车流和行人,把大画家程步涛猝死之谜不得其解,引发他困惑的心思给兰梅萍简洁清晰地讲了一遍。

"嗨嗨嗨,"兰梅萍朗声笑了起来,"给我看出来了吧,你果然有心事。"

看到兰梅萍丝毫不觉烦恼的神情,童庆不禁问:

"你不觉得,这是个谜吗?"

"你呀你呀!"兰梅萍的纤纤玉指点着童庆,显然为洞悉了他的心事而高兴,"是的,是个谜,而且是世人都会感兴趣的谜。但为什么非得弄个水落石出呢?"

"大名鼎鼎的程步涛死因不明啊!"童庆觉得自己的理由充足。

"茵茵成了年轻的女富豪,也算一个商界名流,她若真被判了极刑,你会如此感兴趣地追问到底吗?"

"呃……"童庆觉得这话不好答,似乎两人情况不同,也不能类比,"我只是耳闻……"

"是啊是啊!那么我再问你,你给我讲起过的,模范夫妇的一方宋小阳背叛丈夫的事儿,有个明白说法吗?"

297

童庆摇头:"这是……隐私……"

"对了,一点不错。曾经亲密无间的夫妻之间有隐私,甚至藏有肮脏的秘密。其他人呢,程步涛的夫人和小情人,她们各自的身上难道就没有吗?"

"有吗?"童庆又敏感了。

兰梅萍的手往街心花园里的树梢一指:"玫香花园里都在传,说于倩虹也有情人,对程步涛也不忠,只是谁都讲不清她的情人是谁。至于那个美得让人惊叹的尹诗佳,传言更多了,有说她放长线钓大鱼的,有讲她是受雇于某个很有背景的财团的,还有讲她说不定哪天也会猝死的,哎呀,会所里讲起来,各种猜测多了。还有都晓得的那个避风头的贝先生,一会儿来了,一会儿又消失了,哪个人去刨根问底了?童庆,还记得我给你讲过的话吗?"

"哪一句?"最近她讲过很多很多话。

"我知道你没在意。没关系,我可以细说说,生活不是你写的书,既不是你构思中的小说,也不是你已出版了的纪实文学,生活不完全是有头有尾的故事。但是生活仍在像一条大河般流淌,就像宋小阳仍在以苏涛妻子的名义生活着,过着日子……"

童庆想起来了,兰梅萍指出过,这是他以往写作上的不足,给他带来过一阵思考。

兰梅萍的双眼眯缝起来,仿佛在环视街心花园里的绿茵,她向童庆摆出了要求：

"把你的手搭在我肩上,童庆,亲热一点,我们现在是一对幸福的新婚夫妻。对吗？"

"对的。"童庆俯下脸,微笑着答。

兰梅萍顺势更紧地偎依着他,提示一般对他耳语："你看！"

童庆顺着兰梅萍努起的嘴唇望去,街心花园弧形的甬道上,走进一对引人瞩目的情侣,男的是个高大威猛的黑人小伙子,女子是个瘦小玲珑的中国姑娘。两人刚一走到林荫后面,黑人小伙整个儿把姑娘搂在怀里,热烈而狂放地亲着。小伙子一边亲着姑娘,一边伸出手抚摸着姑娘的身子。而姑娘享受地哼哼着,半闭着眼睛,仿佛忘记了整个世界。

童庆看得目瞪口呆。

兰梅萍轻笑着摸了摸他的下巴,说："你现在的心思,要抛开一切琐细烦恼,好好享受我们的新婚蜜月。"

"怎么个享受？"

"我陪着你们先一起去全省各地签名售书,让我也开开眼界。"兰梅萍放缓了语气,一字一字慢吞吞地道,"然后,茵茵提议,我也拍手赞同,我们俩去做一次多瑙河之旅的新婚游。"

"多瑙河之旅？"

"是啊！我和茵茵曾经参加过某游轮公司的一趟莱茵

河游览,九天时间,忘记了世界上的一切,饱览莱茵河的异域风光,确确实实做到了无忧无虑、彻底放松。"兰梅萍把脸挨近了童庆说,"难得的是,回来之后,茵茵和我还不时地会想起这趟美妙的旅行。所以她郑重提议,我们的旅行结婚,可以做一趟十多天的多瑙河之旅。你愿意去吗?"

"愿意。"

"那好,我们走吧。"

童庆和兰梅萍起身离座,避开仍在忘乎所以拥吻着的情侣,从弧形道的另一侧,走出了街心花园。

马路上拥塞成一片的汽车,一直延伸到十字路口,一辆车先鸣起了喇叭,所有的车子都不耐烦地争相按响了喇叭。嘈杂喧嚣的声浪直冲云霄。

2019 元月—2020 元月